Los **JET** de Plaza & Janés

BIBLIOTECA DE

VICENTE BLASCO IBAÑEZ

Cañas y barro

Vicente Blasco Ibáñez

Plaza & Janés Editores, S.A.

Portada de

GS-GRAFICS, S. A.

Pintura de **IGNACIO PINAZO**
HUERTA VALENCIANA (detalle)
© **J. MARTIN**

Tercera edición en esta colección: Febrero, 1993

© 1976, Herederos de Vicente Blasco Ibáñez
Editado por PLAZA & JANÉS EDITORES, S. A.
Enric Granados, 86-88. 08008 Barcelona

Printed in Spain — Impreso en España

ISBN: 84-01-49166-5 (Col. Jet)
ISBN: 84-01-49801-5 (Vol. 166/1)
Depósito Legal: B. 4.438 - 1993

Impreso en Litografía Rosés, S. A. — Cobalto, 7-9 — Barcelona

I

Como todas las tardes, la barca-correo anunció
su llegada al Palmar con varios toques de bocina.

El barquero, un hombrecillo enjuto, con una
oreja amputada, iba de puerta en puerta recibiendo encargos para Valencia, y al llegar a los espa-
cios abiertos en la única calle del pueblo, soplaba
de nuevo en la bocina para avisar su presencia a
las barracas desparramadas en el borde del canal.
Una nube de chicuelos casi desnudos seguía al barquero con cierta admiración. Les infundía respeto
el hombre que cruzaba la Albufera cuatro veces al
día, llevándose a Valencia la mejor pesca del lago
y trayendo de allá los mil objetos de una ciudad
misteriosa y fantástica para aquellos chiquitines
criados en una isla de cañas y barro.

De la taberna de *Cañamèl*, que era el primer
establecimiento del Palmar, salía un grupo de segadores con el saco al hombro en busca de la
barca para regresar a sus tierras. Afluían las mujeres al canal, semejante a una calle de Venecia,
con las márgenes cubiertas de barracas y viveros
donde los pescadores guardaban las anguilas.

En el agua muerta, de una brillantez de estaño,
permanecía inmóvil la barca-correo: un gran ataúd

cargado de personas y paquetes, con la borda casi a flor de agua. La vela triangular, con remiendos obscuros, estaba rematada por un guiñapo incoloro que en otros tiempos había sido una bandera española y delataba el carácter oficial de la vieja embarcación.

Un hedor insoportable se esparcía en torno de la barca. Sus tablas se habían impregnado del tufo de los cestos de anguilas y de la suciedad de centenares de pasajeros: una mezcla nauseabunda de pieles gelatinosas, escamas de pez criado en el barro, pies sucios y ropas mugrientas, que con su roce habían acabado por pulir y abrillantar los asientos de la barca.

Los pasajeros, segadores en su mayoría, que venían del Perelló, último confín de la Albufera lindante con el mar, cantaban a gritos pidiendo al barquero que partiese cuanto antes. ¡Ya estaba llena la barca! ¡No cabía más gente...!

Así era; pero el hombrecillo, volviendo hacia ellos el informe muñón de su oreja cortada como para no oírles, esparcía lentamente por la barca las cestas y los sacos que las mujeres le entregaban desde la orilla. Cada uno de los objetos provocaba nuevas protestas; los pasajeros se estrechaban o cambiaban de sitio, y los del Palmar que entraban en la barca recibían con reflexiones evangélicas la rociada de injurias de los que ya estaban acomodados. ¡Un poco de paciencia! ¡Tanto sitio que encontrasen en el cielo...!

La embarcación se hundía al recibir tanta carga, sin que el barquero mostrase la menor inquietud, acostumbrado a travesías audaces. No quedaba en ella un asiento libre. Dos hombres se mantenían de pie en la borda, agarrados al mástil; otro se colocaba en la proa, como un mascarón de navío. Todavía el impasible barquero hizo sonar otra vez su bocina en medio de la general protesta... ¡Cristo! ¿Aún no tenía bastante el muy ladrón? ¿Iban a pasar allí toda la tarde bajo el sol de septiembre, que les hería de lado, achicharrándoles la espalda...?

De pronto se hizo el silencio, y la gente del correo vio aproximarse por la orilla del canal un hombre sostenido por dos mujeres, un espectro, blanco, tembloroso, con los ojos brillantes, envuelto en una manta de cama. Las aguas parecían hervir con el calor de aquella tarde de verano; sudaban todos en la barca, haciendo esfuerzos por librarse del pegajoso contacto del vecino, y aquel hombre temblaba, chocando los dientes con un escalofrío lúgubre, como si el mundo hubiese caído para él en eterna noche. Las mujeres que le sostenían protestaban con palabras gruesas al ver que los de la barca permanecían inmóviles. Debían dejarle un puesto: era un enfermo, un trabajador. Segando el arroz había atrapado las fiebres, las malditas tercianas de la Albufera, y marchaba a Ruzafa a curarse en casa de unos parientes... ¿No eran acaso cristianos? ¡Por caridad! ¡Un puesto!

Y el tembloroso fantasma de la fiebre repetía como un eco, con los sollozos del escalofrío:

—¡Per caritat! ¡Per caritat...!

Entró a empujones, sin que la masa egoísta le abriera paso, y no encontrando sitio, se deslizó entre las piernas de los pasajeros, tendiéndose en el fondo, con el rostro pegado a las alpargatas sucias y los zapatos llenos de barro, en un ambiente nauseabundo. La gente parecía acostumbrada a estas escenas. Aquella embarcación servía para todo; era el vehículo de la comida, del hospital y del cementerio. Todos los días embarcaba enfermos, trasladándolos al arrabal de Ruzafa, donde los vecinos del Palmar, faltos de medicamentos, tenían realquilados algunos cuartuchos para curarse las tercianas. Cuando moría un pobre sin barca propia, el ataúd se metía bajo un asiento del correo y la embarcación emprendía la marcha con el mismo pasaje indiferente, que reía y conversaba, golpeando con los pies la fúnebre caja.

Al ocultarse el enfermo volvió a surgir la protesta. ¿Qué esperaba el desorejado? ¿Faltaba aún alguien...? Y casi todos los pasajeros acogieron con risotadas a una pareja que salió por la puerta de la taberna de *Cañamèl*, inmediata al canal.

—¡El tío Paco! —gritaron muchos—. ¡El tío Paco *Cañamèl*!

El dueño de la taberna, un hombre enorme, hinchado, de vientre hidrópico, andaba a pequeños saltos, quejándose a cada paso con suspiros de niño, apoyándose en su mujer, Neleta, pequeña, con el rojo cabello alborotado y ojos verdes y vivos que parecían acariciar con la suavidad del terciopelo. ¡Famoso *Cañamèl*! Siempre enfermo y lamentándose, mientras su mujer, cada vez más guapa y amable, reinaba desde su mostrador sobre todo el Palmar y la Albufera. Lo que él tenía era la enfermedad del rico: sobra de dinero y exceso de buena vida. No había más que verle la panza, la faz rubicunda, los carrillos que casi ocultaban su naricilla redonda y sus ojos ahogados por el oleaje de la grasa. ¡Todos que se quejasen de su mal! ¡Si tuviera que ganarse la vida con agua a la cintura, segando arroz, no se acordaría de estar enfermo!

Y *Cañamèl* avanzaba una pierna dentro de la barca, penosamente, con débiles quejidos, sin soltar a Neleta, mientras refunfuñaba contra las gentes que se burlaban de su salud. ¡Él sabía cómo estaba! ¡Ay, Señor! Y se acomodó en un puesto que le dejaron libre, con esa obsequiosa solicitud que las gentes del campo tienen para el rico, mientras su mujer hacía frente sin arredrarse a las bromas de los que la cumplimentaban viéndola tan guapa y animosa.

Ayudó a su marido a abrir un gran quitasol, puso a su lado una espuerta con provisiones para un viaje que no duraría tres horas, y acabó por recomendar al barquero el mayor cuidado con su Paco. Iba a pasar una temporada en su casita de Ruzafa. Allí le visitarían buenos médicos: el pobre estaba mal. Lo decía sonriendo, con expresión cándida, acariciando al blanducho hombretón, que temblaba con las primeras oscilaciones de la barca como si fuese de gelatina. No prestaba atención a los guiños maliciosos de la gente, a las miradas irónicas y burlonas que después de resbalar sobre ella se fijaban en el tabernero, doblado en su asiento bajo el quitasol y respirando con un gruñido doloroso.

El barquero apoyó su larga percha en el ribazo, y la embarcación comenzó a deslizarse por el canal seguida por las voces de Neleta, que siempre con sonrisa enigmática recomendaba a todos los amigos que cuidasen de su esposo.

Las gallinas corrían por entre las brozas del ribazo siguiendo la barca. Las bandas de ánades agitaban sus alas en torno de la proa que enturbiaba el espejo del canal, donde se reflejaban invertidas las barracas del pueblo, las negras barcas amarradas a los víveres con techos de paja a ras del agua, adornadas en los extremos con cruces de madera, como si quisieran colocar las anguilas de su seno bajo la divina protección.

Al salir del canal, la barca-correo comenzó a deslizarse por entre los arrozales, inmensos campos de barro líquido cubiertos de espigas de un color bronceado. Los segadores, hundidos en el agua, avanzaban hoz en mano, y las barquitas, negras y estrechas como góndolas, recibían en su seno los haces que habían de conducir a las eras. En medio de esta vegetación acuática, que era como una prolongación de los canales, levantábanse a trechos, sobre isletas de barro, blancas casitas rematadas por chimeneas. Eran las máquinas que inundaban y desecaban los campos, según las exigencias del cultivo.

Los altos ribazos ocultaban la red de canales, las anchas «carreras» por donde navegaban los barcos de vela cargados de arroz. Sus cascos permanecían invisibles y las grandes velas triangulares se deslizaban sobre el verde de los campos, en el silencio de la tarde, como fantasmas que caminasen en tierra firme.

Los pasajeros contemplaban los campos como expertos conocedores, dando su opinión sobre las cosechas y lamentando la suerte de aquellos a quienes había entrado el salitre en las tierras, matándoles el arroz.

Deslizábase la barca por canales tranquilos, de un agua amarillenta, con los dorados reflejos del té. En el fondo, las hierbas acuáticas inclinaban sus cabelleras con el roce de la quilla. El silencio y la tersura del agua aumentaban los sonidos. En los momentos en que cesaban las conversaciones, se oía claramente la quejumbrosa respiración del enfermo tendido bajo un banco y el gruñido tenaz de *Cañamèl* al respirar, con la barba hundida en el pecho. De las barcas lejanas y casi invisibles llegaban, agrandados por la calma, el choque de una percha al caer sobre la cubierta, el chirrido de un mástil, las voces de los barqueros avisándose para no tropezar en las revueltas de los canales.

El conductor desorejado abandonó la percha, y saltando sobre las rodillas de los pasajeros fue de un extremo a otro de la embarcación arreglando la vela para aprovechar la débil brisa de la tarde.

Habían entrado en el lago, en la parte de la Albufera obstruida de carrizales e islas, donde había que navegar con cierto cuidado. El horizonte se ensanchaba. A un lado, la línea obscura y ondulada de los pinos de la Dehesa, que separa la Albufera del mar; la selva casi virgen, que se extiende leguas y leguas, donde pastan los toros feroces y viven en la sombra los grandes reptiles, que muy pocos ven, pero de los que se habla con terror durante las veladas. Al lado opuesto, la inmensa llanura de los arrozales perdiéndose en el horizonte por la parte de Sollana y Sueca, confundiéndose con las lejanas montañas. Al frente, los carrizales e isletas que ocultaban el lago libre, y por entre los cuales deslizábase la barca, hundiendo con la proa las plantas acuáticas, rozando su vela con las cañas que avanzaban de las orillas.

Marañas de hierbas obscuras y gelatinosas como viscosos tentáculos subían hasta la superficie, enredándose en la percha del barquero, y la vista sondeaba inútilmente la vegetación sombría e infecta, en cuyo seno pululaban las bestias del barro. Todos los ojos expresaban el mismo pensamiento: el que cayera allí, difícilmente saldría.

Un rebaño de toros pastaba en la playa de juncos y charcas lindante con la Dehesa. Algunos de ellos habían pasado a nado a las islas inmediatas, y hundidos en el fango hasta el vientre rumiaban entre los carrizales, moviendo con fuerte chapoteo sus pesadas patas. Eran unos animales grandes, sucios, con el lomo cubierto de costras, los cuernos enormes y el hocico siempre babeante. Miraban fieramente la cargada barca que se deslizaba entre ellos, y al mover su cabeza esparcían en torno una nube de gruesos mosquitos que volvía a caer sobre el rizado testuz.

A poca distancia, en un ribazo que no era más que una estrecha lengua de barro entre dos aguas, vieron los de la barca un hombre en cuclillas. Los del Palmar le conocieron.

—¡Es *Sangonera*! —gritaron—. ¡El borracho *Sangonera*!

Y agitando sus sombreros, le preguntaban a gritos dónde la había «pillado» por la mañana y si pensaba dormirla allí. *Sangonera* seguía inmóvil; pero cansado de las risas y gritos de los de la barca, púsose en pie, y girando en una ligera pirueta, se dio unas cuantas palmadas en el dorso de su cuerpo con expresión de desprecio, volviendo a agacharse gravemente.

Al verle de pie redoblaron las risas, excitadas por su bizarro aspecto. Llevaba el sombrero adornado con un alto penacho de flores de la Dehesa y sobre el pecho y en torno de su faja se enroscaban algunas bandas de campanillas silvestres de las que crecían entre las cañas de los ribazos.

Todos hablaban de él. ¡Famoso *Sangonera*! No había otro igual en los pueblos del lago. Tenía el firme propósito de no trabajar como los demás hombres, diciendo que el trabajo era un insulto a Dios, y se pasaba el día buscando quien le convidase a beber. Se emborrachaba en el Perelló para dormir en el Palmar; bebía en el Palmar para despertar al día siguiente en el Saler y si había fiesta en los pueblos de tierra firme, se le veía en Silla o en Catarroja buscando entre la gente que cultivaba campos en la Albufera una buena alma que le invitase. Era milagroso que no apareciera su cadáver en el fondo de un canal después de tantos viajes a pie por el lago, en plena embriaguez, siguiendo las lindes de los arrozales, estrechas como un filo de hacha, atravesando los portillos de las acequias con agua al pecho y pasando por lugares de barro movedizo donde nadie osaba aventurarse como no fuese en barca. La Albufera era su casa. Su instinto de hijo del lago le sacaba del peligro, y muchas noches, al presentarse en la taberna de *Cañamèl* para mendigar un vaso, tenía el contacto viscoso y el hedor de fango de una verdadera anguila.

El tabernero murmuraba entre gruñidos al oír la conversación. *¡Sangonera!* ¡Valiente sinvergüenza! ¡Mil veces le había prohibido la entrada en su casa...! Y la gente reía recordando los extraños adornos del vagabundo, su manía de cubrirse de flores y ceñirse coronas como un salvaje apenas comenzaba en su hambriento estómago la fermentación del vino.

La barca penetraba en el lago. Por entre dos masas de carrizales, semejantes a las escolleras de un puerto, se veía una gran extensión de agua tersa, reluciente, de un azul blanquecino. Era el *lluent*, la verdadera Albufera, el lago libre, con sus bosquecillos de cañas esparcidos a grandes distancias, donde se refugiaban las aves del lago, tan perseguidas por los cazadores de la ciudad. La barca costeaba el lado de la Dehesa, donde ciertos barrizales cubiertos de agua se iban convirtiendo lentamente en campos de arroz.

En una pequeña laguna cerrada por ribazos de fango, un hombre de musculatura recia arrojaba capazos de tierra desde su barca. Los pasajeros le admiraban. Era el tío Tono, hijo del tío *Paloma*, y padre a su vez de Tonet el *Cubano*. Y al nombrar a este último, muchos miraron maliciosamente a *Cañamèl*, que seguía gruñendo como si no oyese nada.

No había en toda la Albufera hombre más trabajador que el tío Tono. Se había metido entre ceja y ceja ser propietario, tener sus campos de arroz, no vivir de la pesca como el tío *Paloma*, que era el barquero más viejo de la Albufera; y solo —pues su familia únicamente le ayudaba a temporadas, cansándose ante la grandeza del trabajo—, iba rellenando de tierra, traída de muy lejos, la charca profunda cedida por una señora rica que no sabía qué hacer de ella.

Era empresa de años, tal vez de toda la vida, para un hombre solo. El tío *Paloma* se burlaba de él; su hijo le ayudaba de vez en cuando, para declararse cansado a los pocos días; y el tío Tono, con una fe inquebrantable, seguía adelante, auxiliado únicamente por la *Borda*, una pobrecilla que su difunta mujer sacó de los expósitos, tímida con todos y tenaz para el trabajo lo mismo que él.

¡Salud, tío Tono, y no cansarse! ¡Que cogiera pronto arroz de su campo! Y la barca se alejó, sin que el testarudo trabajador levantase la cabeza más que un momento para contestar a los irónicos saludos.

Un poco más allá, en una barquichuela pequeña como un ataúd, vieron al tío *Paloma* junto a una fila de estacas, calando sus redes para recogerlas al día siguiente.

En la barca discutían si el viejo tenía noventa años o estaba próximo a los cien. ¡Lo que aquel hombre había visto sin salir de la Albufera! ¡Los personajes que tenía tratados...! Y agrandadas por la credulidad popular, repetían sus insolencias familiares con el general Prim, al que servía de barquero en sus cacerías por el lago; su rudeza con grandes señoras y hasta con reinas. El viejo, como si adivinase estos comentarios y se sintiera ahíto de gloria, permanecía encorvado, examinando las redes, mostrando su espalda cubierta por una blusa de anchos cuadros y el gorro negro calado hasta las acartonadas orejas, que parecían despegársele del cráneo. Cuando el correo pasó junto a él, levantó la cabeza, mostrando el abismo negro de su boca desdentada y los círculos de arrugas rojizas que convergían en torno de los ojos profundos, animados por una punta de irónico resplandor.

El viento comenzaba a refrescar. La vela se hinchó con nuevas sacudidas y la cargada barca inclinóse hasta mojar las espaldas de los que se sentaban en la borda. En torno de la proa, las aguas, partidas con violencia, cantaban un gluglú cada vez más fuerte. Ya estaban en la verdadera Albufera, en el inmenso *lluent*, azul y terso como un espejo veneciano, que retrataba invertidos los barcos y las lejanas orillas con el contorno ligeramente serpenteado. Las nubes parecían rodar por el fondo del lago como vedijas de blanca lana: en la playa de la Dehesa, unos cazadores seguidos de perros duplicaban su imagen en el agua, andando cabeza abajo. En la parte de tierra firme, los grandes pueblos de la Ribera, con sus tierras ocultas por la distancia, parecían flotar sobre el lago.

El viento, cada vez más fuerte, cambió la superficie de la Albufera. Las ondulaciones se hicieron más sensibles, las aguas tomaron un tinte verdoso semejante al del mar, se ocultó el suelo del lago, y en las orillas de gruesa arena formada de conchas comenzó a depositar el oleaje amarillentas vedijas de espuma, pompas jabonosas que brillaban irisadas a la luz del sol.

La barca deslizábase a lo largo de la Dehesa y pasaban rápidamente ante ella las colinas areniscas, con las chozas de los guardas en su cumbre; las espesas cortinas de matorrales; los grupos de pinos retorcidos, de formas terroríficas, como manojos de miembros torturados. Los viajeros, enardecidos por la velocidad, excitados por el peligro que ofrecía ·la embarcación arrastrando una de sus bordas a ras del lago, saludaban a gritos a las otras barcas que pasaban a lo lejos y extendían su mano para recibir el choque de las ondas conmovidas por la rápida marcha. En torno del timón arremolinábase el agua. A corta distancia flotaban dos *capuzones*, pájaros obscuros que se sumergían y volvían a sacar la cabeza tras larga inmersión, distrayendo a los pasajeros con estas evoluciones de su pesca. Más allá, en las «matas», en las grandes islas de cañares acuáticos, las fúlicas y los *collvèrts* levantaban el vuelo al aproximarse la barca, lentamente, como si adivinasen que aquella gente era de paz. Algunos se coloreaban de emoción viéndolos... ¡Qué magnífico escopetazo! ¿Por qué habían de prohibir los hombres que cada cual cazase sin permiso, como mejor le pareciera? Y mientras se indignaban los belicosos, sonaba en el fondo de la barca el quejido del enfermo y *Cañamèl* suspiraba como un niño, herido por los rayos del sol poniente que se deslizaban bajo su sombrilla.

El bosque parecía alejarse hacia el mar, dejando entre él y la Albufera una extensa llanura baja cubierta de vegetación bravía, rasgada a trechos por la tersa lámina de pequeñas lagunas.

Era el llano de Sancha. Un rebaño de cabras guardado por un muchacho pastaba entre las malezas, y a su vista surgió en la memoria de los hijos de la Albufera la tradición que daba su nombre al llano.

Los de tierra adentro que volvían a sus casas después de ganar los grandes jornales de la siega preguntaban quién era la tal *Sancha* que las mujeres nombraban con cierto terror, y los del lago contaban al forastero más próximo la sencilla leyenda que todos aprendían desde pequeños.

Un pastorcillo como el que ahora caminaba por la orilla apacentaba en otros tiempos sus cabras en el mismo llano. Pero esto era muchos años antes, ¡muchos...! tantos, que ninguno de los viejos que aún vivían en la Albufera conoció al pastor: ni el mismo tío *Paloma*.

El muchacho vivía como un salvaje en la soledad, y los barqueros que pescaban en el lago le oían gritar desde muy lejos, en las mañanas de calma:

—¡Sancha! ¡Sancha...!

Sancha era una serpiente pequeña, la única amiga que le acompañaba. El mal bicho acudía a los gritos, y el pastor, ordeñando sus mejores cabras, le ofrecía un cuenco de leche. Después, en las horas de sol, el muchacho se fabricaba un caramillo cortando cañas en los carrizales y soplaba dulcemente, teniendo a sus pies al reptil, que enderezaba parte de su cuerpo y lo contraía como si quisiera danzar al compás de los suaves silbidos. Otras veces, el pastor se entretenía deshaciendo los anillos de *Sancha*, extendiéndola en línea recta sobre la arena, regocijándose al ver con qué nervioso impulso volvía a enroscarse. Cuando, cansado de estos juegos, llevaba su rebaño al otro extremo de la gran llanura, seguíale la serpiente como un gozquecillo, o enroscándose a sus piernas le llegaba hasta el cuello, permaneciendo allí caída y como muerta, con sus ojos de diamante fijos en los del pastor, erizándole el vello de la cara con el silbido de su boca triangular.

Las gentes de la Albufera le tenían por brujo, y más de una mujer de las que robaban leña en la Dehesa, al verle llegar con la *Sancha* en el cuello hacía la señal de la cruz como si se presentase el demonio. Así comprendían todos cómo el pastor podía dormir en la selva sin miedo a los grandes reptiles que pululaban en la maleza. *Sancha*, que debía ser el diablo, le guardaba de todo peligro.

La serpiente crecía y el pastor era ya un hombre, cuando los habitantes de la Albufera no le vieron más. Se supo que era soldado y andaba peleando en las guerras de Italia. Ningún otro rebaño volvió a pastar en la salvaje llanura. Los pescadores, al bajar a tierra, no gustaban de aventurarse entre los altos juncales que cubrían las pestíferas lagunas. *Sancha*, falta de la leche con que la regalaba el pastor, debía perseguir los innumerables conejos de la Dehesa.

Transcurrieron ocho o diez años, y un día los habitantes del Saler vieron llegar por el camino de Valencia, apoyado en un palo y con la mochila a la espalda, un soldado, un granadero enjuto y cetrino, con las negras polainas hasta encima de las rodillas, casaca blanca con bombas de paño rojo y una gorra en forma de mitra sobre el peinado en trenza. Sus grandes bigotes no le impidieron ser reconocido. Era el pastor, que volvía deseoso de ver la tierra de su infancia. Emprendió el camino de la selva costeando el lago, y llegó a la llanura pantanosa donde en otros tiempos guardaba sus reses. Nadie. Las libélulas movían sus alas sobre los altos juncos con suave zumbido, y en las charcas ocultas bajo los matorrales chapoteaban los sapos, asustados por la proximidad del granadero.

—¡Sancha! ¡Sancha! —llamó suavemente el antiguo pastor.

Silencio absoluto. Hasta él llegaba la soñolienta canción de un barquero invisible que pescaba en el centro del lago.

—¡Sancha! ¡Sancha! —volvió a gritar con toda la fuerza de sus pulmones.

Y cuando hubo repetido su llamamiento muchas veces, vio que las altas hierbas se agitaban y oyó un estrépito de cañas tronchadas, como si se arrastrase un cuerpo pesado. Entre los juncos brillaron dos ojos a la altura de los suyos y avanzó una cabeza achatada moviendo la lengua de horquilla, con un bufido tétrico que pareció helarle la sangre, paralizar su vida. Era *Sancha*, pero enorme, soberbia, levantándose a la altura de un hombre, arrastrando su cola entre la maleza hasta perderse de vista, con la piel multicolor y el cuerpo grueso como el tronco de un pino.

—¡*Sancha*! —gritó el soldado, retrocediendo a impulsos del miedo—. ¡Cómo has crecido...! ¡Qué grande eres!

E intentó huir. Pero la antigua amiga, pasado el primer asombro, pareció reconocerle y se enroscó en torno de sus hombros, estrechándolo con un anillo de su piel rugosa sacudida por nerviosos estremecimientos. El soldado forcejeó.

—¡Suelta, *Sancha*, suelta! No me abraces. Eres demasiado grande para estos juegos.

Otro anillo oprimió sus brazos, agarrotándolos. La boca del reptil le acariciaba como en otros tiempos; su aliento le agitaba el bigote, causándole un escalofrío angustioso, y mientras tanto los anillos se contraían, se estrechaban, hasta que el soldado, asfixiado, crujiéndole los huesos, cayó al suelo envuelto en el rollo de pintados anillos.

A los pocos días, unos pescadores encontraron su cadáver: una masa informe, con los huesos quebrantados y la carne amoratada por el irresistible apretón de *Sancha*. Así murió el pastor, víctima de un abrazo de su antigua amiga.

En la barca-correo reían los forasteros oyendo el cuento, mientras las mujeres agitaban sus pies con cierta inquietud, creyendo que lo que rebullía cerca de sus faldas con sordos gemidos era la *Sancha*, refugiada en el fondo de la embarcación.

Terminaba el lago. Otra vez la barca penetraba en una red de canales, y lejos, muy lejos, sobre el inmenso arrozal, se destacaban las casas del Saler, el pueblecito de la Albufera más cercano a Valencia, con el puerto ocupado por innumerables barquichuelos y grandes barcas que cortaban el horizonte con sus mástiles sin labrar, semejantes a pinos mondados.

Caía la tarde. La barca deslizábase con menos

velocidad por las aguas muertas del canal. La sombra de la vela pasaba como una nube sobre los arrozales enrojecidos por la puesta del sol, y en el ribazo marcábanse sobre un fondo anaranjado las siluetas de los pasajeros.

Continuamente pasaban moviendo la percha gentes que volvían de sus campos, de pie en los barquichuelos negros, pequeñísimos, con la borda casi a ras del agua. Estos esquifes eran los caballos de la Albufera. Desde la niñez, todos los nacidos en aquella tribu lacustre aprendían a manejarlos. Eran indispensables para trabajar en el campo, para ir a la casa del vecino, para ganarse la vida. Tan pronto pasaba por el canal un niño, como una mujer, o un viejo, todos moviendo la percha con ligereza, apoyándola en el fondo fangoso para hacer resbalar sobre las aguas muertas el zapato que les servía de embarcación.

En las acequias inmediatas se deslizaban otros barquitos, invisibles tras los ribazos, y por encima de las malezas avanzaban los bateleros con el tronco inmóvil, corriendo a impulsos de sus puños.

De vez en cuando los del correo veían abrirse en los ribazos anchas brechas, por las que se esparcían sin ruido ni movimiento las aguas del canal, durmiendo bajo una capa de verdura viscosa y flotante. Suspendidas de estacas cerraban estas entradas las redes para las anguilas. Al aproximarse la barca, saltaban de las tierras de arroz ratas enormes, desapareciendo en el barro de las acequias.

Los que antes se habían enardecido con venatorio entusiasmo ante los pájaros del lago, sentían renacer su furia viendo las ratas de los canales. ¡Qué buen escopetazo! ¡Magnífica cena para la noche…!

La gente de tierra adentro escupía con expresión de asco, entre las risas y protestas de los de la Albufera. ¡Un bocado delicioso! ¿Cómo podían hablar si nunca lo habían probado? Las ratas de la marjal sólo comían arroz; eran plato de príncipe. No había más que verlas en el mercado de Sueca, desolladas, pendientes a docenas de sus largos rabos en las mesas de los carniceros. Las compraban los ricos; la aristocracia de las poblaciones de la Ribera no comía otra cosa. Y *Cañamèl*, como si por su calidad de rico creyese indispensable decir algo, cesaba de gemir para asegurar gravemente que sólo conocía en el mundo dos animales sin hiel: la paloma y la rata; con esto quedaba dicho todo.

La conversación se animó. Las demostraciones de repugnancia de los forasteros servían para enardecer a los de la Albufera. El envilecimiento físico de la gente lacustre, la miseria de un pueblo privado de carne, que no conoce más reses que las que ve correr de lejos en la Dehesa y vive condenado toda su vida a nutrirse con anguilas y peces de barro, se revelaba en forma bravucona, con el visible deseo de asombrar a los forasteros ensalzando la valentía de sus estómagos. Las mujeres enumeraban las excelencias de la rata en el arroz de la *paella*; muchos la habían comido sin saberlo, asombrándose con el sabor de una carne desconocida. Otros recordaban los guisados de serpiente, ensalzando sus rodajas blancas y dulces, superiores a las de la anguila, y el barquero desorejado rompió el mutismo de todo el viaje para recordar cierta gata recién parida que había cenado él con otros amigos en la taberna de *Cañamèl*, arreglada por un marinero que después de correr mucho mundo tenía manos de oro para estos guisos.

Comenzaba a anochecer. Los campos se ennegrecían. El canal tomaba una blancura de estaño a la tenue luz del crepúsculo. En el fondo del agua brillaban las primeras estrellas temblando con el paso de la barca.

Estaban próximos al Saler. Sobre los tejados de las barracas erguíase entre dos pilastras el esquilón de la casa de la *Demaná*, donde se reunían cazadores y barqueros la víspera de las tiradas para escoger los puestos. Junto a la casa se veía una enorme diligencia, que había de conducir a la ciudad a los pasajeros del correo.

Cesaba la brisa; la vela caía desmayada a lo largo del mástil, y el desorejado empuñaba la percha, apoyándose en los ribazos para empujar la embarcación.

Pasó con dirección al lago una barca pequeña cargada de tierra. Una muchacha perchaba briosamente en la proa, y en el otro extremo la ayudaba un joven con un gran sombrero de jipijapa.

Todos los conocieron. Eran los hijos del tío Tòni, que llevaban tierra a su campo: la Borda, aquella expósita infatigable, que valía más que un hombre, y Tonet el *Cubano*, el nieto del tío *Paloma*, el mozo más guapo de toda la Albufera, un hombre que había visto mundo y tenía algo que contar.

—¡Adiós, Bigòt! —le gritaron familiarmente. Le daban tal apodo a causa del bigote que sombreaba su rostro moreno, adorno desusado en la Albufera, donde todos llevan rasurado el rostro. Otros le preguntaban con irónico asombro desde cuándo trabajaba.

Se alejó el barquito, sin que Tonet, que había lanzado una rápida ojeada a los pasajeros, pareciese oír las bromas.

Muchos miraron con cierta insolencia a *Cañamèl*, permitiéndose las mismas bromas brutales que se usaban en su taberna... ¡Ojo, tío Paco! ¡Él iba a Valencia, mientras Tonet pasaría la noche en el Palmar...!

El tabernero fingió al principio no oírles, hasta que, cansado de sufrir, se enderezó con nervioso impulso, pasando por sus ojos una chispa de ira. Pero la masa grasienta del cuerpo pareció gravitar sobre su voluntad, y se encogió en el banco, como aplastado por el esfuerzo, gimiendo otra vez dolorosamente y murmurando entre quejidos:

—*¡Indesents...! ¡Indesents...!*

II

La barraca del tío *Paloma* se alzaba a un extremo del Palmar.

Un gran incendio había dividido la población, cambiando su aspecto. Medio Palmar fue devorado por las llamas. Las barracas de paja se convirtieron rápidamente en cenizas, y sus dueños, queriendo vivir en adelante sin miedo al fuego, construyeron edificios de ladrillo en los solares calcinados, empeñando muchos de ellos su escasa fortuna para traer los materiales, que resultaban costosos después de atravesar el lago. La parte del pueblo que sufrió el incendio se cubrió de casitas, con las fachadas pintadas de rosa, verde o azul. La otra parte del Palmar conservó el primitivo carácter, con las techumbres de sus barracas redondas por los dos frentes, como barcos puestos a la inversa sobre las paredes de barro.

Desde la plazoleta de la iglesia hasta el final de la población por la parte de la Dehesa, se extendían las barracas, separadas unas de otras por miedo al incendio, como sembradas al azar.

La del tío *Paloma* era la más antigua. La había construido su padre en los tiempos en que no se encontraba en la Albufera un ser humano que no temblase de fiebre.

Los matorrales llegaban entonces hasta las paredes de las barracas. Desaparecían las gallinas en la misma puerta de la casa, según contaba el tío *Paloma*, y cuando volvían a presentarse, semanas después, llevaban tras ellas un cortejo de polluelos recién nacidos. Aún se cazaban nutrias en los canales, y la población del lago era tan escasa, que los barqueros no sabían qué hacer de la pesca que llenaba sus redes. Valencia estaba para ellos al otro extremo del mundo, y sólo venía de allá el mariscal Suchet, nombrado por el rey José duque de la Albufera y señor del lago y de la selva, con todas sus riquezas.

Su recuerdo era el más remoto en la memoria del tío *Paloma*. El viejo aún creía verle con el cabello alborotado y las anchas patillas, vestido con redingote gris y sombrero redondo, rodeado de hombres de uniformes vistosos que le cargaban las escopetas. El mariscal cazaba en la barca del padre del tío *Paloma*, y el chiquitín, agazapado en la proa, le contemplaba con admiración. Muchas veces reía del chapurrado lenguaje con que se expresaba el caudillo lamentando el atraso del país o comentaba los sucesos de una guerra entre españoles e ingleses, de la que en el lago sólo se tenían vagas noticias.

Una vez fue con su padre a Valencia para regalar al duque de la Albufera una anguila maresa, notable por su tamaño, y el mariscal los recibió riendo, puesto de gran uniforme, deslumbrante de bordados de oro, en medio de oficiales que parecían satélites de su esplendor.

Cuando el tío *Paloma* fue hombre, y muerto su padre se vio dueño de la barraca y dos barcas, ya no existían duques de la Albufera, sino bailíos, que la gobernaban en nombre del rey su amo; excelentes señores de la ciudad que nunca venían al lago, dejando a los pescadores merodear en la Dehesa y cazar con entera libertad los pájaros que se criaban en los carrizales.

Aquéllas fueron las épocas buenas; y cuando

el tío *Paloma* las recordaba con su voz cascada de anciano en las tertulias de la taberna de *Cañamèl*, la gente joven se estremecía de entusiasmo. Se pescaba y cazaba al mismo tiempo, sin miedo a guardas ni multas. Al llegar la noche volvía la gente a casa con docenas de conejos cogidos con hurón en la Dehesa, y a más de esto, cestas de pescado y ristras de aves cazadas en los cañares. Todo era del rey, y el rey estaba lejos. No era como ahora, que la Albufera pertenecía al Estado (¡quién sería ese señor!) y había contratistas de la caza y arrendatarios de la Dehesa, y los pobres no podían disparar un tiro ni recoger un haz de leña sin que al momento surgiese el guarda con la bandera sobre el pecho y la carabina apuntada.

El tío *Paloma* había conservado las preeminencias de su padre. Era el primer barquero del lago, y no llegaba a la Albufera un personaje que no lo llevase él a través de las isletas de cañas mostrándole las curiosidades del agua y la tierra. Recordaba a Isabel II joven, llenando con sus anchas faldas toda la popa del engalanado barquito y moviendo su busto de buena moza a cada impulso de la percha del barquero. Reía la gente recordando su viaje por el lago con la empetratriz Eugenia. Ella en la proa, esbelta, vestida de amazona, con la escopeta siempre pronta, derribando los pájaros que hábiles ojeadores hacían surgir a bandadas de los cañares con palos y gritos; y en el extremo opuesto, el tío *Paloma*, socarrón, malicioso, con la vieja escopeta entre las piernas, matando las aves que escapaban a la gran dama y avisándola en un castellano fantástico la presencia de los *collvèrts*: «Su Majestad... ¡ojo! Por detrás le entra un *collovierde*.»

Todos los personajes quedaban satisfechos del viejo barquero. Era insolente, con la rudeza de un hijo de la laguna; pero la adulación que faltaba a su lengua la encontraba en su escopeta, arma venerable, llena de composturas, hasta el punto de no saberse qué quedaba en ella de la primitiva fabricación. El tío *Paloma* era un tirador prodigioso. Los embusteros del lago mentían a sus expensas, llegando a afirmar que una vez había muerto cuatro fúlicas de un tiro. Cuando quería halagar a un personaje mediano tirador, se colocaba tras él en la barca y disparaba al mismo tiempo con tal precisión, que las dos detonaciones se confundían, y el cazador, viendo caer las piezas, se asombraba de su habilidad, mientras el barquero, a sus espaldas, movía el hocico maliciosamente.

Su mejor recuerdo era el general Prim. Lo había conocido en una noche tempestuosa llevándolo en su barca a través del lago. Eran los tiempos de desgracia. Los miñones andaban cerca; el general iba disfrazado de obrero y huía de Valencia después de haber intentado sin éxito sublevar la guarnición. El tío *Paloma* lo condujo hasta el mar; y cuando volvió a verle, años después, era jefe del gobierno y el ídolo de la nación. Abandonando la vida política, escapaba de Madrid alguna vez para cazar en el lago, y el tío *Paloma*, audaz y familiarote después de la pasada aventura, le reñía como a un muchacho si marraba el tiro. Para él no existían grandezas humanas: los hombres se dividían en buenos y malos cazadores. Cuando el héroe disparaba sin hacer blanco, el barquero se enfurecía hasta tutearle. «General de... mentiras. ¿Y él era el valiente que tantas cosas había hecho allá en Marruecos...? Mira, mira y aprende.» Y mientras reía el glorioso discípulo, el barquero disparaba su escopetucho casi sin apuntar y una fúlica caía en el agua hecha una pelota.

Todas estas anécdotas daban al tío *Paloma* un prestigio inmenso entre la gente del lago. ¡Lo que aquel hombre hubiese sido de querer abrir la boca pidiendo algo a sus parroquianos...! Pero él siempre cazurro y malhablado, tratando a los personajes como camaradas de taberna, haciéndolos reír con sus insolencias en los momentos de mal humor o con frases bilingües y retorcidas cuando quería mostrarse amable.

Estaba contento de su existencia, y eso que cada vez era más dura y difícil, conforme entraba en años. ¡Barquero, siempre barquero! Despreciaba a las gentes que cultivaban las tierras de arroz. Eran «labradores», y para él esta palabra significaba el mayor insulto.

Enorgullecíase de ser hombre de agua, y muchas veces prefería seguir las revueltas de los canales antes que acortar distancias marchando por los ribazos. No pisaba voluntariamente otra tierra que la de la Dehesa, para disparar unos cuantos escopetazos a los conejos, huyendo a la aproximación de los guardas, y por su gusto hubiese comido y dormido dentro de la barca, que era para él lo que el caparazón de un animal acuático. Los instintos de las primitivas razas lacustres revivían en el viejo.

Para ser feliz sólo le faltaba carecer de familia, vivir como un pez del lago o un pájaro de los carrizales, haciendo su nido hoy en una isleta y mañana en un cañar. Pero su padre se había empeñado en casarlo. No quería ver abandonada aquella barraca que era obra suya, y el bohemio de las aguas viose forzado a vivir en sociedad con sus semejantes, a dormir bajo una techumbre de paja, a pagar su parte para el mantenimiento del cura y a obedecer al alcaldillo pedáneo de la isla, siempre algún sinvergüenza —según decía él—, que para no trabajar buscaba la protección de los señorones de la ciudad.

De su esposa apenas si retenía en la memoria una vaga imagen. Había pasado junto a él rozando muchos años de su vida, sin dejarle otros recuerdos que su habilidad para remendar las redes y el garbo con que amasaba el pan de la semana, todos los viernes, llevándolo a un horno de cúpula redonda y blanca, semejante a un hormiguero africano, que se alzaba en un extremo de la isla.

Habían tenido muchos hijos, muchísimos;

pero, menos uno, todos habían muerto «oportunamente». Eran seres blancuzcos y enfermizos, engendrados con el pensamiento puesto en la comida, por padres que se ayuntaban sin otro deseo que transmitirse el calor, estremecidos por los temblores de la fiebre palúdica. Parecían nacer llevando en sus venas en vez de sangre el escalofrío de las tercianas. Unos habían muerto de consunción, debilitados por el alimento insípido de la pesca de agua dulce, otros se ahogaron cayendo en los canales cercanos a la casa, y si sobrevivió uno, el menor, fue por agarrarse tenazmente a la vida, con ansia loca de subsistir, afrontando las fiebres y chupando en los pechos fláccidos de su madre la escasa substancia de un cuerpo eternamente enfermo.

El tío *Paloma* encontraba estas desgracias lógicas e indispensables. Había que alabar al Señor, que se acuerda de los pobres. Era repugnante ver cómo se aumentaban las familias en la miseria; y sin la bondad de Dios, que de vez en cuando aclaraba esta peste de chiquillos, no quedaría en el lago comida para todos y tendrían que devorarse unos a otros.

Murió la mujer del tío *Paloma* cuando éste, anciano ya, se veía padre de un chicuelo de siete años. El barquero y su hijo Tono quedaron solos en la barraca. El muchacho era juicioso y trabajador como su madre. Guisaba la comida, reparaba los desperfectos de la barraca y tomaba lecciones de las vecinas para que su padre no notase la ausencia de una mujer en la vivienda. Todo lo hacía con gravedad, como si la terrible lucha sostenida para subsistir hubiese dejado en él un rastro inextinguible de tristeza.

El padre se mostraba satisfecho cuando marchaba hacia la barca seguido por el muchacho, casi oculto bajo el montón de redes. Crecía rápidamente, sus fuerzas eran cada vez mayores, y el tío *Paloma* enorgullecíase viendo con qué impulso sacaba los *mornells* del agua o hacía deslizarse la barca sobre el lago.

—Es el hombre más hombre de toda la Albufera —decía a sus amigos—. Su cuerpo *se la venga* ahora de las enfermedades que sufrió de pequeño.

Las mujeres del Palmar alababan no menos sus sanas costumbres. Ni locuras con los jóvenes que se congregaban en la taberna, ni juegos con ciertos perdidos que, una vez terminada la pesca, se tendían panza abajo sobre los juncos, a espaldas de cualquier barraca, y pasaban las horas manejando una baraja mugrienta.

Siempre serio y pronto para el trabajo, Tono no daba a su padre el más leve disgusto. El tío *Paloma*, que no podía pescar acompañado, pues al menor descuido se enfurecía e intentaba pegar al camarada, jamás reñía a su hijo, y cuando, entre bufidos de mal humor, intentaba darle una orden, ya el muchacho, adivinándola, había puesto manos a la obra.

Cuando Tono fue un hombre, su padre, aficionado a la vida errante y rebelde a la existencia de familia, experimentó los mismos deseos que el primitivo tío *Paloma*. ¿Qué hacían aislados los dos hombres en la soledad de la vieja barraca? Le repugnaba ver a su hijo, un hombretón ancho y forzudo, inclinarse ante el hogar, en el centro de la barraca, soplando el fuego y preparando la cena. Muchas veces sentía remordimiento contemplando sus manos cortas y velludas, con dedos de hierro, fregando las cazuelas y haciendo saltar con un cuchillo las escamas duras, de reflejos metálicos, de los peces del lago.

En las noches de invierno parecían náufragos refugiados en una isla desierta. Ni una palabra entre ellos, ni una risa, ni una voz de mujer que los alegrase. La barraca tenía un aspecto lúgubre. En el centro ardía el fogón a nivel del suelo: un pequeño espacio cuadrado con orla de ladrillos. Enfrente el banco de la cocina, con una pobre fila de cacharros y antiguos azulejos. A ambos lados los tabiques de dos cuartos, construidos con cañas y barro, como toda la barraca, y por encima de estos tabiques, que sólo tenían la altura de un hombre, todo el interior de la techumbre negro con capas de hollín, ahumado por el fuego de muchos años, sin otro respiradero que un orificio en la montera de paja, por donde entraban silbando los vendavales de invierno. Del techo pendían los trajes impermeables del padre y del hijo para las pescas nocturnas: pantalones rígidos y pesados, chaquetas con un palo atravesado en las mangas, la tela gruesa, amarilla y reluciente por las frotaciones de aceite. El viento, al penetrar por el boquete que servía de chimenea, columpiaba estos extraños monigotes, que reflejaban en su grasienta superficie la luz roja del hogar. Parecía que los dos habitantes de la barraca se habían ahorcado de la techumbre.

El tío *Paloma* se aburría. Gustábale hablar; en la taberna juraba a su gusto, maltrataba a los otros pescadores, los deslumbraba con el recuerdo de los grandes personajes que había conocido pero en su casa no sabía qué decir, su conversación no merecía la menor réplica del hijo obediente y callado, perdiéndose sus palabras en un silencio respetuoso y abrumador. El barquero lo declaraba a gritos en la taberna con su alegre brutalidad. Aquel hijo era muy bueno, pero no se le parecía; siempre silencioso y sumiso. La difunta debía haberle hecho alguna trampa.

Un día abordó a Tono con su expresión imperiosa de padre al uso latino, que considera a los hijos faltos de voluntad y dispone sin consulta de su porvenir y su vida. Debía casarse; así no estaban bien: en la casa faltaba una mujer. Y Tono acogió esta orden como si le hubiera dicho que al día siguiente había de aparejar la barca grande para esperar en el Saler a un cazador de Valencia. Estaba bien. Procuraría cumplir cuanto antes la orden de su padre.

Y mientras el muchacho buscaba por cuenta

propia, el viejo barquero comunicaba sus propósitos a todas las comadres del Palmar. Su Tono quería casarse. Todo lo suyo era del muchacho: la barraca, la barca grande con su vela nueva y otra vieja que aún era mejor; dos barquitos, no recordaba cuántas redes, y encima de eso, las condiciones del chico: trabajador serio, sin vicios y libre del servicio militar por un buen número en el sorteo. En fin, no era un gran partido, pero desnudo como un sapo de las acequias no estaba su Tono; ¡y para las muchachas que había en el Palmar...!

El viejo, con su desprecio a la mujer, escupía viendo las jóvenes, entre las cuales se ocultaba su futura nuera. No; no eran gran cosa aquellas vírgenes del lago, con sus ropas lavadas en el agua pútrida de los canales, oliendo a barro y las manos impregnadas de una viscosidad que parecía penetrar hasta los huesos. El pelo, descolorido por el sol, blanquecino y pobre, apenas si sombreaba sus caras enjutas y rojizas, en las que los ojos brillaban con el fuego de una fiebre siempre renovada al beber las aguas del lago. Su perfil anguloso, la sutilidad escurridiza de su cuerpo y el hedor de los zagalejos las daba cierta semejanza con las anguilas, como si una nutrición monótona e igual de muchas generaciones hubiera acabado por fijar en aquella gente los rasgos del animal que les servía de sustento.

Tono escogió una: cualquiera, la que menos obstáculos opuso a su timidez. Se verificó la boda, y el viejo tuvo en la barraca un ser más con quien hablar y a quien reñir. Sentía cierta voluptuosidad al ver que sus palabras no quedaban en el vacío y que la nuera oponía protestas a sus exigencias de malhumorado.

Con esta satisfacción coincidió un disgusto. Su hijo parecía olvidar las tradiciones de la familia. Despreciaba el lago para buscar la vida en los campos, y en septiembre cuando recogían el arroz y los jornales se pagaban caros, abandonaba la barca, haciéndose segador, como muchos otros que excitaban la indignación del tío *Paloma*. Esta tarea de trabajar en el barro, de martirizar los campos, correspondía a los forasteros, a los que vivían lejos de la Albufera. Los hijos del lago estaban libres de tal esclavitud. Por algo les había puesto Dios junto a aquella agua que era una bendición. En su fondo estaba la comida, y era un disparate, una vergüenza, trabajar todo el día con barro a la cintura, las piernas comidas de sanguijuelas y la espalda tostada por el sol, para coger unas espigas que, finalmente, no eran para ellos. ¿Iba su hijo a hacerse «labrador»...? Y al formular esta pregunta, el viejo metía en sus palabras todo el asombro, la inmensa extrañeza de un hecho inaudito, como si hablase de que algún día la Albufera podía quedarse en seco.

Tono, por primera vez en la vida, osaba oponerse a las palabras de su padre. Pescaría, como siempre, el resto del año. Pero ahora era casado, las atenciones de la casa resultaban mayores, y sería una imprudencia despreciar los magníficos jornales de la siega. A él le pagaban mejor que a los otros, por su fuerza y su asiduidad en el trabajo. Los tiempos había que tomarlos como venían; cada vez se cultivaba más arroz en las orillas del lago, las antiguas charcas se cubrían de tierra, los pobres se hacían ricos, y él no era tan tonto que perdiese su parte en la nueva vida.

El barquero aceptaba refunfuñando esta transformación en las costumbres de la casa. La sensatez y la gravedad de su hijo le imponían cierto respeto, pero protestaba, apoyado en la percha, a orillas del canal, conversando con otros barqueros de su buena época. ¡Iban a transformar la Albufera! Dentro de pocos años nadie la conocería. Por la parte de Sueca colocaban ciertos armatostes de hierro dentro de unas casitas con grandes chimeneas, y... ¡eche usted humo! Las antiguas norias, tranquilas y simpáticas, con su rueda de madera carcomida y sus arcaduces negros, iban a ser sustituidas por maquinarias infernales que moverían las aguas con un estrépito de mil demonios. ¡Milagro sería que toda la pesca no tomase el camino del mar, fastidiada por tales innovaciones! Iban a cultivarlo todo; echaban tierra y más tierra sobre el lago. Por poco que él viviese, aún había de ver cómo la última anguila, falta de espacio, se marchaba moviendo el rabo por la boca del Perelló, desapareciendo en el mar. ¡Y Tono metido en esta obra de piratas! ¡Habría que ver a un hijo suyo, a un *Paloma*, convertido en «labrador»...! Y el viejo reía, como si imaginase un suceso irrealizable.

Pasó el tiempo, y su nuera le dio un nieto, un Tonet, que el abuelo llevaba muchas tardes en brazos hasta la orilla del canal, ladeando la pipa en su boca desdentada para que el humo no molestase al pequeño. ¡Demonio de muchacho, y qué guapo era! La larguirucha y fea de su nuera era como todas las hembras de la familia; lo mismo que su difunta: daban hijos que en nada se parecían a sus progenitores. El abuelo, acariciando al pequeño, pensaba en el porvenir. Lo enseñaba a los camaradas de su juventud, cada vez más escasos, y vaticinaba el porvenir.

«Este será de los nuestros: no tendrá más casa que la barca. Antes de que le salgan todos los dientes ya sabrá mover la percha...»

Pero antes de que le salieran los dientes, lo que ocurrió para el tío *Paloma* fue el hecho más inesperado de su vida. Le dijeron en la taberna que Tono había tomado en arriendo, cerca del Saler, ciertas tierras de arroz propiedad de una señora de Valencia; y cuando por la noche abordó a su hijo, quedó estupefacto viendo que no negaba el crimen.

¿Cuándo se había visto un *Paloma* con amo? La familia había vivido siempre libre como deben vivir los hijos de Dios que en algo se estiman, buscándose el sustento en el aire o en el agua, cazando y pescando. Sus señores habían sido el rey o aquel guerrero *franchute* que era capitán general en Valencia, amos que vivían muy lejos, que no pesaban y podían tolerarse por su grandeza. ¿Pero un hijo suyo arrendatario de una lechuguina de la ciudad y llevándola todos los años en metal sonante una parte de su trabajo...? ¡Vamos, hombre! ¡Ya estaba tomando el camino para hablar con aquella señora y deshacer el compromiso! Los *Palomas* no servían a nadie mientras en el lago quedara algo que llevarse a la boca: aunque fuesen ranas.

Pero la sorpresa del viejo fue en aumento ante la inesperada resistencia de Tono. Había reflexionado bien sobre el asunto y estaba dispuesto a no arrepentirse. Pensaba en su mujer, en aquel chiquitín que llevaba en brazos, y se sentía ambicioso. ¿Qué eran ellos? Unos mendigos del lago, viviendo como salvajes en la barraca, sin más alimento que los animales de las acequias y teniendo que huir como criminales ante los guardas cuando mataban algún pájaro para dar mayor substancia al caldero. Unos parásitos de los cazadores, que sólo comían carne cuando los forasteros les permitían meter mano en sus provisiones. ¡Y esta miseria prolongándose de padres a hijos, como si viviesen amarrados para siempre al barro de la Albufera, sin más vida ni aspiraciones que las del sapo, que se cree feliz en el cañar porque encuentra insectos a flor de agua!

No; él se rebelaba; quería sacar a la familia de su miserable postración; trabajar, no sólo para comer, sino para el ahorro. Había que fijarse en las ventajas del cultivo del arroz: poco trabajo y gran provecho. Era una verdadera bendición del cielo; nada en el mundo daba más. Se planta en junio y se recolecta en septiembre; un poco de abono y otro poco de trabajo; total, tres meses; se coge la cosecha, las aguas del lago, hinchadas por las lluvias del invierno, cubren los campos, y ¡hasta el año siguiente! La ganancia se guarda, y en los meses restantes se pesca a la luz del sol y se caza ocultamente para mantener la familia. ¿Qué más podía desear...? El abuelo había sido un pobre, y después de una vida de perro sólo logró construir aquella barraca, donde vivían eternamente ahumados. Su padre, a quien tanto respetaba, no había conseguido guardar un mendrugo para la vejez. Que le dejasen a él trabajar a gusto, y su hijo, el pequeño Tonet, sería rico, cultivaría campos cuyos límites se perderían de vista, y sobre el solar de la barraca tal vez se levantase con el tiempo una casa mejor que todas las del Palmar. Hacía mal su padre en indignarse porque sus descendientes cultivaban la tierra. Más valía ser labrador que vivir errante en el lago, pasando hambre muchas veces y exponiéndose a recibir el balazo de un guarda de la Dehesa.

El tío *Paloma*, pálido de rabia al oír a su hijo, miraba fijamente una percha caída a lo largo de la pared, y las manos se le iban a ella para romperle de un golpe la cabeza. Se la hubiera roto de ocurrir la rebeldía en otros tiempos, pues se consideraba con derecho después de tal atentado a su autoridad de padre antiguo.

Pero veía a la nuera con el nieto en brazos, y estos dos seres parecían engrandecer a su hijo, poniéndolo a su nivel. Era un padre, un igual suyo. Por primera vez se dio cuenta de que Tono ya no era el muchacho que guisaba la cena en otros tiempos, bajando la cabeza aterrado ante una de sus miradas. Y temblando de rabia al no poder pegarle como cuando cometía una torpeza en la barca, exhaló su protesta entre bufidos. Estaba bien; cada cual a lo suyo: el uno al lago y el otro a aplastar terrones. Vivirían juntos, ya que no había otro remedio. Sus años no le permitían dormir en medio del lago, pues arrastraba una vejez de reumático; pero, aparte de eso, como si no se conocieran. ¡Ay, si levantase la cabeza el primitivo *Paloma*, el barquero de Suchet, y viese la deshonra de la familia...!

El primer año fue de incesantes tormentos

para el viejo. Al entrar por la noche en la barraca, encontraba instrumentos de labranza al lado de los aparejos de pesca. Un día tropezó con un arado que Tono había traído de tierra firme para recomponerlo durante la velada, y le produjo el mismo efecto que un dragón monstruoso tendido en medio de la barraca. Todas estas láminas de acero le causaban frío y rabia. Le bastaba ver una hoz caída a unos cuantos pasos de sus redes, para que al momento creyese que la corva hoja iba a marchar por sí sola a cortarle los aparejos, y reñía a su nuera por descuidada, ordenando a gritos que arrojase lejos, muy lejos, aquellas herramientas de... «labrador». Por todas partes objetos que le recordaban el cultivo de la tierra. ¡Y esto en la barraca de los *Palomas*, donde no se había conocido más acero que el de las facas para abrir el pescado...! ¡Vamos, que había para reventar de rabia!

En la época de la siembra, cuando las tierras estaban secas y recibían el arado, Tono llegaba sudoroso, después de arrear durante todo el día las caballerías alquiladas. Su padre rondaba en torno de él, husmeándolo con maligna fruición, y después corría a la taberna, donde dormitaban con el vaso en la mano sus camaradas de los buenos tiempos. ¡Caballeros, la gran noticia...! Su hijo olía a caballo. ¡Ji, ji! ¡Un caballo en la isla del Palmar! Ya había llegado lo del mundo al revés.

Aparte de estos desahogos, el tío *Paloma* conservaba una actitud fría y aislada en medio de la familia del hijo. Entraba por la noche en la barraca con el *monòt* al brazo, una bolsa de red y aros de madera que contenía algunas anguilas, y empujaba con el pie a su nuera para que le dejase sitio en el fogón. Él mismo se preparaba la cena. Unas veces enrollaba las anguilas atravesándolas con una varita y las guisaba al *ast*, tostándolas pacientemente por todos los lados sobre las llamas. Otras iba a buscar en la barca su antiguo caldero lleno de remiendos, y guisaba en *suc* alguna tenca enorme o confeccionaba una *sebollá*, mezclando cebollas con anguilas, como si preparase la comida de medio pueblo.

La voracidad de aquel viejo pequeño y enjuto era la de todos los antiguos hijos de la Albufera. No comía seriamente más que por la noche, al volver a la barraca, y sentado en el suelo en un rincón, con el caldero entre las rodillas, pasaba horas enteras silencioso, moviendo a ambos lados su boca de cabra vieja, tragando cantidades enormes de alimento, que parecía imposible pudieran contenerse en un estómago humano.

Comía lo suyo, lo que había conquistado durante el día, y no se cuidaba de lo que cenaban sus hijos ni les ofrecía parte de su caldero. ¡Cada cual que engordase con su trabajo! Sus ojillos brillaban con maligna satisfacción cuando veía sobre la mesa de la familia, como único alimento, una cazuela de arroz, mientras él roía los huesos de algún pájaro cazado en el interior de un carrizal al ver lejos a los guardias.

Tono dejaba hacer su voluntad al padre. No había que pensar en someter al viejo, y el aislamiento continuaba entre él y la familia. El pequeño Tonet era el único lazo de unión. Muchas veces el nieto se aproximaba al tío *Paloma*, como si le atrajese el buen olor de su caldero.

—¡Tin, *pobret*, tin! —decía el abuelo con cariñosa lástima, como si lo viese en la mayor miseria.

Y le regalaba un muslo de fúlica, grasiento y estoposo sonriendo al ver cómo lo devoraba el pequeñuelo.

Cuando arreglaba algún *all y pebre* con sus viejos amigotes en la taberna, se llevaba al nieto sin decir palabra a los padres.

Otras veces la fiesta era mayor. Por la mañana, el tío *Paloma*, sintiendo la comezón de las aventuras, había desembarcado con algún camarada tan viejo como él en las espesuras de la Dehesa. Larga espera tendidos sobre el vientre entre los matorrales, espiando a los guardas, ignorantes de su presencia. Así que asomaban los conejos dando saltos en torno de los tallos de la maleza, ¡fuego en ellos! dos al saco y a correr, a ganar la barca, riéndose después, desde el centro del lago, de las carreras de los guardas por la orilla buscando en vano a los cazadores furtivos. Estas audacias rejuvenecían al tío *Paloma*. Había que oírle por la noche, al guisar la caza en la taberna, entre sus amigotes que pagaban el vino, cómo se vanagloriaban de su hazaña. ¡Ningún mozo del día era capaz de hacer otro tanto! Y cuando los prudentes le hablaban de la ley y sus penalidades, el barquero erguía fieramente su busto encorvado por los años y el manejo de la percha. Los guardas eran unos vagos, que aceptaban el empleo porque les repugnaba trabajar, y los señores que arrendaban la caza unos ladrones, que todo lo querían para ellos... La Albufera era de él y de todos los pescadores. Si hubiesen nacido en un palacio, serían reyes. Cuando Dios les había hecho nacer allí, por algo sería. Todo lo demás eran mentiras inventadas por los hombres.

Y después de devorar la cena, cuando apenas quedaba vino en los porrones, el tío *Paloma* contemplaba el nieto dormido entre sus rodillas y se lo mostraba a los amigos. Aquel pequeño sería un verdadero hijo de la Albufera. Su educación corría a cargo suyo, para que no siguiese los malos caminos del padre. Manejaría la escopeta con asombrosa habilidad, conocería el fondo del lago como una anguila, y cuando el abuelo muriese, todos los que vinieran a cazar encontrarían la barca de otro *Paloma*, pero remozado, tal como era él cuando la misma reina venía a sentarse en su barquito riendo sus chuscadas.

Aparte de estos enternecimientos, la animosidad del barquero contra su hijo continuaba latente. No quería ver las despreciables tierras que cultivaba, pero las tenía fijas en su memoria y reía con diabólico gozo al saber que los negocios de Tono marchaban mal. El primer año le entró salitre en los campos cuando estaba granándose el arroz, y casi perdió la cosecha. El tío *Paloma* relataba a todos esta desgracia con fruición; pero al notar en su familia la tristeza y alguna estrechez a causa de los gastos, que habían resultado improductivos, sintió cierto enternecimiento y hasta rompió el mutismo con su hijo para aconsejarle. ¿No se había convencido aún de que era hombre de agua y no labrador? Debía dejar los campos a la gente de tierra adentro, dedicada de antiguo a destriparlos. Él era hijo de pescador, y a las redes había de volver.

Pero Tono contestó con gruñidos de mal humor, manifestando su propósito de seguir adelante, y el viejo volvió a sumergirse en su odio silencioso. ¡Ah, el testarudo...! Desde entonces deseó toda clase de calamidades para las tierras del hijo, como un medio de domar su orgullosa resistencia. Nada preguntaba en casa, pero al cruzarse su barquichuelo en el lago con las grandes barcazas que venían de la parte del Saler, se enteraba de la marcha de la cosecha y sentía cierta satisfacción cuando le anunciaban que el año sería malo. Su testarudo hijo iba a morir de hambre. Aún tendría que pedirle de rodillas, para comer, la llave del antiguo vivero con la montera de paja desfondada que tenía junto al Palmar.

Las tormentas a fines de verano le llenaban de gozo. Deseaba que se abriesen las cataratas del cielo; que viniera de orilla a orilla aquel barranco de Torrente que desaguaba en la Albufera alimentándola; que se desbordase el lago sobre los campos, como ocurría algunas veces, quedando bajo el agua las espigas próximas a la siega. Morirían de hambre los labradores; pero no por esto le faltaría a él la pesca en el lago, y tendría el gusto de ver a su hijo royéndose los codos e implorando su protección.

Por fortuna para Tono, no se cumplían los deseos del maligno viejo. Los años volvían a ser buenos; en la barraca reinaba cierto bienestar, se comía, y el animoso trabajador soñaba, como una dicha irrealizable, con la posibilidad de cultivar algún día tierras que fuesen suyas, que no impusieran la obligación de ir una vez por año a la ciudad para entregar el producto de casi toda la cosecha.

En la vida de la familia hubo un acontecimiento. Tonet crecía y su madre estaba triste. El muchacho iba al lago con su abuelo; después, cuando fuese mayor, acompañaría a su padre a los campos; y la pobre mujer pasaba el día sola en la barraca.

Pensaba en su porvenir, y el aislamiento futuro la daba miedo. ¡Ay, si tuviese otros hijos...! Una hija era lo que con más fervor pedía a Dios. Pero la hija no venía; no podía venir, según afirmaba el tío *Paloma*. Su nuera estaba descompuesta; cosas de mujeres. La habían asistido en su parto las vecinas del Palmar, dejándola de modo que, según el viejo, cada cosa andaba por su lado. Por esto parecía siempre enferma, con un color pálido, de papel mascado, no pudiendo permanecer mucho tiempo de pie sin quejarse, andando ciertos días como si se arrastrara, con quejidos que se sorbía entre lágrimas para no molestar a los hombres.

Tono ansiaba cumplir los deseos de su mujer. No le disgustaba una niña en la casa; serviría de ayuda a la enferma. Y los dos hicieron un viaje a la ciudad, trayendo de allá una niña de seis años, una bestezuela tímida, arisca y fea, que sacaron de la casa de expósitos. Se llamaba Visanteta, pero todos, para que no olvidase su origen, con esa crueldad inconsciente de la incultura popular, la llamaron la *Borda*.

El barquero refunfuñó indignado. ¡Una boca más...! El pequeño Tonet, que tenía diez años, encontró muy de su gusto aquella chiquilla para hacerla sufrir sus caprichos y exigencias de hijo mimado y único.

La *Borda* no encontró en la barraca otro cariño que el de aquella mujer enferma, cada vez más débil y dolorida. La infeliz se forjaba la ilusión de que tenía una hija, y por las tardes, haciéndola sentar en la puerta de la barraca, cara al sol, peinaba los rabillos rojos de su cabeza, bien untados de aceite.

Era como un perrillo vivaracho y obediente que alegraba la barraca con sus trotecitos, resignada a las fatigas, sumisa a todas las maldades de Tonet. Con un supremo esfuerzo de sus bracitos arrastraba un cántaro tan grande como ella, lleno de agua de la Dehesa, desde el canal hasta la casa. Corría el pueblo a todas horas cumpliendo los encargos de su nueva madre, y en la mesa comía con los ojos bajos, no atreviéndose a meter la cuchara hasta que todos estaban a mitad de la comida. El tío *Paloma*, con su mutismo y sus feroces ojeadas, le inspiraba gran miedo. Por la noche, como los dos cuartos estaban ocupados, uno por el matrimonio y el otro por Tonet y su abuelo, dormía junto al fogón, en medio de la barraca, sobre el barro que rezumaba a través de las lonas que le servían de lecho, tapándose con las redes de las corrientes de aire que entraban por la chimenea y por la puerta desvencijada, roída por las ratas.

Sus únicas horas de placer eran las de la tarde, cuando, en calma todo el pueblo y los hombres en la laguna o en los campos, se sentaba ella con su madre a coser velas o tejer redes a la puerta de la barraca. Las dos hablaban con las vecinas, en el gran silencio de la calle solitaria e irregular, cubierta de hierba, por entre la cual correteaban las gallinas y cloqueaban los ánades extendiendo al sol sus dos mangas de húmeda blancura.

Tonet ya no iba a la escuela del pueblo, casucha húmeda pagada por el Ayuntamiento de la ciudad, donde niños y niñas, en maloliente revoltijo, pasaban el día gangueando las tablas del abecedario o entonando oraciones.

Era todo un hombre, según decía su abuelo,

que le tentaba los brazos para apreciar su dureza y le golpeaba con la mano el pecho. A su edad, el tío *Paloma* podía comer de lo que pescaba y había disparado sobre todas las clases de pájaros que existen en la Albufera.

El muchacho siguió con gusto al abuelo en sus expediciones por tierra y agua. Aprendió a manejar la percha, pasaba como una exhalación por los canales sobre uno de los barquitos pequeños del tío *Paloma*, y cuando llegaban cazadores de Valencia se agazapaba en la proa de la barca o ayudaba a su abuelo a manejar la vela, saltando al ribazo en los pasos difíciles para agarrar la cuerda, remolcando la embarcación.

Después vino el amaestrarse en la caza. La escopeta del abuelo, un verdadero arcabuz, que por su estampido se distinguía de todas las armas de la Albufera, llegó a manejarla él con relativa facilidad. El tío *Paloma* cargaba fuerte, y los primeros tiros hicieron tambalearse al muchacho, faltando poco para que cayese de espaldas en el fondo de la barca. Poco a poco fue dominando a la vieja bestia y lograba abatir las fúlicas, con gran contento del abuelo.

Así se debía educar a los muchachos. Por su gusto, Tonet no comería otra cosa que lo que matase con la escopeta o pescase con sus manos.

Pero al año de esta ruda educación, el tío *Paloma* notó una gran flojedad en su discípulo. Le gustaba disparar tiros y sentía placer por la pesca. Lo que no parecía complacerle tanto era levantarse antes del amanecer, pasar todo el día con los brazos estirados moviendo la percha y tirar de la cuerda del remolque como un caballo.

El barquero vio claro: lo que su nieto odiaba, con una repulsión instintiva que ponía de pie su voluntad, era el trabajo. En vano el tío *Paloma* le hablaba de la gran pesca que harían al día siguiente en el *Recatí*, el *Rincón de la olla* o cualquier otro punto de la Albufera. Apenas el barquero se descuidaba, su nieto había desaparecido.

Prefería corretear por la Dehesa con los chicuelos de la vecindad, tenderse al pie de un pino y pasar las horas oyendo el canto de los gorriones en las redondas copas, o contemplando el aleteo de las mariposas blancas y los abejorros bronceados sobre las flores silvestres.

El abuelo le amenazaba sin resultado. Intentó pegarle y Tonet, como una bestiecilla feroz, se puso en salvo, buscando piedras en el suelo para defenderse. El viejo se resignó a seguir en el lago solo como antes.

Había pasado su vida trabajando; su hijo Tono, aunque descarriado por las aficiones agrícolas, era más fuerte que él para la faena. ¿A quién se parecía, pues, aquel arrapiezo? ¡Señor! ¿De dónde había salido, con su resistencia invencible a toda fatiga, con su deseo de permanecer inmóvil, descansando horas enteras al sol como un sapo al borde de la acequia...?

Todo cambiaba en aquel mundo del que jamás había salido el viejo. La Albufera la transformaban los hombres con sus cultivos y desfigurábanse las familias, como si las tradiciones del lago se perdiesen para siempre. Los hijos de los barqueros se hacían siervos de la tierra; los nietos levantaban el brazo armado de piedras contra sus abuelos; en el lago se veían barcazas cargadas de carbón; los campos de arroz se extendían por todas partes, avanzaban en el lago, tragándose el agua, y roían la selva, trazando grandes claros en ella. ¡Ay, Señor! ¡Para ver todo aquello, para presenciar la destrucción de un mundo que él consideraba eterno, más valía morirse!

Aislado de los suyos, sin otro afecto que el amor profundo que sentía por su madre la Albufera, la inspeccionaba, la pasaba revista diariamente, como si en sus ojos vivos y astutos de viejo fuerte guardase toda el agua del lago y los innumerables árboles de la Dehesa.

No derribaban un pino en la selva sin que inmediatamente lo notase a gran distancia, desde el centro de la laguna. ¡Uno más...! El claro que dejaba el caído entre la frondosidad de los árboles inmediatos le causaba un efecto doloroso, como si contemplase el vacío de una tumba. Maldecía a los arrendatarios de la Albufera, ladrones insaciables. La gente del Palmar robaba leña en la selva; no ardían en sus hogares otras ramas que las de la Dehesa, pero se contentaba con los matorrales, con los troncos caídos y secos; y aquellos señores invisibles, que sólo se mostraban por medio de la carabina del guarda y los trampantojos de la ley, abatían con la mayor tranquilidad los abuelos del bosque, unos gigantes que le habían visto a él cuando gateaba de pequeño en las barcas y eran ya enormes cuando su padre, el primer *Paloma*, vivía en una Albufera salvaje, matando a cañazos las serpientes que pululaban en la ribera, bichos más simpáticos que los hombres del presente.

En su tristeza ante el derrumbamiento de lo antiguo, buscaba los rincones más incultos del lago, aquéllos adonde no llegaba aún el afán de explotación.

La vista de una noria vieja causábale estremecimientos, y contemplaba con emoción la rueda negra y carcomida, los arcaduces desportillados, secos, llenos de paja, de donde salían las ratas en tropel al notar su proximidad. Eran las ruinas de la muerta Albufera; recuerdos, como él, de un tiempo mejor.

Cuando deseaba descansar, abordaba al llano de Sancha, con sus lagunas de gelatinosa superficie y sus altos juncales, y contemplando el paisaje verde y sombrío, en el que parecían crujir los anillos del monstruo de la leyenda, se regocijaba al pensar que algo existía aún libre de la voracidad de los hombres modernos, entre los cuales ¡ay! figuraba su hijo.

III

Cuando desistió el tío *Paloma* de la ruda educación de su nieto, éste respiró.

Se aburría acompañando a su padre a las tieras del Saler, y pensaba con inquietud en su porvenir viendo al tío Tòni metido en el barro de los arrozales, entre sanguijuelas y sapos, con las piernas mojadas y el busto abrasado por el sol.

Su instinto de muchacho perezoso se rebelaba. No; él no haría lo que su padre; no trabajaría los campos. Ser carabinero, para tenderse en la arena de la costa, o guardia civil como los que llegaban de la huerta de Ruzafa con el correaje amarillo y la blanca cogotera sobre el cuello, le parecía mejor que cultivar el arroz sudando dentro del agua, con las piernas hinchadas de picaduras.

En los primeros tiempos de acompañar a su abuelo por la Albufera, había encontrado aceptable esta vida. Le gustaba ir errante por el lago, navegar sin dirección fija, pasando de un canal a otro, y detenerse en medio de la Albufera para conversar con los pescadores.

Alguna vez saltaba a las isletas de carrizales para excitar con sus silbidos a los toros solitarios. Otras, se entraba en la Dehesa, cogiendo las moras de los zarzales y hurgaba las madrigueras de los conejos, buscando un gazapo en el fondo.

El abuelo le aplaudía cuando atisbaba una *fòcha* o un *collvert* dormidos a flor de agua y los hacía suyos con certero escopetazo.

Además le gustaba estar en la barca horas enteras con la panza en alto, oyendo al abuelo las cosas del pasado. El tío *Paloma* recordaba los hechos más notables de su vida: su trato con los personajes; ciertas entradas de contrabando allá en su juventud, con acompañamiento de tiros; y remontándose en su memoria, hablaba de su padre el primer *Paloma*, repitiendo lo que él a su vez le había relatado.

Aquel barquero de otros tiempos también había visto cosas grandes sin salir de allí. Y el tío *Paloma* contaba a su nieto el viaje de Carlos IV y su esposa a la Albufera, cuando él aún no había nacido. Esto no le impedía describir a Tonet las grandes tiendas con banderolas y tapices levantadas entre los pinos de la Dehesa para el banquete real; las músicas, las traíllas de perros, los lacayos de empolvada peluca custodiando los carros de víveres. El rey, vestido de cazador, se rodeaba de los rústicos tiradores de la Albufera, casi desnudos y con viejos arcabuces, admirando sus proezas, mientras María Luisa paseaba por las frondosidades de la selva del brazo de don Manuel Godoy.

Y el viejo, recordando esta visita famosa, acababa por entonar la copla que le había enseñado su padre:

> *Debajo de un pino verde*
> *le dijo la reina al rey:*
> *«Mucho te quiero, Carlitos,*
> *pero más quiero a Manuel.»*

Su temblona voz tomaba al cantar una expresión maliciosa, y acompañaba con guiños cada verso, como si fuese días antes cuando la gente de la Albufera había inventado la copla, vengándose de una expedición que con su fausto parecía insultar la resignada miseria de los pescadores.

Pero esta época, feliz para Tonet, no fue de larga duración. El abuelo comenzó a mostrarse exigente y tiránico. Cuando le vio hábil en el manejo de la barca, ya no le dejó vagar a su capricho. Le aprisionaba por la mañana llevándolo a la pesca. Tenía que recoger los *mornells* de la noche anterior, grandes bolsas de red en cuyo fondo se enroscaban las anguilas, y calarlos de nuevo: faenas de cierto esfuerzo, que le obligaban a estar de pie en el borde de la barca, con la espalda ardiendo bajo el fuego del sol.

Su abuelo presenciaba inmóvil la maniobra, sin prestarle ayuda. Al volver al pueblo, se tendía en el fondo de la barca como un inválido, dejándose conducir por el nieto que respiraba jadeante manejando la percha.

Los barqueros, desde lejos, saludaban la arrugada cabeza del tío *Paloma* asomada a la borda: «¡Ah, camastrón! ¡Qué cómodamente pasaba el día! Él descansando como el cura del Palmar, y el pobre nieto sudando y perchando.» El abuelo contestaba con la gravedad de un maestro: «¡Así se aprende! ¡Del mismo modo le enseñó a él su padre!»

Después venían las pescas a la *ensesa*: el paseo por el lago desde que se ocultaba el sol hasta que salía, siempre en la obscuridad de las noches invernales. Tonet vigilaba en la proa el haz de hierbas secas que ardía como una antorcha, esparciendo sobre el agua negra una gran mancha de sangre. El abuelo iba en la popa empuñando la *fitora*: una horquilla de hierro con las puntas dentadas, arma terrible, que, una vez clavada, sólo podía sacarse con grandes esfuerzos y horribles destrozos. La luz bajaba hasta el fondo del lago. Veíase el lecho de conchas, las plantas acuáticas, todo un mundo misterioso, invisible durante el día, y el agua era tan clara, que la barca parecía flotar en el aire, falta de apoyo. Los animales del lago, engañados por la luz, acudían ciegos al rojo resplandor, y el tío *Paloma*, ¡zas! no daba golpe con la *fitora* que no sacase del fondo un pez gordo coleando desesperado al extremo del agudo tridente.

Tonet se entusiasmó al principio con esta pesca; pero la diversión fue convirtiéndose poco a poco en esclavitud, y comenzó a odiar el lago, mirando con nostalgia las blancas casitas del Palmar, que se destacaban sobre las obscuras líneas de los carrizales.

Pensaba con envidia en sus primeros años, cuando, sin otra obligación que la de asistir a la escuela, correteaba por las calles del pueblo, oyéndose llamar guapo por todas las vecinas, que felicitaban a su madre.

Allí era dueño de su vida. La madre, enferma, le hablaba con pálida sonrisa, excusando todas sus travesuras y la *Borda* le soportaba con la mansedumbre del ser inferior que admira al fuerte.

La chiquillería que pululaba entre las barracas le reconocía por jefe, y marchaban unidos a lo largo del canal, apedreando a los ánades, que huían graznando entre las protestas de las mujeres.

El rompimiento con su abuelo fue la vuelta a la antigua holganza. Ya no saldría del Palmar antes del alba para permanecer en el lago hasta la noche. Todo el día era suyo en aquel pueblo, donde no quedaban más hombres que el cura en el presbiterio, el maestro en la escuela y el cabo de los carabineros de mar paseando sus fieros bigotes y su nariz roja de alcohólico por la orilla del canal, mientras las mujeres hacían red a la puerta de las barracas, quedando la calle a merced de la gente menuda.

Tonet, emancipado del trabajo, reanudó sus amistades. Tenía dos compañeros nacidos en las barracas inmediatas a la suya: Neleta y *Sangonera*.

La muchacha no tenía padre, y su madre era una vieja anguilera del Mercado de la ciudad, que a media noche cargaba sus cestas en la barcaza del ordinario, llamada el «carro de las anguilas». Por la tarde regresaba al Palmar, con su blanducha y desbordante obesidad rendida por el diario viaje y las riñas y regateos de la Pescadería. La pobre se acostaba antes de anochecer, para levantarse con estrellas y seguir esta vida anormal, que no la permitía atender a su hija. Ésta crecía sin más amparo que el de las vecinas, y especialmente el de la madre de Tonet, que la daba de comer muchas veces, tratándola como una nueva hija. Pero la muchacha era menos dócil que la *Borda* y prefería seguir a Tonet en sus escapatorias antes que permanecer horas enteras aprendiendo los diversos puntos de las redes.

Sangonera llevaba el mismo apodo de su padre, el borracho más famoso de toda la Albufera, un viejo pequeño que parecía acartonado por el alcohol desde muchos años. Al quedar viudo, sin más hijo que el pequeño *Sangonereta*, se entregó a la embriaguez, y la gente, viéndole chupar los líquidos con tanta ansia, lo comparó a una sanguijuela, creándole así su apodo.

Desaparecía del Palmar semanas enteras. De vez en cuando se sabía que andaba por los pueblos de tierra firme pidiendo limosna a los labradores ricos de Catarroja y Masanasa y durmiendo sus borracheras en los pajares. Cuando permanecía mucho tiempo en el Palmar desaparecían durante la noche las bolsas de red caladas en los canales; los *mornells* se vaciaban de anguilas antes que llegasen los amos, y más de una vecina, al contar sus ánades, ponía el grito en el cielo notando la falta de alguno. El carabinero de mar tosía fuerte y miraba de cerca al viejo *Sangonera*, como si pretendiese meterle los recios bigotes por los ojos; pero el borracho protestaba, poniendo por testigos a los santos, a falta de fiadores de mayor crédito para su inocencia. ¡Era mala voluntad de las gentes, deseo de perderle, como si aún no tuviera bastante con su miseria, que le hacía habitar la peor barraca del pueblo! Y para apaciguar al fiero representante de la ley, que más de una vez había bebido a su lado, pero que fuera de la taberna no reconocía amigos, comenzaba de nuevo sus viajes por la orilla de la Albufera, no volviendo al Palmar en algunas semanas.

Su hijo se negaba a seguirle en estas expediciones. Nacido en una choza de perros, donde jamás entraba el pan, había tenido que ingeniarse desde pequeño para conquistar la comida, y antes que seguir a su padre procuraba apartarse de él, para no compartir el producto de sus mañas.

Cuando los pescadores sentábanse a la mesa, veían pasar y repasar por la puerta de la barraca una sombra melancólica, que acababa por fijarse en un lado del quicio, con la cabeza baja y la mirada hacia arriba, como un novillo próximo a embestir. Era *Sangonereta*, que rumiaba su hambre con expresión hipócrita de encogimiento y vergüenza, mientras brillaba en sus ojos de pilluelo el afán de apoderarse de todo lo que veía.

La aparición causaba efecto en las familias. ¡Pobre muchacho! Y atrapando al vuelo un hueso de fúlica a medio roer, un pedazo de tenca o un mendrugo, llenaba la tripa de puerta en puerta. Si veía a los perros llamarse con sordo ladrido y correr hacia alguna de las tabernas del Palmar, *Sangonereta* corría también, como si estuviera en el secreto. Eran cazadores que guisaban su *paella*, gentes de Valencia que habían venido al lago para comer un *all y pebre*; y cuando los forasteros sentados ante la mesita de la taberna, tenían que defenderse a patadas, entre cucharada y cucharada, de los empujones de los perros famélicos, veíanse ayudados por el haraposo muchachuelo, que, en fuerza de sonrisas y de espantar los feroces canes, acababa por hacerse dueño de los restos de la sartén. Un carabinero le había dado un gorro viejo de cuartel; el alguacil del pueblo le regaló los pantalones de un cazador ahogado en un carrizal, y sus pies, siempre desnudos, eran tan fuertes como débiles sus manos, que jamás tocaron percha ni remo.

Sangonera, sucio, hambriento, metiendo su mano a cada instante bajo el gorro lleno de mugre para rascarse con furia, gozaba de gran prestigio entre la chiquillería. Tonet era más fuerte, le zurraba con facilidad, pero se reconocía inferior a él, siguiendo todas sus indicaciones. Era el prestigio del que sabe existir por cuenta propia, sin necesitar apoyo. La chiquillería le admiraba con cierta envidia al verle vivir sin miedo a correcciones paternales y sin obligación alguna. Además, su malicia ejercía cierto encanto, y los muchachos, que en su barraca recibían una buena mano de bofetadas por la menor falta, creían ser más hombres acompañando a aquel tuno, que todo lo consideraba como propio y sabía aprovecharlo para su bien, no viendo un objeto abandonado en las barcas del canal que no lo hiciese suyo.

Tenía guerra declarada a los habitantes del aire, ya que su captura exigía menos trabajo que la de los animales del lago. Cazaba con artes ingeniosas de su invención los gorriones llamados moriscos, que infestan la Albufera y son temidos por los agricultores como una mala peste, pues devoran gran parte de la cosecha de arroz. Su época mejor era el verano, cuando abundaban los *fumarells*, pequeñas gaviotas del lago, que aprisionaba por medio de una red.

El nieto del tío *Paloma* le ayudaba en esta tarea. Iban a medias en el negocio, según declaraba gravemente Tonet, y los dos muchachos pasaban las horas en acecho en las riberas del lago, tirando de la cuerdecita y aprisionando en la red a los incautos pájaros. Cuando tenían buena provisión, *Sangonera*, viajero audaz, emprendía el camino de Valencia llevando a la espalda la bolsa de red, dentro de la cual los *fumarells* agitaban sus alas obscuras y mostraban desesperados las panzas blancas. El pillete paseaba las calles inmediatas a la Pescadería pregonando sus pájaros, y los chicos de la ciudad corrían a comprarle los *fumarells* para hacerlos volar en las encrucijadas con un bramante atado a las patas.

Al regreso eran los disgustos entre los consocios y el rompimiento comercial. Imposible sacar cuentas con semejante tuno. Tonet se cansaba de zurrar a *Sangonera*, sin conseguir un ochavo de la venta; pero siempre crédulo y supeditado a su astucia, volvía a buscarlo en aquella barraca ruinosa y sin puerta donde dormía solo la mayor parte del año.

Cuando *Sangonera* pasó de los once años comenzó a repeler el trato de sus amigos. Su instinto de parásito le hizo frecuentar la iglesia, ya que ésta era el mejor camino para introducirse en la casa del vicario. En una población como el Palmar, el cura era tan pobre como cualquier pescador, pero *Sangonera* sentía cierta tentación por el vino de las vinajeras, del que oía hablar con grandes elogios en la taberna. Además, en los días de verano, cuando el lago parecía hervir bajo el sol, la pequeña iglesia se le aparecía como un palacio encantado, con su luz crepuscular filtrándose por las verdes ventanas, sus paredes enjalbegadas de cal y el pavimento de rojos ladrillos respirando la humedad del suelo pantanoso.

El tío *Paloma*, que despreciaba al pillete por ser enemigo de la percha, acogió con indignación sus nuevas aficiones. ¡Ah, grandísimo vago! ¡Y qué bien sabía escoger el oficio!

Cuando el vicario iba a Valencia le llevaba hasta la barca el ancho pañuelo, de los llamados de hierbas, lleno de ropa, y seguía por los ribazos despidiéndose del cura con tanta emoción como si no hubiera de verle más. Ayudaba a la criada del eclesiástico en los menesteres de la casa; traía leña de la Dehesa y agua de las fuen-

tes que surgían en el lago, y sentía estremecimientos de gato goloso cuando en el cuartucho
que servía de sacristía, solo y en silencio, se tragaba los restos de la mesa del vicario. Por las
mañanas, al tirar de la cuerda del esquilón des-
pertando a todo el pueblo, sentíase orgulloso de
su estado. Los golpes con que los vicarios avi-
vaban su actividad parecíanle signos de distinción que lo colocaban por encima de sus compañeros.

Pero este afán de vivir a la sombra de la iglesia debilitábase algunas veces, cediendo el paso
a cierta nostalgia por su antigua vida errante.
Entonces buscaba a Neleta y Tonet, y juntos volvían a emprender los juegos y correrías por los
ribazos, llegando hasta la Dehesa, que a sus sim-
ples compañeros les parecía el límite del mundo.

Una tarde de otoño, la madre de Tonet los
envió a la selva por leña. En vez de molestarla
jugueteando en el interior de la barraca, podían
serla útiles trayendo algunos haces, ya que se
aproximaba el invierno.

Los tres emprendieron el viaje. La Dehesa estaba florida y perfumada como un jardín. Los
matorrales, bajo la caricia de un sol que parecía
de verano, se cubrían de flores, y por encima de
ellos brillaban los insectos como botones de oro,
aleteando con sordo zumbido. Los pinos retorcidos y seculares se movían con majestuoso rumor, y bajo las bóvedas que formaban sus copas
extendíase una dulce penumbra semejante a la
de las naves de una catedral inmensa. De vez en
cuando, al través de dos troncos se filtraba un
rayo de sol como si entrase por un ventanal.

Tonet y Neleta, siempre que penetraban en
la Dehesa, se sentían dominados por la misma
emoción. Tenían miedo sin saber a quién; se
creían en el palacio encantado de un gigante invisible que podía mostrarse de un momento a
otro.

Caminaban por los tortuosos senderos de la

selva, tan pronto ocultos por los matorrales que ondeaban por encima de sus cabezas, como subidos a lo más alto de una duna, desde la cual, al través de la columnada de troncos, se veía el inmenso espejo del lago, moteado por barcas pequeñas como moscas.

Sus pies resbalaban en el suelo, cubierto de capas de mantillo. Al ruido de sus pasos, al menor de sus gritos, estremecíanse los matorrales con locas carreras de animales invisibles. Eran los conejos que huían. A lo lejos sonaban lentamente los cencerros de las vacadas que pastaban por la parte del mar.

Los muchachos parecían embriagados por la calma y los perfumes de aquella tarde serena. Cuando entraban en la selva en los días de invierno, los matorrales escuetos y secos, el frío levante que soplaba del mar helándoles las manos, el aspecto trágico de la Dehesa a la luz gris de un cielo encapotado, hacían que recogiesen apresuradamente sus fajos de leña en los mismos linderos, huyendo en seguida hacia el Palmar. Pero aquella tarde avanzaban confiados, deseosos de correr toda la selva, aunque llegasen al fin del mundo.

Marchaba de sorpresa en sorpresa. Neleta, con sus instintos de hembra que desea hermosearse, en vez de buscar leña seca cortaba ramas de mirto, blandiéndolas sobre su cabeza despeinada. Después formaba ramos de menta y de otras hierbas olorosas cubiertas de florecillas, que la trastornaban con su picante perfume. Tonet cogía campanillas silvestres, y formando una corona la colocaba sobre los alborotados pelos de su amiga, riendo al ver cómo se asemejaba a las cabecitas pintadas en los altares de la iglesia del Palmar. *Sangonera* movía su hocico de parásito buscando algo aprovechable en aquella Naturaleza tan esplendorosa y perfumada. Se tragaba los racimos rojos de *cerecitas de pastor*, y con una fuerza que únicamente podía sacar a impulsos del estómago, arrancaba los palmitos de la tierra, buscando el *margalló*, el amargo troncho entre cuyas envolturas pulposas encontraba las tiernas hijuelas de dulce sabor.

En las calvas de la selva, llamadas *mallaes*, terrenos bajos desprovistos de árboles por estar inundados durante el invierno, revoloteaban las libélulas y las mariposas. Al correr los muchachos recibían en sus piernas las picaduras de los matorrales, los pinchazos de los juncos agudos como lanzas, pero reían del escozor y seguían adelante, asombrados de la hermosura de la selva. En los senderos encontraban gusanos cortos, gruesos y de vivos colores, como si fuesen flores animadas arrastrándose con nerviosa ondulación. Cogían estas orugas entre sus dedos, admirándolas como seres misteriosos cuya naturaleza no podían adivinar, y las volvían al suelo, siguiéndolas a gatas en sus lentas ondulaciones hasta que se ocultaban en el matorral. Las libélulas les hacían correr de un lado a otro, y los tres admiraban el vuelo nervioso de las más vulgares y rojas, llamadas *caballets*, y de las *maròtas*, vestidas como hadas, con las alas de plata, el dorso verde y el pecho cubierto de oro.

Vagando al azar por el centro de la selva, al que nunca habían llegado, vieron de pronto transformarse el aspecto del paisaje. Se hundían en los matorrales de las hondonadas hasta verse en una lobreguez de crepúsculo. Sonaba un rugido incesante cada vez más cercano. Era el mar, que batía la playa al otro lado de la cadena de dunas que cerraba el horizonte.

Los pinos no eran rectos y gallardos, como por la parte del lago. Sus troncos estaban retorcidos; el ramaje era casi blanco y las copas se encorvaban hacia abajo. Todos los árboles crecían de través en una misma dirección, como si soplase un vendaval invisible en la profunda calma de la tarde. El viento del mar, en las grandes tempestades, martirizaba este lado de la selva, dándole un aspecto lúgubre.

Los muchachos retrocedieron. Habían oído hablar de esta parte de la Dehesa, la más salvaje y peligrosa. El silencio y la inmovilidad de los matorrales les causaba miedo. Allí se deslizaban las grandes serpientes perseguidas por los guardas de la Dehesa; por allí pastaban los toros fieros que se separaban del rebaño, obligando a los cazadores a cargar con sal gruesa sus escopetas para espantarlos sin darles muerte.

Sangonera, como más conocedor de la Dehesa, guiaba a los suyos hacia el lago, pero los palmitos que encontraba en el camino le hacían desviarse, perdiendo el rumbo. Comenzaba a caer la tarde y Neleta se asustaba viendo obscurecerse la selva. Los dos muchachos reían. Los pinos formaban una inmensa casa; obscurecía allí dentro como en sus barracas cuando aún no se había puesto el sol, pero fuera de la selva todavía quedaba una hora de luz. No había prisa. Y continuaban en la busca de *margallóns*, tranquilizándose la muchacha con las hijuelas que le regalaba Tonet, y que ella chupaba, retardándose en el camino. Cuando en la revuelta de un sendero se veía sola, corría para unirse con ellos.

Ahora sí que anochecía de veras... Lo declaraba *Sangonera*, como conocedor de la Dehesa. Ya no sonaban a lo lejos los esquilones del ganado. Había que salir pronto de la selva, pero después de recoger la leña, para evitarse una riña al volver a casa. Buscaron al pie de los pinos, entre los matorrales, las ramas secas. Formaron apresuradamente tres pequeños haces, y casi a tientas comenzaron la marcha. A los pocos pasos la obscuridad era completa. Por la parte donde debía estar la Albufera marcábase un resplandor de incendio próximo a extinguirse, pero dentro de la selva apenas si los troncos y los matorrales se destacaban como sombras más fuertes sobre el lóbrego fondo.

Sangonera perdía la serenidad, no sabiendo

ciertamente por dónde marchaba. Estaban fuera del sendero; se hundían en espinosos matorrales que les arañaban las piernas. Neleta suspiraba de miedo, y de pronto dio un grito y cayó. Había tropezado con las raíces de un pino cortado a flor de tierra, lastimándose un pie. *Sangonera* hablaba de continuar adelante, dejando abandonada a aquella maula que sólo sabía gemir. La muchacha lloraba sordamente, como si temiera alterar el silencio del bosque, atrayendo las horribles bestias que poblaban la obscuridad, y Tonet amenazaba por lo bajo a *Sangonera* con fabulosas cantidades de coces y bofetadas si no permanecía con ellos sirviéndoles de guía.

Marchaban lentamente, tanteando con los pies el terreno, hasta que de pronto no tropezaron ya con matorrales, encontrando el resbaladizo mantillo de los senderos. Pero entonces, al hablar Tonet, no recibió contestación de su compañero, que marchaba delante.

—¡*Sangonera*! ¡*Sangonera*!

Un ruido de ramas rotas, de matorrales rozados en la fuga, como si escapase un animal salvaje, fue la única respuesta. Tonet gritó de rabia. ¡Ah, grandísimo ladrón! Huía para salir pronto de la selva; no quería seguir con sus compañeros por no ayudar a Neleta.

Al quedar solos los dos muchachos, sintieron desplomarse de golpe la poca serenidad que les restaba. *Sangonera*, con su experiencia de vagabundo, les parecía un gran auxiliar. Neleta, aterrada, olvidando toda prudencia, lloraba a gritos, y sus sollozos resonaban en el silencio de la selva, que parecía inmensa. El miedo de su compañera resucitó la energía de Tonet. Había pasado un brazo por la espalda de la muchacha, la sostenía, la animaba, preguntándola si podía andar, si quería seguirle, marchando siempre adelante, sin que el pobre muchacho supiera adónde.

Permanecieron los dos unidos mucho tiempo: ella sollozando; él con el temblor que le producía lo desconocido, pero al cual deseaba sobreponerse.

Algo viscoso y helado pasó junto a ellos azotándoles la cara: tal vez un murciélago; y este contacto, que les produjo escalofríos, los sacó de su dolorosa inercia. Emprendieron la marcha apresuradaménte, cayendo y levantándose, enredándose en los matorrales, chocando con los árboles, temblando ante los rumores que parecían espolearles en su fuga. Los dos pensaban lo mismo, pero se ocultaban el pensamiento instintivamente para no aumentar su miedo. El recuerdo de *Sancha* estaba fijo en su memoria. Pasaban en tropel por su imaginación todos los cuentos del lago oídos por las noches junto al hogar de la barraca, y al tropezar sus manos con los troncos, creían tocar la piel rugosa y fría de enormes reptiles. Los gritos de las fúlicas sonando lejanos, en los carrizales del lago, les parecían lamentos de personas asesinadas. Su carrera loca a través de los matorrales, tronchando las ramas, abatiendo las hierbas, despertaba bajo la obscura maleza misteriosos seres que también corrían entre el estrépito de las hojas secas.

Llegaron a una gran *mallada*, sin adivinar en qué lugar estaban de la interminable selva. La obscuridad era menos densa en este espacio descubierto. Arriba se extendía el cielo de intenso azul, espolvoreado de luz, como un gran lienzo tendido sobre las masas negras del bosque que rodeaban la llanura. Los dos niños se detuvieron en esta isla luminosa y tranquila. Se sentían sin fuerzas para seguir adelante. Temblaban de miedo ante la profunda arboleda que se movía por todos lados como un oleaje de sombras.

Se sentaron, estrechamente abrazados, como si el contacto de sus cuerpos les infundiese confianza. Neleta ya no lloraba. Rendida por el dolor y el cansancio, apoyaba la cabeza en el hombro de su amigo, suspirando débilmente. Tonet miraba a todas partes, como si le asustase, aún más que la lobreguez de la selva, aquella claridad crepuscular, en la que creía ver de un momento a otro la silueta de una bestia feroz, enemiga de los niños extraviados. El canto del cuclillo rasgaba el silencio; las ranas de una charca inmediata, que habían callado al llegar ellos, recobraban la confianza, volviendo a reanudar su melopea; los mosquitos, pegajosos y pesados, zumbaban en torno de sus cabezas, marcándose en la penumbra con negro chisporroteo.

Los dos niños recobraban poco a poco la serenidad. No estaban mal allí; podían pasar la noche. Y el calor de sus cuerpos, incrustados uno en otro, parecía darles nueva vida, haciéndoles olvidar el miedo y las locas carreras a través de la selva.

Encima de los pinos, por la parte del mar, comenzó a teñirse el espacio de una blanquecina claridad. Las estrellas parecían apagarse sumergidas en un oleaje de leche. Los muchachos, excitados por el ambiente misterioso de la selva, miraban este fenómeno con ansiedad, como si alguien viniera volando en su auxilio rodeado de un nimbo de luz. Las ramas de los pinos, con el tejido filamentoso de su follaje, se destacaban como dibujadas en negro sobre un fondo luminoso. Algo brillante comenzó a asomar sobre las copas de la arboleda; primero fue una pequeña línea ligeramente arqueada como una ceja de plata; después un semicírculo deslumbrante, y por fin, una cara enorme, de suave color de miel, que arrastraba por entre las estrellas inmediatas su cabellera de resplandores. La luna parecía sonreír a los dos muchachos, que la contemplaban con adoración de pequeños salvajes.

La selva se transformaba con la aparición de aquel rostro mofletudo, que hacía brillar como varillas de plata los juncos de la llanura. Al pie de cada árbol esparcíase una inquieta mancha negra, y el bosque parecía crecer, doblarse, extendiendo sobre el luminoso suelo una segunda arboleda de sombra. Los *buxqueròts*, salvajes ruiseñores del lago, tan amantes de su libertad, que mueren apenas los aprisionan, rompieron a cantar en todos los límites de la *mallada*, y hasta los mosquitos zumbaron más dulcemente en el espacio impregnado de luz.

Los dos muchachos comenzaban a encontrar grata su aventura.

Neleta ya no sentía el dolor del pie y hablaba quedamente al oído de su compañero. Su precoz instinto de mujer, su astucia de gatita abandonada y vagabunda, la hacía superior a Tonet. Se quedarían en la selva, ¿verdad? Ya buscarían al día siguiente, al volver al pueblo, un pretexto para explicar su aventura. *Sangonera* sería el responsable. Ellos pasarían la noche allí, viendo lo que jamás habían visto; dormirían juntos: serían como marido y mujer. Y en su ignorancia se estremecían al decir estas palabras, estrechando con más fuerza sus brazos. Se apretaban, como si el instinto les dictase que su naciente simpatía necesitaba confundir el calor de sus cuerpos.

Tonet sentía una embriaguez extraña, inexplicable. Nunca el cuerpo de su compañera, golpeado más de una vez en los rudos juegos, había tenido para él aquel calor dulce que parecía esparcirse por sus venas y subirse a su cabeza, causándole la misma turbación que los vasos de vino que el abuelo le ofrecía en la taberna. Miraba vagamente frente a él, pero toda su atención estaba fija en la cabeza de Neleta, que pesaba sobre su hombro; en la caricia con que aquella boca, al respirar, envolvía su cuello, como si le cosquillease la piel una mano aterciopelada. Los dos callaban, y su silencio aumentaba el encanto. Ella abría sus ojos verdes, en cuyo fondo se reflejaba la luna como una gota de rocío, y revolviéndose para encontrar postura mejor, volvía a cerrarlos.

—*Tonet*... *Tonet*... —murmuraba como si soñase; y se apretaba contra su compañero.

¿Qué hora era...? El muchacho sentía cerrar-

se sus ojos, más que por el sueño, por la extraña
embriaguez que parecía anonadarle. De los susurros del bosque sólo percibía el zumbido de los
mosquitos que aleteaban como un nimbo de sombra sobre sus duras epidermis de hijos del lago.
Era un extraño concierto que los arrullaba, me-
ciéndolos sobre las primeras ondas del sueño. Chillaban unos como violines estridentes, prolongando
hasta lo infinito la misma nota; otros, más graves, modulaban una corta escala, y los gordos,
los enormes, zumbaban son sorda vibración, como
profundos contrabajos o lejanas campanadas de
reloj.

A la mañana siguiente les despertó el sol, que-
mando sus caras, y el ladrido de un perro de
los guardas que les ponía los colmillos junto a
los ojos.

Estaban casi en el límite de la Dehesa, y el
camino fue corto para llegar al Palmar.

La madre de Tonet, siempre bondadosa y triste, para indemnizarse de una noche de angustia
corrió percha en mano a su hijo, alcanzándole con
algunos golpes a pesar de su ligereza. Además, por
vía de adelanto, mientras venía la madre de Neleta en el «carro de las anguilas», propinó a ésta
varios mojicones, para que otra vez no se perdiera
en el bosque.

Después de esta aventura, todo el pueblo, con
acuerdo tácito, llamó novios a Tonet y Neleta, y
ellos, como ligados para siempre por la noche de
inocente contacto pasada en la selva, se buscaron
y se amaron sin decírselo con palabras, como si
quedase sobrentendido que sólo podían ser uno
del otro.

Esta aventura fue el término de su niñez. Se
acabaron las correrías, la existencia alegre y descuidada, sin ninguna obligación. Neleta hizo la
misma vida que su madre: salía para Valencia
todas las noches con las cestas de anguilas, y
no volvía hasta la tarde siguiente. Tonet, que sólo
podía verla un momento al anochecer, trabajaba

en las tierras de su padre o iba a pescar con éste y el abuelo.

El tío Tòni, antes bondadoso, era ahora exigente, como el tío *Paloma*, al ver crecido a' su hijo, y Tonet, como bestia resignada, iba arrastrado al trabajo. Su padre, aquel héroe tenaz de la tierra, era inquebrantable en sus resoluciones. Cuando llegaba la época de plantar el arroz o de la recolección, el muchacho pasaba el día en las tierras del Saler. El resto del año pescaba en el lago, unas veces con su padre y otras con el abuelo, que le admitía de camarada en su barca, pero jurando a cada momento contra la perra suerte que hacía nacer tales vagos en su familia.

Además, el muchacho veíase impulsado al trabajo por el hastío. En el pueblo no quedaba nadie con quien entretenerse durante el día. Neleta estaba en Valencia, y sus antiguos compañeros de juegos, crecidos ya como él y con la obligación de ganarse el pan, iban en las barcas de sus padres. Quedaba *Sangonera*; pero este tuno, después de la aventura de la Dehesa, se alejaba de Tonet, recordando la paliza con que había agradecido el abandono de aquella noche.

El vagabundo, como si este suceso decidiese su porvenir, se había refugiado en la casa del cura, sirviéndole de criado, durmiendo como un perro detrás de la puerta, sin acordarse de su padre, que sólo aparecía de tarde en tarde en aquella barraca abandonada, por cuya techumbre caía la lluvia como en campo raso.

El viejo *Sangonera* tenía ahora una industria: cuando no estaba borracho se dedicaba a cazar las nutrias del lago, que, perseguidas encarnizadamente a través de los siglos, no llegaban a una docena.

Una tarde que digería su vino en un ribazo, vio ciertos remolinos y hervir el agua en grandes burbujas. Alguien buceaba en el fondo, entre las redes que cerraban el canal, buscando los *mornells* cargados de pesca. Metido en el agua, con una percha que le prestaron, persiguió a palos a un animal negruzco que corría por el fondo, hasta que consiguió matarlo, apoderándose de él.

Era la famosa *lludria*, de la que se hablaba en el Palmar como de un animal fantástico; la nutria, que en otros tiempos pululaba en tal cantidad en el lago, que imposibilitaba la pesca, rompiendo las redes.

El viejo vagabundo se consideró el primer hombre de la Albufera. La Comunidad de Pescadores del Palmar, según antiguas leyes consignadas en los librotes que guardaba su jefe el Jurado, venía obligada a dar un duro por cada nutria que le presentasen. El viejo tomó su premio, pero no se detuvo aquí. Aquel animal era un tesoro; y se dedicó a enseñarlo en el puerto de Catarroja, en el de Silla, llegando hasta Sueca y Cullera en su viaje triunfal alrededor del lago.

De todas partes le llamaban. No había taberna donde no le recibiesen con los brazos abiertos. ¡Adelante, tío *Sangonera*! ¡A ver el animalucho que había cazado! Y el vagabundo, después de hacerse obsequiar con varios vasos, sacaba amorosamente de debajo de la manta la pobre bestia, blanducha y hedionda, haciendo admirar su piel y permitiendo que la pasasen la mano por encima —pero con gran cuidado, ¿eh?— para apreciar la finura de su pelo.

Jamás el pequeño *Sangonereta*, al venir al mundo, fue llevado en los brazos de su padre con tan cariñosa suavidad como aquel animalejo. Pero pasaron los días, la gente se cansó de la *lludria*, nadie daba por ella ni una mala copa de aguardiente, y no hubo taberna de la que no despidieran a *Sangonera* como un apestado, por el hedor insufrible de aquella bestia corrompida que llevaba a todas partes bajo la manta. Antes de abandonarla aún sacó de ella nuevo producto, vendiéndola en Valencia a un disecador de animales, y desde entonces declaró a todo el mundo su vocación: sería cazador de nutrias.

Se dedicó a buscar otra, como quien persigue la dicha. El premio de la Comunidad de Pescadores y la semana de borrachera continua y gratuita, con el gaznate a trato de rey, no se apartaban de su memoria. Pero la segunda nutria no quería dejarse coger. Alguna vez creyó verla en las más apartadas acequias del lago, pero se ocultaba inmediatamente, como si todas las de la familia se hubieran pasado aviso de la nueva profesión de *Sangonera*. Su desesperación le hacía emborracharse a crédito de las nutrias que había de cazar, y ya llevaba bebidas más de dos, cuando una noche lo encontraron unos pescadores ahogado en un canal. Había resbalado en el fango, e incapaz de levantarse por su embriaguez, quedó en el agua acechando para siempre su nutria.

La muerte del padre de *Sangonera* hizo que éste se refugiase para siempre en la casa del vicario, no volviendo más a su barraca. Se sucedían los curas en el Palmar, pueblo de castigo, donde sólo iban los desesperados o los que estaban en desgracia, saliendo de esta miseria tan pronto como podían. Todos los vicarios, al tomar posesión de la pobre iglesia, se encargaban igualmente de *Sangonera*, como de un objeto indispensable para el culto. En el pueblo, sólo él sabía ayudar una misa. Conservaba en su memoria todas las prendas guardadas en la sacristía, con el número de desgarrones, remiendos y agujeros de polilla; y solícito en todo y deseoso de agradar, no formulaba su amo una orden que no estuviera cumplida al momento.

La consideración de que él era el único en el pueblo que no trabajaba percha en mano ni pasaba las noches en medio de la Albufera causábale cierto orgullo, haciendo que mirase con altanería a los demás.

Los domingos, al amanecer, él era quien abría la marcha con la cruz en alto al frente del rosario de la Aurora. Hombres, mujeres y niños, en dos largas filas, iban cantando con paso lento por la única calle del pueblo, esparciéndose después por los ribazos y las barracas aisladas, para que la ceremonia fuese de más duración. En la penumbra del amanecer brillaban los canales como láminas de sombrío acero, coloreábanse de rojo las nubecillas por la parte del mar, y los gorriones moriscos volaban en bandadas, surgiendo de las techumbres de los viveros, contestando con sus piídos alegres de vagabundos satisfechos de la vida y la libertad al canto triste y melancólico de los fieles.

«¡Despierta, cristiano...!», cantaba el rosario a lo largo del pueblo; y lo gracioso de la llamada era que todo el vecindario iba en la procesión, y en las casas, vacías, sólo despertaban los perros con sus ladridos y los gallos, que rasgaban la triste melopea con su canto sonoro como un trompetazo saludando la nueva luz y la alegría de un día más.

Tonet, al marchar en el rosario, miraba rabiosamente a su antiguo camarada, al frente de todos como un general, enarbolando la cruz a guisa de bandera. ¡Ah, ladrón! ¡Aquél había sabido arreglarse la vida a su gusto!

Él, mientras tanto, vivía sometido a su padre, cada vez más grave y poco comunicativo: bueno en el fondo, pero llegando hasta la crueldad con los suyos en la tenaz pasión por el trabajo. Los tiempos eran malos. Las tierras del Saler no daban dos buenas cosechas seguidas, y la usura, a la que acudía el tío Tòni como auxiliar de sus empresas, devoraba la mayor parte de sus esfuerzos. En la pesca, los *Palomas* tenían siempre mala suerte, llevándose los peores sitios del lago en los sorteos de la Comunidad. Además, la madre se consumía lentamente, agonizaba, cual si la vida se derritiese dentro de ella como un cirio, escapándose por la herida de sus trastornadas entrañas, sin otra luz que el brillo enfermizo de los ojos.

La existencia era triste para Tonet. Ya no conmovía con sus diabluras el Palmar; ya no le besaban las vecinas, declarándole el chico más guapo del pueblo; ya no era el preferido entre sus compañeros, el día del sorteo de los *rèdolíns*, para meter la mano en la bolsa de cuero de la Comunidad y sacar las suertes. Ahora era un hombre. En vez de hacer pesar en casa su voluntad de niño mimado, le mandaban a él; era tan poca cosa como la *Borda*, y a la menor rebelión alzábase amenazante la pesada mano del tío Tòni, mientras el abuelo aprobaba con chillona risa, afirmando que así se cría derecha a la gente.

Cuando murió la madre pareció renacer el antiguo afecto entre el abuelo y su hijo. El tío *Paloma* lamentó la ausencia de aquel ser dócil que sufría en silencio todas sus manías; sintió crearse el vacío en torno de él y se agarró al hijo, poco obediente a su voluntad, pero que jamás osaba contradecirle en su presencia.

Pescaron juntos, lo mismo que en otros tiempos; iban algún rato a la taberna como camaradas, mientras en la barraca la pobre *Borda* atendía a los quehaceres del hogar con la precocidad de las criaturas desgraciadas.

Neleta era también como de la familia. Su madre ya no podía ir al Mercado de Valencia. La humedad de la Albufera parecía habérsele filtrado hasta la médula de los huesos, paralizando su cuerpo, y la pobre mujer permanecía inmóvil en su barraca, gimiendo a impulsos de los dolores de reumática, gritando como una condenada y sin poder ganarse el sustento. Las compañeras del Mercado la daban como limosna algo de sus cestas, y la pequeña, cuando sentía hambre en su barraca, corría a la de Tonet, ayudando a la *Borda* en sus tareas con una autoridad de niña mayor. El tío Tòni la acogía bien. Su generosidad de luchador en continuo combate con la miseria le hacía ayudar a todos los caídos.

Neleta se criaba en la barraca de su novio. Iba a ella en busca del sustento, y sus relaciones con

Tonet tomaban un carácter más fraternal que amoroso.

El muchacho no se cuidaba mucho de su novia. Estaba seguro de ella. ¿A quién podía querer? ¿Tenía derecho a fijarse en otro, después que todo el pueblo los había reconocido como novios? Y tranquilo por la posesión de Neleta, que crecía en la miseria como una flor rara, contrastando su hermosura con la pobreza física de las otras hijas del Palmar, no la atendía gran cosa, y la trataba con la misma confianza que si ya fuesen esposos. Transcurrían a veces semanas enteras sin que él la hablase.

Otras aficiones atraían a aquel hombrecito, que pasaba por ser el mozo más bien plantado del Palmar. Enorgullecíale el prestigio de valiente que había adquirido entre sus antiguos compañeros de juegos, hombres ahora como él. Se había peleado con unos cuantos, saliendo siempre vencedor. Percha en mano había descalabrado a algunos, y una tarde corrió por los ribazos, con la *fitora* de pescar, a un barquero de Catarroja que gozaba fama de temible. El padre torcía el gesto al conocer estas aventuras, pero el abuelo reía, reconciliándose momentáneamente con su nieto. Lo que más alababa el tío *Paloma* era que el muchacho, en cierta ocasión, hubiera hecho frente a los guardas de la Dehesa, llevándose por la brava un conejo que acababa de matar. No era trabajador, pero tenía su sangre.

Aquel mocito que aún no había cumplido los dieciocho años, y del que se hablaba mucho en el pueblo, tenía su escenario favorito, adonde corría apenas dejaba atracada en el canal la barca del padre o la del abuelo.

Era la taberna de *Cañamèl*, un establecimiento nuevo del que se hacían lenguas en toda la Albufera. No estaba, como las otras tabernillas, instalada en una barraca de techo bajo y ahumado, sin más respiradero que la puerta. Tenía casa propia, un edificio que entre las barracas de paja parecía portentoso, con paredes de mampostería pintadas de azul, techo de tejas y dos puertas, una a la única calle del pueblo y otra al canal. El espacio entre las dos puertas estaba siempre lleno de cultivadores de arroz y de pescadores, gente que bebía de pie frente al mostrador, contemplando como hipnotizada las dos filas de rojos toneles, o se sentaba en los taburetes de cuerda, ante las mesillas de pino, siguiendo interminables partidas de brisca y de truque.

El lujo de esta taberna enorgullecía a los parroquianos. Las paredes estaban chapadas de azulejos de Manises hasta la altura de las cabezas. Por encima extendíanse paisajes fantásticos, verdes o azules, con caballos como ratas y árboles más pequeños que los hombres, y de las vigas pendían ristras de morcillas, alpargatas de esparto y manojos de cuerdas amarillas y punzantes que se empleaban como jarcias en las grandes barcas del lago.

Todos admiraban a *Cañamèl*. ¡El dinero que tenía aquel gordo...! Había sido guardia civil en Cuba y carabinero en España; después vivió muchos años en Argelia; conocía algo de todos los oficios, y sabía tanto, ¡tanto! que, según expresión del tío *Paloma*, se enteraba durante su sueño del lugar donde se acostaba cada peseta, y al día siguiente corría a cogerla.

En el Palmar nunca se había bebido vino como el suyo. Todo era de lo mejor en aquella casa. El amo recibía bien a los parroquianos y arañaba en los precios de un modo razonable.

Cañamèl no era del Palmar, ni siquiera valenciano. Era de muy lejos, de allá donde hablan en castellano. En su juventud había estado en la Albufera de carabinero, casándose con una muchacha del Palmar, pobre y fea. Después de una vida accidentada, al reunir algunos cuartos, había venido a establecerse en el pueblo de su mujer, cediendo a los deseos de ésta. La pobre estaba enferma y revelaba poca vida: parecía gastada por aquellos viajes que la hacían soñar con su tranquilo rincón del lago.

Los demás taberneros del pueblo vociferaban contra *Cañamèl* al ver cómo se apoderaba de los parroquianos. ¡Ah, grandísimo tunante! ¡Por algo daba tan barato el vino bueno! Lo que menos le interesaba era la taberna: en otra parte estaba su negocio, y por algo había venido de tan lejos a establecerse allí. Pero *Cañamèl*, al enterarse de tales palabras, sonreía bondadosamente. ¡Al fin todos habían de vivir!

Los más íntimos de *Cañamèl* sabían que no eran infundadas estas murmuraciones. La taberna le importaba poco. Su principal negocio era por la noche, después de cerrarla; por algo había sido carabinero y recorrido las playas. Todos los meses caían fardos en la costa, rodando en la arena a impulsos de un enjambre de bultos negros que los levantaban en alto, llevándolos a través de la Dehesa hasta las orillas del lago. Allí, las barcas grandes, los laúdes de la Albufera, que podían cargar hasta cien sacos de arroz, se abarrotaban con los fardos de tabaco, emprendiendo lentamente la marcha en la obscuridad hacia tierra firme... Y al día siguiente, ni visto ni oído.

Escogía la tropa para estas expediciones entre los más audaces que concurrían a su taberna. Tonet, a pesar de sus pocos años, fue agraciado dos o tres veces con la confianza de *Cañamèl*, por ser muchacho valiente y reservado. En este trabajo nocturno podía ganarse un hombre de bien dos o tres duros, que después dejaba otra vez en manos de *Cañamèl* bebiendo en su taberna. Y todavía los infelices, comentando al día siguiente los azares de una expedición de la que eran ellos los principales protagonistas, se decían admirados: «¡Pero qué agallas tiene ese *Cañamèl*...! ¡Con qué atrevimiento se expone a que le metan mano...!»

Las cosas marchaban bien. En la playa todos eran ciegos, gracias a la buena maña del tabernero. Sus antiguos amigos de Argel le enviaban con puntualidad los cargamentos, y el negocio rodaba tan suavemente, que *Cañamèl,* a pesar de que correspondía con extraordinaria generosidad al silencio de los que podían perjudicarle, prosperaba a toda prisa. Al año de estar en el Palmar ya había comprado tierras de arroz y tenía en el piso alto de la taberna su talego de plata para sacar de apuros a todos los que solicitaban préstamos.

Su respetabilidad crecía rápidamente. Al principio le habían dado el apodo de *Cañamèl* por el acento suave y dulzón con que se expresaba en un valenciano trabajoso. Después, al verle rico, la gente, sin olvidar el apodo, le llamaba Paco, pues, según declaraba su mujer, así le llamaban en su país, y él se enfurecía sordamente si le apelaban Quico, como a los otros Franciscos del pueblo.

Al morir su mujer, pobre compañera de la época de infortunio, su hermana menor, una pescadora fea, viuda y de carácter dominante, pretendió acampar en la taberna con carácter de dueña, escoltada por todos los de la familia. Halagaban a *Cañamèl* con los cuidados que inspira un pariente rico, hablándole de lo difícil que era para un hombre solo seguir al frente de la taberna. ¡Allí faltaba una mujer! Pero *Cañamèl,* que había odiado siempre a la cuñada por su mala lengua y temblaba ante la posibilidad de que aspirase a ocupar el puesto aún caliente de su hermana, la puso en la puerta, desafiando sus protestas escandalosas. Al cuidado del establecimiento le bastaban dos viejas, viudas de pescadores, que guisaban los *all y pebres* para los aficionados que venían de Valencia, y limpiaban aquel mostrador en el que gastaba sus codos todo el pueblo.

Cañamèl, al verse libre, hablaba contra el matrimonio. Un hombre de su fortuna sólo podía casarse por conveniencia con alguna que tuviese más dinero que él. Y por las noches reía oyendo al tío *Paloma,* que era elocuente cuando hablaba de las mujeres.

El viejo barquero declaraba que el hombre debía ser como los *huxqueròts* del lago, que cantan alegremente mientras están en libertad, y cuando los meten en una jaula prefieren morir antes que verse encerrados.

Todas sus comparaciones se las facilitaban los pájaros de la Albufera. ¡Las hembras...! ¡Mala peste! Eran los seres más ingratos y olvidadizos de la creación. No había más que ver a los pobres *collvèrts* del lago. Vuelan siempre en compañía de la hembra, y no saben ir sin ella ni a buscar la comida. Dispara el cazador. Si cae muerta la hembra, el pobre macho, en vez de escapar, vuela y vuela en torno del sitio donde pereció su compañera, hasta que el tirador acaba también con él. Pero si cae el pobre macho, la hembra sigue volando tan fresca, sin volver la cabeza, como si nada hubiese pasado, y al notar la falta del acompañante se busca otro... ¡Cristo! Así son todas las hembras, lo mismo las que llevan plumas que las que visten zagalejos.

Tonet pasaba las noches jugando al truque en la taberna y ansiaba la llegada del domingo para estar allí todo el día. Le gustaba la vida de inmovilidad, con el porrón al alcance de la mano, manejando los mugrientos naipes sobre la manta que cubría la mesilla y apuntando con pequeños guijarros o granos de maíz, que representaban el valor de las apuestas. ¡Lástima que no fuese rico como *Cañamèl*, para proporcionarse siempre esta vida de señor! Rabiaba al pensar que al día siguiente tendría que fatigarse en la barca, y tan creciente era su pasión por la pereza, que *Cañamèl* ya no le buscaba para los trabajos nocturnos, al ver con qué mal gesto cargaba los fardos y cómo disputaba con los compañeros de trabajo para evitarse fatigas.

Sólo mostraba actividad y sacudía su somnolencia de perezoso ante una diversión próxima. En la gran fiesta del Palmar en honor del Niño Jesús, el tercer día de Navidad, Tonet se distinguía entre todos los mozos del lago. Cuando en la víspera llegaba la música de Catarroja en una gran barca, los jóvenes se metían en el agua del canal, pugnando por quién avanzaba más y cogía el bombo. Era un honor que hacía pavonearse altivo ante las muchachas, apoderarse del enorme instrumento y cargárselo a la espalda, paseándolo por el pueblo.

Tonet se metía hasta el pecho en el agua, fría como hielo líquido, disputaba a puñetazos la delantera a los más audaces y se agarraba a la borda de la barca, haciendo suya la voluminosa caja.

Después, en los tres días de fiestas, venían las diversiones tormentosas, que las más de las veces acababan a palos. El baile en la plaza a la luz de teas resinosas, donde obligaba a Neleta a permanecer sentada, pues por algo era su novia, mientras él bailaba con otras menos guapas, pero mejor vestidas, y las noches de *albaes;* serenatas de la gente joven, que iba hasta el amanecer de puerta en puerta cantando coplas, escoltada por un pellejo de vino para tomar fuerzas y acompañando cada canción con una salva de relinchos y otra de tiros.

Pero transcurrida esta corta temporada, Tonet volvía a aburrirse en su vida de trabajo, sin otro horizonte que el lago. Se escapaba a veces, despreciando la cólera de su padre, y desembarcaba en el puerto de Catarroja, recorriendo los pueblos de la tierra firme, donde tenía amigos de la época de la siega. Otras veces tomaba el camino por el Saler, y llegaba a Valencia con el propósito de quedarse en la ciudad, hasta que el hambre le empujaba de nuevo a la barraca de su padre. Había visto de cerca la existencia de los que viven sin trabajar y abominaba de su mala suerte, que le hacía permanecer como un anfibio en un país de cañas y barro, donde el hombre, desde pequeño, tiene que encerrarse en una barquichuela, eterno ataúd sin el cual no puede moverse.

El hambre de placeres se despertaba en él, rabiosa y dominadora. Jugaba en la taberna hasta que *Cañamel* lo ponía en la puerta a media noche; había probado todos los líquidos que se beben en la Albufera, incluso la absenta pura que traen los cazadores de la ciudad para mezclarla con el agua hedionda del lago, y más de una noche, al tenderse en su camastro de la barraca, los ojos del padre le habían seguido con expresión severa, percibiendo su paso inseguro y su respiración jadeante de alcoholizado. El abuelo protestaba con palabras de indignación. Santo y bueno que le gustase el vino; al fin vivían eternamente sobre el agua, y el buen barquero debe conservar la panza caliente... ¿Pero bebidas «compuestas»...? ¡Así empezó el viejo *Sangonera*!

Tonet olvidaba todos sus afectos. Golpeaba a la *Borda*, tratándola como a una bestia sumisa, y apenas si prestaba atención a Neleta, acogiendo sus palabras con bufidos de impaciencia. Si obedecía a su padre era de un modo tan forzado, que el gran trabajador palidecía, moviendo sus manazas poderosas como si fuese a despedazarle. El muchacho despreciaba a todo el pueblo, viendo en él un rebaño miserable nacido para el hambre y la fatiga, de cuyas filas debía salir a cualquier precio. Los que tornaban orgullosos de la pesca, mostrando los cestones de anguilas y tencas, le hacían sonreír. Al pasar frente a la casa del vicario veía a *Sangonera*, que, dedicado ahora a la lectura, pasaba las horas sentado en la puerta leyendo libros religiosos y disfrazando su gesto de pillo con una expresión compungida. ¡Imbécil! ¿qué le importarían aquellos libracos que le prestaban los vicarios...?

Quería vivir, gozar de un golpe todas las dulzuras de la existencia. Se imaginaba que cuantos habitaban al otro lado del lago, en los pueblos ricos o en la ciudad grande y ruidosa, le robaban una parte de los placeres que le correspondía por indiscutible derecho.

En la época de la siega del arroz, cuando miles de hombres llegaban a la Albufera de todos los extremos de la provincia, atraídos por los grandes jornales que ofrecían los propietarios faltos de brazos, Tonet se reconciliaba momentáneamente con la vida en aquel rincón del mundo. Veía caras nuevas, hacía amigos, encontraba una rara alegría en estos vagabundos que, con la hoz en la mano y el saco de ropa a la espalda, iban de un punto a otro trabajando mientras lucía el sol, para emborracharse así que llegaba la noche.

Le gustaba esta gente de existencia accidentada y le entretenían sus relatos, más interesantes que los cuentos murmurados junto a la lumbre. Unos habían estado en América, y olvidando su miseria en los remotos países, hablaban de éstos como de un paraíso donde todos nadaban en oro. Otros contaban sus largas estancias en la Argelia salvaje, en los mismos límites del Desierto, donde se habían ocultado mucho tiempo por un navajazo dado en su pueblo o un robo que les «acumulaban» los enemigos. Y Tonet, al oírles, creía percibir en el vientecillo putrefacto de la Albufera el perfume exótico de aquellos países maravillosos, y en el brillo de los azulejos de la taberna veía sus portentosas riquezas.

Esta amistad con los vagabundos se estrechaba, hasta el punto de que, al terminar la siega y cobrar ellos sus jornales, los acompañaba Tonet en una orgía brutal a través de todas las poblaciones inmediatas al lago; carrera loca de taberna en taberna, de *albaes* por la noche ante ciertas ventanas, que terminaban con una pelea general cuando, escaseando el dinero, parecía el vino más agrio y se disputaba por quién era el obligado a pagar.

Una de estas expediciones fue famosa en la Albufera. Duró más de una semana, y en todo este tiempo el tío Tòni no vio a su hijo en el Palmar. Se supo que la banda de alborotadores iba como una fiera suelta por la parte de la Ribera, que en Sollana apalearon a un guarda y en Sueca habían sido descalabrados dos de la cuadrilla en una pelea de taberna. La guardia civil iba al alcance de estas expediciones de locos.

Una noche avisaron al tío Tòni que su hijo acababa de aparecer en casa de *Cañamèl* con las ropas sucias de barro, como si hubiese caído en una acequia, brillándole aún en los ojos la borrachera de siete días. El sombrío trabajador fue allá, silencioso como siempre, con un ligero bufido que movía sus labios como si se pegasen uno a otro.

Su hijo bebía en el centro de la taberna con la sed del ebrio, rodeado de un público atento, al que hacía reír con el relato de las barrabasadas cometidas en esta expedición de recreo.

De un revés, el tío Tòni le rompió el porrón que llevaba a su boca, abatiéndole la cabeza sobre un hombro. Tonet, anonadado por el golpe y viendo a su padre frente a él, se encogió por unos momentos; pero después, brillando en sus ojos una luz turbia e impura que daba miedo, se lanzó contra él, gritando que nadie le pegaba impunemente, ni aun su mismo padre.

Pero no era fácil rebelarse contra aquel hombretón grave y silencioso, firme como el deber, y que llevaba en sus brazos la energía de más de treinta años de continua batalla con la miseria. Sin despegar los labios contuvo a la fierecilla, que pretendía morderle, con una bofetada que le hizo tambalearse, y casi al mismo tiempo, con el empuje de uno de sus pies lo envió contra el muro, haciéndole caer de bruces en la mesilla de unos jugadores.

La gente se abalanzó sobre el padre, temiendo que en su cólera de atleta silencioso aporrease a todos los concurrentes de la taberna. Cuando se restableció la calma y soltaron al tío Tòni, su hijo ya no estaba allí. Había huido levantando los brazos en actitud desesperada... ¡Le habían pegado...! ¡a él, que tan temido era...! ¡y en presencia de todo el Palmar...!

Transcurrieron algunos días sin que se tuvieran noticias de Tonet. Poco a poco se supo algo por la gente que iba al mercado de Valencia. Estaba en el cuartel de Monte-Olivete, y muy pronto se embarcaría para Cuba. Había sentado plaza. Al huir desesperado hacia la ciudad, se había detenido en las tabernas inmediatas al cuartel donde estaba el banderín de enganche para Ultramar. La gente que pululaba por allí, voluntarios en espera de embarque y reclutadores astutos, le habían decidido a tal resolución.

El tío Tòni en el primer momento quiso protestar. El muchacho no tenía aún veinte años; se había cometido una ilegalidad. Además, era su hijo, su único hijo. Pero el abuelo le hizo desistir con su habitual dureza. Era lo mejor que podía hacer su nieto. Crecía torcido: ¡que corriese mundo y que sufriera! ¡ya se encargarían de enderezarlo! Y si moría, un vago menos; al fin, todos, más pronto o más tarde, habían de morir.

El muchacho partió sin protesta. La *Borda* fue la única que, escapándose de la barraca, se presentó en Monte-Olivete y le despidió llorando, después de entregarle toda su ropa y los cuartos de que pudo apoderarse sin que se enterara el tío Tòni. A Neleta ni una palabra: el novio parecía haberla olvidado.

Dos años transcurrieron sin que el muchacho diese señales de vida. Un día llegó una carta para el padre, encabezada con frases dramáticas, de un sentimentalismo falso, en la cual Tonet solicitaba su perdón, hablando luego de su nueva existencia. Era guardia civil en Guantánamo y no lo pasaba mal. Se notaba en su estilo cierto aplomo petulante, como de hombre que corría los campos con un arma al hombro e inspiraba temor y respeto. Su salud era magnífica. Ni una ligera enfermedad desde que desembarcó. La gente de la Albufera soportaba perfectamente el clima de la isla. El que se criaba en aquella laguna, bebiendo su agua de barro, podía ir sin miedo a todas partes: estaba aclimatado.

Después surgió la guerra. En la barraca del tío Tòni temblaba la *Borda*, llorando por los rincones cuando llegaban al Palmar confusas noticias de los combates que ocurrían allá lejos. En el pueblo dos mujeres llevaban luto. Se marchaban los muchachos al entrar en quinta, entre llantos desesperados, como si sus familias no los hubieran de ver más.

Pero las cartas de Tonet eran tranquilizadoras y revelaban gran confianza. Ahora era cabo en una guerrilla montada y parecía muy contento de su existencia. Él mismo se describía, con gran minuciosidad, vestido de rayadillo, con un gran jipijapa, medias botas de charol, el machete golpeándole el muslo, la carabina máuser cruzada en la espalda y la canana repleta de cartuchos. No había cuidado; aquella vida era la suya: buena paga, mucho movimiento y la gran libertad que proporciona el peligro. «¡Venga guerra!», decía alegremente en sus cartas. Ya adivinábase a larga distancia el soldado fanfarrón, satisfecho de su oficio, encantado de sufrir fatigas, hambre y sed, a cambio de librarse del trabajo monótono y vulgar, de vivir fuera de las leyes de los tiempos normales, de matar sin miedo al castigo y considerar como suyo todo cuanto ve, imponiendo su voluntad al amparo de las duras exigencias de la guerra.

Neleta se enteraba de tarde en tarde de las aventuras de su novio. Su madre había muerto. Ella vivía ahora en la barraca de una tía suya, y para ganarse el pan servía de criada en casa de *Cañamèl* los días en que llegaban parroquianos extraordinarios y eran muchas las *paellas*.

Se presentaba en la barraca de los *Palomas* preguntando a la *Borda* si había carta, y escuchaba su lectura con los ojos bajos, apretando los labios como para concentrar más su atención. Parecía haberse enfriado su afecto por Tonet desde aquella fuga, en la que no tuvo para la novia el más leve recuerdo. Le brillaban los ojos y sonreía murmurando «¡grasies!» cuando al final de las cartas la nombraba el gerrillero enviándole sus recuerdos; pero no mostraba ningún deseo por que el muchacho regresase, ni se entusiasmaba cuando hacía castillos en el aire, asegurando que aún volvería al Palmar con galones de oficial.

Otras cosas preocupaban a Neleta. Se había convertido en la muchacha más guapa de la Albufera. Era pequeña, pero sus cabellos, de un rubio claro, crecían tan abundantes, que formaban sobre su cabeza un casco de ese oro antiguo descolorido por el tiempo. Tenía la piel blanca, de una nitidez transparente, surcada de venillas; una piel jamás vista en las mujeres del Palmar, cuya epidermis escamosa y de metálico reflejo ofrecía lejana semejanza con la de las tencas del lago. Sus ojos eran pequeños, de un verde blanquecino, brillantes como dos gotas del ajenjo que bebían los cazadores de Valencia.

Cada vez frecuentaba más la casa de *Cañamèl.* Ya no prestaba su ayuda en circunstancias extraordinarias. Pasaba todo el día en la taberna, limpiándola, despachando copas tras el mostrador, vigilando el hogar donde burbujeaban las sartenes, y al llegar la noche marchaba ostentosamente hacia la barraca de su tía, escoltada por ésta, llamando la atención de todos, para que se entesen bien las parientas hostiles de *Cañamèl*, las cuales comenzaban a murmurar si Neleta veía salir el sol al lado de su amo.

Cañamèl no podía pasar sin ella. El viudo, que hasta entonces había vivido tranquilo con sus viejas criadas, despreciando públicamente a las mujeres, era incapaz de resistir el contacto de aquella criatura maliciosa que le rozaba con gracia felina. El pobre *Cañamèl* sentíase inflamado por los ojos verdosos de aquella gatita, que apenas le veía en calma procuraba hacérsela perder con encontronazos hábiles que marcaban sus encantos ocultos. Sus palabras y miradas sublevaban en el maduro tabernero una castidad de varios años. Los parroquianos le veían unas veces con arañazos en la cara, otras con alguna contusión junto a los ojos, y reían ante las excusas que confusamente formulaba el tabernero. ¡Bien sabía defenderse la muchacha de los irresistibles arranques de *Cañamèl*! ¡Lo inflamaba con los ojos para aplacarlo con las uñas! A veces, en los cuartos interiores de la taberna rodaban con estrépito los muebles, temblaban los tabiques con furiosos empujones, y los bebedores reían maliciosamente... ¡*Cañamèl* que intentaba acariciar a su gata! ¡De seguro que saldría al mostrador con un nuevo arañazo...!

Esta lucha había de tener fin. Neleta era demasiado firme para no rendir a aquel panzudo, que temblaba ante sus amenazas de no volver más a la taberna. Todo el Palmar se conmovió con la noticia del matrimonio de *Cañamèl* a pesar de que era un suceso esperado. La cuñada del novio iba de puerta en puerta vomitando injurias. Las mujeres formaban corrillos ante las barracas... ¡La mosquita muerta! ¡y qué bien había sabido manejarse para pescar al hombre más rico de la Albufera! Nadie se acordaba del antiguo noviazgo con Tonet. Habían transcurrido seis años desde que partió, y raramente se volvía de allá donde él estaba.

Neleta, al tomar posesión como dueña legítima de aquella taberna, por la que pasaba todo el pueblo y a la que acudían los menesterosos implorando la usura de *Cañamèl*, no se enorgulleció ni quiso vengarse de las comadres que la calumniaban en su época de servidumbre. A todas las trataba con cariño, pero interponía el mostrador entre ella y las visitantes, para evitar familiaridades.

Ya no volvió a la barraca de los *Palomas*. Hablaba con la *Borda* como con una hermana, cuando ésta iba a comprar algo, y al tío *Paloma* le servía el vino en el vaso más grande, procurando olvidar sus pequeñas deudas. El tío Tòni frecuentaba poco la taberna; pero Neleta, al verle, lo saludaba con expresión de respeto, como si aquel hombre silencioso y ensimismado fuese para ella algo así como un padre que no quería reconocerla, pero al que veneraba en secreto.

Éstos eran los únicos afectos del pasado que vivían en ella. Dirigía su establecimiento como si nunca hubiese hecho otra cosa; sabía dominar a los bebedores con una palabra; sus brazos blancos, siempre arremangados, parecían atraer a la gente de todas las orillas de la Albufera; la taberna marchaba bien, y ella se mostraba cada día más fresca, más hermosa, más arrogante, como si de golpe hubiesen entrado en su cuerpo todas las riquezas del marido, de las que se hablaba en el lago con asombro y envidia.

En cambio, *Cañamèl* mostraba cierta decadencia después de su matrimonio. La salud y frescura de su mujer parecían robadas a él. Al verse rico y dueño de la mejor moza de la Albufera, había creído llegado el momento de enfermar por primera vez en su vida. Los tiempos no eran buenos para el contrabando; los oficiales jóvenes e inexpertos encargados de la vigilancia de la costa no admitían negocios, y como de la taberna entendía Neleta mejor que *Cañamèl*, éste, no sabiendo qué hacer, se dedicaba a estar enfermo, que es diversión de rico, según afirmaba el tío *Paloma*.

El viejo sabía mejor que nadie dónde estaba la dolencia del tabernero, y hablaba de ella con expresión maliciosa. Se había despertado en él la bestia amorosa, dormida durante los años en que no sintió otra pasión que la de la ganancia. Neleta ejercía sobre él la misma influencia que cuando era su criada. El brillo de las dos gotas verdes de sus ojos, una sonrisa, una palabra, el roce de sus brazos que se encontraban al llenar las copas en el mostrador, bastaban para que perdiese la calma. Pero ahora *Cañamèl* ya no recibía arañazos, ni al quedar abandonado el mostrador se escandalizaban los parroquianos... Y de este modo transcurría el tiempo: *Cañamèl* quejándose de extrañas enfermedades; doliéndole tan pronto la cabeza como el estómago; grueso y fláccido, con una creciente obesidad tras la cual se adivinaba la consunción de su organismo; y Neleta cada vez más fuerte, como si al derretirse la vida del tabernero cayese sobre ella cual lluvia fecundante.

El tío *Paloma* comentaba esta situación con cómica gravedad. La raza de los *Cañamèls* iba a reproducirse tanto, que llenaría todo el Palmar. Pero transcurrieron cuatro años sin que Neleta fuese madre, a pesar de sus fervientes deseos. Deseaba un hijo para asegurar su posición, hábilmente conquistada, y darles en los morros, como ella decía, a los parientes de la difunta. Cada medio año circulaba por el pueblo la noticia de que estaba encinta, y las mujeres, al entrar en la taberna, la examinaban con inquisitorial atención, reconociendo la importancia que tendría este acontecimiento en la lucha de la tabernera con sus enemigas. Pero siempre se deshacía la esperanza.

Las más atroces murmuraciones se cebaban en Neleta así que surgía la posibilidad de que fuese madre. Las enemigas pensaban maliciosamente en cualquier propietario de tierras de arroz de los que venían de los pueblos de la Ribera y descansaban en la taberna; en algún cazador de Valencia; hasta en el teniente de carabineros, que, aburrido de su soledad de Torre Nueva, venía algunas veces a amarrar su caballo en un olivo ante la casa de *Cañamèl*, después de atravesar el barro de los canales; en todos, menos en el enfermizo tabernero, dominado más que nunca por aquella furia insaciable que parecía consumirlo.

Neleta sonreía ante las murmuraciones. No amaba a su marido, estaba segura de ello; sentía mayor afición por muchos de los que visitaban su taberna, pero tenía la prudencia de la hembra egoísta y reflexiva que se casa por la utilidad y desea no comprometer su calma con infidelidades.

Un día circuló la noticia de que el hijo del tío Tòni estaba en Valencia. La guerra había terminado. Los batallones, sin armas, con el aspecto triste de los rebaños enfermos, desembarcaban en los puertos. Eran espectros del hambre, fantasmas de la fiebre, amarillos como esos cirios que sólo se ven en las ceremonias fúnebres, con la voluntad de vivir brillando en sus ojos profundos como una estrella en el fondo de un pozo. Todos marchaban a sus casas, incapaces para el trabajo, destinados a morir antes de un año en el seno de las familias, que habían dado un hombre y recibían una sombra.

Tonet fue acogido en el Palmar con curiosidad y entusiasmo. Era el único del pueblo que volvía de allá. ¡Y cómo volvía...! Demacrado por la miseria de los últimos días de la guerra, pues era de los que habían sufrido el bloqueo de Santiago. Pero aparte de esto, mostrábase fuerte, y las viejas comadres admiraban su cuerpo enjuto y esbelto, las posturas marciales que tomaba al pie del raquítico olivo que adornaba la plaza, atusándose el bigote, adorno viril que en todo Palmar sólo lo usaba el cabo de los carabineros, y exhibiendo la gran colección de jipijapas, único equipaje que había traído de la guerra. Por las noches se llenaba la taberna de *Cañamèl* para oír su relato de las cosas de allá.

Había olvidado sus fanfarronadas de guerrillero, cuando apaleaba a los pacíficos sospechosos y entraba en los bohíos revólver en mano. Ahora todos sus relatos eran sobre los americanos, los yanquis que había visto en Santiago; unos tíos muy altos, muy forzudos, que comían mucha carne y usaban unos sombreros pequeños. Aquí terminaban sus descripciones. La enorme estatura de los enemigos era la única impresión que sobrevivía en su memoria. Y en el silencio de la taberna resonaban las carcajadas de todos al contar Tonet que uno de aquellos tíos, viéndole cubierto de andrajos, le había regalado un pantalón antes de embarcar, pero tan grande, ¡tan grande! que le envolvía como una vela.

Neleta, detrás del mostrador, le oía mirándolo fijamente. Sus ojos eran inexpresivos; las dos gotas verdes carecían de luz, pero no se apartaban un instante de Tonet, como si tuviesen ansia por retener aquella figura marcial tan distinta de las otras que la rodeaban y que en nada recordaba al muchacho que diez años antes la tenía por novia.

Cañamèl, tocado de patriotismo y entusiasmado por la extraordinaria concurrencia que Tonet atraía a la taberna, chocaba la mano con el soldado, le ofrecía vasos y le hacía preguntas sobre cosas de Cuba, enterándose de las modificaciones ocurridas desde el remoto tiempo en que él estuvo allá.

Tonet iba a todas partes escoltado por *Sangonera*, que admiraba a su compañero de la infancia. Ya no era sacristán. Había abandonado los libros que le prestaban los vicarios. Las aficiones de su padre a la vida errante y al vino habíanse despertado en él, y el cura lo arrojó de la iglesia, cansado de las chuscas torpezas que cometía ayudándole la misa en plena embriaguez. Además, *Sangonera* no estaba conforme, según afirmaba gravemente, entre las risas de todos, con las cosas de los curas. Y aviejado en plena juventud por una embriaguez interminable, roto y mugriento, vivía al azar como en su infancia, durmiendo en su barraca, peor que una pocilga, y asomando a todos los sitios donde se bebía su enjuta figura de asceta, que apenas si marcaba en el suelo una raya de sombra.

Al amparo de Tonet encontraba obsequios, y él era el primero en pedir en la taberna que contase las cosas de allá, pues sabía que tras el relato llegaban los vasos.

El repatriado se mostraba satisfecho de esta vida de descanso y admiración. El Palmar parecíale ahora un lugar de delicias, recordando las noches pasadas en la trinchera con el estómago desfallecido por el hambre y la penosa travesía en el buque cargado de carne enferma, sembrando el mar de cadáveres.

Al mes de esta vida regalada, su padre le habló una noche en el silencio de la barraca. ¿Qué se proponía hacer? Ahora era un hombre y debía dar por terminadas las aventuras, pensando seriamente en el porvenir. Él tenía ciertos planes, de los que deseaba hacer partícipe al hijo, a su único heredero. Trabajando sin descanso, con la tenacidad de hombres honrados, aún podían crearse una pequeña fortuna. Una señora de la ciudad, la misma que le había dado en arriendo las tierras del Saler, conquistada por su sencillez y su afán en el trabajo, acababa de regalarle una gran extensión de terreno junto al lago: un *tancat* de muchas hanegadas.

No había más que un inconveniente para comenzar el cultivo, y era que el regalo estaba cubierto de agua y había que rellenar los campos trayendo muchas barcas de tierra, ¡pero muchas!

Había que gastar dinero o trabajar por cuenta propia. Pero ¡qué demonio! no debían desmayar; así se habían formado todas las tierras de la Albufera. Las ricas posesiones de hoy eran lago cincuenta años antes, y dos hombres sanos, animosos y sin miedo al trabajo pueden realizar grandes milagros. Mejor era esto que pescar en malos sitios o trabajar en tierras ajenas.

A Tonet le sedujo la novedad de la empresa. Si le hubieran propuesto cultivar los mejores y más antiguos campos inmediatos al Palmar, tal vez habría torcido el gesto; pero le gustaba batallar con el lago, convertir en tierra laborable lo que era agua, hacer surgir cosechas donde coleaban las anguilas entre las hierbas acuáticas. Además, en su ligereza de pensamiento, sólo veía los resultados, sin fijarse en el trabajo. Serían ricos y él podría alquilar las tierras, dándose una vida de holgazán, que era su aspiración.

Padre e hijo se lanzaron a la faena, ayudados por la *Borda*, siempre animosa para todo lo que diese prosperidad a la casa. Con el abuelo no había que contar. El proyecto le había puesto de igual humor que al dedicarse su hijo por primera vez al cultivo de tierras. ¡Otros que querían achicar la Albufera convirtiendo el agua en campos! ¡Y eran de su familia los que cometían tal atentado! ¡Bandidos...!

Tonet se entregó al trabajo con el ardor momentáneo de los seres de escasa voluntad. Su deseo era llenar de un solo golpe aquel rincón del lago donde su padre buscaba la riqueza. Desde antes del amanecer, Tonet y la *Borda* iban en dos barquitos a buscar tierra, para llevarla después, en un viaje de más de una hora, al gran espacio de agua muerta cuyos límites marcaban los ribazos de barro.

El trabajo era penoso, aplastante; una tarea de hormigas. Sólo el tío Tòni, con su audacia de trabajador infatigable, podía acometerlo sin otro auxilio que su familia y sus brazos.

Iban a los grandes canales que desembocan en la Albufera, a los puertos de Catarroja y el Saler. Con perchas de ancha horquilla arrancaban del fondo grandes pellas de barro, pedazos de turba gelatinosa, que esparcía un hedor insoportable. Dejaban a secar en las orillas estos jirones del seno de las acequias, y cuando el sol los convertía en terrones blancuzcos, cargábanlos en los dos barquitos, que se unían, formando una sola embarcación. Percha que percha, tras una hora de incesante trabajo, llevaban al *tancat* el montón de tierra tan penosamente reunido, y la charca se la tragaba sin resultado aparente, como si se disolviera la carga sin dejar rastro. Los pescadores veían pasar todos los días dos o tres veces a la laboriosa familia deslizándose como moscas de agua sobre la pulida superficie del lago.

Tonet se cansó pronto de esta tarea de enterrador. La fuerza de su voluntad no llegaba a tanto; pasada la seducción del primer momento, vio la monotonía del trabajo y calculó con terror los meses y aun los años que faltaban para dar cima a la obra. Pensaba en lo que había costado de arrancar cada montón de tierra, y temblaba de emoción viendo cómo se enturbiaba el agua al recibir la carga, y después, al aclararse, mostraba el suelo siempre igual, siempre profundo, sin la más pequeña giba, como si toda la tierra se escapase por un agujero oculto.

Comenzó a faltar al trabajo. Pretextaba cierto recrudecimiento de las dolencias adquiridas en la guerra para quedarse en la barraca, y apenas partían su padre y la *Borda*, corría en busca del fresco rincón de *Cañamèl*, donde nunca le faltaban còmpañeros para un truque y el porrón al alcance de la mano. A lo más, trabajaba dos días por semana.

El tío *Paloma*, en su odio a los enterradores que descuartizaban el lago, celebraba con risas la pereza del nieto. ¡Ji, ji...! Su hijo era un tonto al confiar en Tonet. Conocía bien al mozo. Había nacido con un hueso atravesado que le impedía agacharse para trabajar. De soldado se le había endurecido, y no había que esperar remedio. Él sabía la medicina única: ¡a palos se rompía aquello!

Pero como en el fondo le alegraba ver a su hijo sufriendo dificultades en la empresa, aceptaba la pereza de Tonet y hasta sonreía al verlo en casa de *Cañamèl*.

En el pueblo comenzaban las murmuraciones por la asiduidad con que Tonet visitaba la taberna. Se sentaba siempre ante el mostrador, y Neleta y él se miraban. La tabernera hablaba con Tonet menos que con los otros parroquianos; pero en los ratos de poco despacho, cuando hacía alguna labor sentada ante los toneles, cada vez que levantaba sus ojos, éstos iban instintivamente hacia el joven. Los parroquianos también observaban que el *Cubano*, al dejar los naipes, buscaba con su mirada a Neleta.

La antigua cuñada de *Cañamèl* hablaba de esto de puerta en puerta. ¡Se entendían, no había más que verlos! ¡Bueno iban a poner al imbécil tabernero! ¡Entre los dos se comerían toda la fortuna que había amasado la pobre de su hermana! Y cuando los menos crédulos hablaban de la imposibilidad de aproximarse, en una taberna siempre llena de gente, la arpía protestaba. Se entenderían fuera de casa. Neleta era capaz de todo y él un enemigo del trabajo, que había dado fondo en la taberna, seguro de que allí le mantendrían.

Cañamèl, ignorando estas murmuraciones, trataba a Tonet como a su mejor amigo. Jugaba a la baraja con él y reñía a su mujer si no lo convidaba. Nada leía en la mirada de Neleta, en los ojos de extraño resplandor, ligeramente irónicos, con que acogía estas reprimendas mientras ofrecía un vaso a su antiguo novio.

Las murmuraciones que circulaban por el Palmar llegaron hasta el tío Tòni, y una noche, sacando éste a su hijo de la barraca, le habló con la tristeza del hombre fatigado que lucha inútilmente contra la desgracia.

Tonet no quería ayudarle, bien lo veía. Era el perezoso de otros tiempos, nacido para pasar la existencia en la taberna. Ahora era un hombre; había ido a la guerra, y su padre no podía levantar sobre él la mano, como en otros tiempos. ¿No quería trabajar...? Bien; él continuaría la obra completamente solo, aunque reventase como un perro, siempre con la esperanza de dejar al morir un pedazo de pan al ingrato que le abandonaba.

Pero lo que no podía ver con calma era que su hijo pasase los días en casa de *Cañamèl*, frente a su antigua novia. Podía ir si quería a otras tabernas; a todas menos a aquélla.

Tonet protestó con vehemencia al oír esto. ¡Mentiras, todo mentiras! ¡Calumnias de la *Samaruca*, aquella bestia maligna, cuñada de *Caña-*

mèl, que odiaba a Neleta y no reparaba en murmuraciones! Y Tonet decía esto con la energía de la verdad, afirmando por la memoria de su madre no haber tocado un dedo de Neleta ni haberle dicho la menor palabra que recordase su antiguo noviazgo.

El tío Tòni sonrió tristemente. Lo creía, no dudaba de sus palabras. Es más: tenía la convicción de que hasta el presente eran calumnias todas las murmuraciones. Pero él conocía la vida. Ahora sólo eran miradas, y mañana, atraídos por el continuo roce, caerían en la deshonra, como consecuencia de este juego peligroso. Neleta siempre le había parecido una casquivana, y no sería ella la que diese ejemplo de prudencia.

Después de esto, el animoso trabajador tomó un acento tan sincero, tan bondadoso, que impresionó a Tonet.

Debía pensar que era el hijo de un hombre honrado, con mala fortuna en sus negocios, pero al cual nadie podía reprochar una mala acción en toda la Albufera.

Neleta tenía marido, y el que busca la mujer ajena une la traición al pecado. Además, *Cañamèl* era amigo suyo; pasaban el día juntos, jugaban y bebían como compañeros, y engañar a un hombre en estas condiciones era una cobardía, digna de pagarse con un tiro en la cabeza.

El tono del padre se hizo solemne.

Neleta era rica, su hijo pobre, y podían creer que la perseguía como un medio para mantenerse sin trabajar. Esto era lo que le irritaba, lo que convertía su tristeza en cólera.

Antes ver muerto a su hijo, que avergonzarse ante tal deshonra. ¡Tonet! ¡Hijo...! Había que pensar en la familia, en los *Palomas*, antiguos como el Palmar: raza de trabajadores tan desgraciados como buenos; acribillados de deudas por la mala suerte, pero incapaces de una traición.

Eran hijos del lago, tranquilos en su miseria, y al emprender el último viaje, cuando los llamase Dios, podrían llegar perchando hasta los pies de su trono, mostrándole al Señor, a falta de otros méritos, las manos cubiertas de callos como las bestias, pero el alma limpia de todo crimen.

IV

El segundo domingo de julio era para el Palmar el día más importante del año.

Se sorteaban los *redolíns*, los puestos de pesca de la Albufera y sus canales, entre los vecinos del Palmar, ceremonia solemne y tradicional presidida por un delegado de la Hacienda, misteriosa señora que nadie había visto, pero de la que se hablaba con respeto supersticioso, como dueña que era del lago y la interminable pinada de la Dehesa.

A las siete, el esquilón de la iglesia había hecho correr a misa a todo el pueblo. Solemnes resultaban las fiestas al Niño Jesús después de Navidad, pero no pasaban de ser pura diversión; mientras que en la ceremonia del sorteo se jugaba al azar el pan del año y hasta el riesgo de enriquecerse si la pesca era buena.

Por eso la misa de este domingo era la que se oía con más devoción. Las mujeres no tenían que ir en busca de sus maridos, llevándolos a empujones a que cumpliesen el precepto religioso. Todos los pescadores estaban en la iglesia con gesto de recogimiento, pensando en el lago más que en la misa, y con la imaginación veían la Albufera y sus canales, escogiendo los puestos mejores por si la suerte los agraciaba con los primeros números.

La iglesia, pequeña, con las paredes pintadas de cal y las altas ventanas con cortinas verdes, no podía contener a todos los fieles. La puerta estaba de par en par, y el público se esparcía por la plaza con la cabeza descubierta bajo el sol de julio. En el altar mostraba su carita sonriente y su falda hueca el Niño Jesús, patrón del pueblo; una imagen que no levantaba más de un palmo, pero a pesar de su pequeñez, sabía llenar de anguilas, en las noches tempestuosas, las barcas de los que conseguían los mejores puestos, con otros milagros no menos asombrosos que relataban las mujeres del Palmar.

En las paredes se destacaban sobre el fondo blanco algunos cuadros procedentes de antiguos conventos: tablas enormes con falanges de condenados todos rojos, como si acabasen de ser cocidos, y ángeles de plumaje de cotorras arreándolos con flamígeras espadas.

Sobre la pila de agua bendita, un cartelón con caracteres góticos rezaba así:

Si por la ley del amor
no es lícito delinquir,
no se permite escupir
en la casa del Señor.

No había en el Palmar quien no admirase estos versos, obra, según el tío *Paloma*, de cierto vicario, allá en los tiempos en que el barquero era mozo. Todos se habían ejercitado en la lectura, deletreándolos durante las innumerables misas de su existencia de buenos cristianos. Pero si se admiraba la poesía, no se aceptaba el consejo, y los pescadores, sin respeto alguno a «la ley del amor», tosían y escupían con su crónica ronquera de anfibios, deslizándose la ceremonia religiosa en un continuo carraspeo que ensuciaba el piso y hacía volver al oficiante su colérica mirada.

Nunca había tenido el Palmar vicario como el *pare Miquèl*. Decíase que lo habían enviado allí de castigo, pero él parecía tomar su desgracia muy a gusto. Cazador infatigable, apenas terminaba su misa se calzaba las alpargatas de esparto, encasquetábase la gorra de piel, y seguido por su perro, metíase Dehesa adentro o hacía correr su barquito por entre los espesos carrizales para tirar a las pollas de agua. Había que ayudarse un poco en su miserable posición, según él decía. El sueldo era de cinco reales diarios, y estaba condenado a morir de hambre, como sus antecesores, a no ser por la escopeta, que toleraban los guardas de la selva, y surtía de carne su mesa todos los días. Las mujeres admiraban su energía de varón fuerte, viendo cómo las dirigía casi a puñetazos. Los hombres no celebraban menos la llaneza con que trataba las funciones de su ministerio. Era un cura de escopeta. Cuando el alcalde tenía que pasar la noche en Valencia, dejaba su autoridad en manos de don Miguel; y éste, satisfecho de la transformación, llamaba al cabo de los carabineros de mar.

—Usted y yo somos las únicas autoridades del pueblo. Velemos por él.

Y salían de ronda toda la noche, con la carabina pendiente del hombro, entrando en las tabernas para enviar las gentes a dormir, deteniéndose en el presbiterio varias veces para beber una copa de caña, hasta que apuntaba el día, y don Miguel, dejando el arma y su traje de contrabandista, se entraba en la iglesia para decir la misa a los pescadores.

Los domingos, mientras realizaba el sagrado acto, miraba con el rabillo del ojo a los fieles, fijándose en los que escupían con insistencia, en las comadres que charlaban murmurando de la vecina, en los chicuelos que se empujaban cerca de la puerta; y al volverse, irguiendo su arrogante cuerpo para bendecir a todos, miraba con tales ojos a los culpables, que éstos se estremecían adivinando las próximas amenazas del *pare Miquèl*. Él era quien había expulsado a patadas al ebrio *Sangonera*, al pillarle por tercera o cuarta vez empuñando la botella de vino de la sacristía. En su casa sólo el cura podía beber. El genio violento le acompañaba en todas sus funciones sagradas, y muchas veces, en plena misa, al notar que el sucesor de *Sangonera* equivocaba las respuestas o andaba tardo en trasladar el Evangelio de un lado a otro, le largaba una coz por debajo de las randas del alba, chasqueando la lengua como si llamase a su perro.

Su moral era sencilla: residía en el estómago. Cuando los penitentes excusaban sus faltas en el confesonario, la penitencia era siempre la misma. ¡Lo que debían hacer era comer más! Por eso el demonio los agarraba al verlos tan flacos y amarillentos. Lo que él decía: «Buenos bocados y menos pecados.» Y si alguien contestaba alegando su miseria, indignábase el cura, soltando un taco redondo. ¡*Recordóns*! ¿Pobres y vivían en la Albufera, el mejor rincón del mundo? Allí estaba él con sus cinco reales, y lo pasaba mejor que un patriarca. Le habían enviado al Palmar creyendo hacerle la santísima, y sólo cambiaba su puesto por una canonjía en Valencia. ¿Para qué habría criado Dios los becadas de la Dehesa, que volaban en enjambre como las moscas, los conejos, tan numerosos como las hierbas, y todos aquellos pájaros del lago, que no había más que remover los cañares para que saltasen a docenas? ¿Es que esperaban que la carne cayese ya desplumada y con sal en sus calderos...? Lo que debían tener es más afición al trabajo y temor a Dios. No todo había de ser pescar anguilas, pasando las horas sentados en una barca, como mujeres, y comer carne blancuzca que olía a barro. Así estaban de enmohecidos y pecadores, que daban asco. El hombre que es hombre, ¡cordones! debía ganarse como él la comida... ¡a tiros...!

Después de Pascua Florida, cuando todo el Palmar vaciaba su saco de pecados en el confesonario, menudeaban los escopetazos en la Dehesa y en el lago, y los guardas iban locos de un lado a otro, sin poder adivinar a qué obedecía este furor repentino por la caza.

Terminó la misa, y la muchedumbre se esparció por la plazoleta. Las mujeres no volvían a sus barracas para preparar el caldero de mediodía. Se quedaban con los hombres frente a la escuela, donde se verificaba el sorteo: el mejor edificio del Palmar, el único con dos pisos, una casita que tenía abajo el departamento de los niños y arriba el de las niñas. En el piso superior se verificaba la ceremonia, y al través de las ventanas abiertas se veía al alguacil, ayudado por *Sangonera*, arreglar la mesa con el sillón presidencial para el señor que vendría de Valencia y los bancos de las dos escuelas para los pescadores miembros de la Comunidad.

Los más viejos del pueblo se agrupaban junto al olivo retorcido y de escasas hojas, único adorno de la plaza. Este árbol raquítico y antiguo, arrancado de las montañas para languidecer en un suelo de barro, era el punto de reunión del pueblo, el sitio donde se desarrollaban todos los actos de su vida civil. Bajo sus ramas se hacían los tratos de la pesca, se cambiaban las barcas y se vendían las anguilas a los revendedores de la ciudad. Cuando alguien encontraba en aguas de la Albufera un *mornell* abandonado, una percha flotando o cualquier otro útil de la pesca, lo dejaba al pie del olivo, y la gente desfilaba ante él, hasta que el dueño lo reconocía por la marca especial que cada pescador ponía a sus útiles.

Todos hablaban del próximo sorteo con la emoción temblorosa del que confía su porvenir al azar. Antes de una hora iba a decidirse para cada uno la miseria de un año o la abundancia. En los corrillos se hablaba de los seis primeros puestos, de los seis *redolíns* mejores, los únicos que podían hacer rico a un pescador, y que correspondían a los seis primeros nombres que salían de la bolsa. Eran los puestos de la *Sequiòta*, o los inmediatos a ella, el camino que seguían las anguilas en las noches tempestuosas, huyendo hacia el mar, para encontrarse con las redes de los *redolíns*, donde quedaban prisioneras.

Se recordaba con misterio a ciertos afortunados pescadores, dueños de un puesto de la *Sequiòta*, que en una noche de tempestad, cuando la Albufera se rizaba en ondas que dejaban al descubierto el barro del fondo, habían cogido seiscientas arrobas de pesca. ¡Seiscientas arrobas, a dos duros...! Brillaban los ojos con el fuego de la codicia, pero todos se hablaban al oído, repitiendo misteriosamente las cifras de la pesca, temiendo que les oyese alguien que no fuera del Palmar, pues desde pequeño cada cual aprendía, con extraña solidaridad, la conveniencia de decir que se pescaba poco, para que la Hacienda —aquella señora desconocida y voraz— no les afligiera con nuevos impuestos.

El tío *Paloma* hablaba de los tiempos pasados, cuando la gente no se multiplicaba como los conejos de la Dehesa y sólo entraban en el sorteo unos sesenta pescadores, únicos que constituían la Comunidad. ¿Cuántos eran ahora? En el sorteo del año anterior habían figurado más de ciento cincuenta. Si continuaba creciendo la población, serían más los pescadores que las anguilas y perdería el Palmar las ventajas de su privilegio de los *redolíns*, que le daba cierta superioridad sobre los otros pescadores del lago.

El recuerdo de estos «otros», de los pescadores de Catarroja, que compartían con los del Palmar el disfrute de la Albufera, ponía nervioso al tío *Paloma*. Los odiaba tanto como a los agricultores que roían el agua creando nuevos campos. Según decía el barquero, aquellos pescadores que vivían lejos del lago, en las afueras de Catarroja, mezclados con los labradores y trabajando la tierra cuando se pagaban bien los jornales, no eran más que pescadores de ocasión, gentes que venían al agua empujadas por el hambre, a falta de cosas más productivas en que ocuparse.

El tío *Paloma* tenía clavado en el alma el orgullo de estos enemigos, que se consideraban los primeros pobladores de la Albufera. Según ellos, eran los de Catarroja los pescadores más antiguos, aquellos a quienes el glorioso rey don Jaime, después de conquistar Valencia, dio el primer privilegio para que explotasen el lago, con el gravamen de entregar la quinta parte de la pesca a la Corona.

—¿Qué eran entonces los del Palmar? —preguntaba irónicamente el viejo barquero.

Y se indignaba recordando la respuesta que daban los de Catarroja. El Palmar llevaba este nombre porque era remotamente una isleta cubierta de palmitos. En otros siglos bajaba gente de Torrente y otros pueblos que se dedicaban al comercio de escobas, se establecían en la isla, y después de hacer provisión de palmitos para todo el año, levantaban el vuelo. Poco a poco fueron quedándose algunas familias. Los escoberos se convirtieron en pescadores, viendo que esto daba mayores ganancias, y más listos y avezados por su vida errante a los progresos del mundo, inventaron lo de los *redolíns*, consiguiendo para éste un privilegio de los reyes y perjudicando a los de Catarroja, gente sencilla que nunca había salido de la Albufera...

Había que ver la indignación del tío *Paloma* al repetir las opiniones de los enemigos. ¡Los del Palmar, los mejores pescadores del lago, descendientes de unos escoberos y viniendo de Torrente y otros lugares, donde jamás se había criado una anguila...! ¡Cristo! Por menores motivos se mataban los hombres en cualquier ribazo con la *fitora*. Él estaba bien enterado, y le constaba que todo era mentira.

Siendo joven lo nombraron una vez Jurado de

la Comunidad, y se llevó a su casa el tesoro del pueblo, el archivo de los pescadores, un cajón repleto de librotes, ordenanzas, privilegios de reyes y cuadernos de cuentas, que pasaba de un Jurado a otro a cada nuevo nombramiento, y llevaba siglos rodando de barraca en barraca, siempre guardado bajo los colchones, como si pudiesen robarlo los enemigos del Palmar. El viejo barquero no sabía leer. En su época no se pensaba en estas cosas y se comía mejor. Pero cierto vicario amigo suyo le había descifrado por las noches el contenido de las patas de mosca que llenaban las páginas amarillentas, y él lo retenía en su memoria con gran facilidad. Primero el privilegio del glorioso San Jaime, el que mataba moros, pues el barquero, en su respeto por el rey conquistador, que regaló el lago a los pescadores, creía poca cosa la realeza y le quería santo. Después venían las concesiones de Don Pedro, Doña Violante, Don Martín, Don Fernando, todos reyes y unos benditos siervos de Dios, que se acordaban de los pobres; y quién el derecho a cortar troncos de la Dehesa para calar las redes, quién el privilegio de aprovecharse de las cortezas del pino para teñir el hilo de las mallas, todos regalaban algo a los pescadores. Aquellos eran otros tiempos. Los reyes, excelentes personas, con la mano siempre abierta para los pobres, se contentaban con el quinto de la pesca; no como ahora, que la Hacienda y demás invenciones de los hombres se llevan cada tres meses media arroba de plata para dejarles vivir en un lago que era de sus abuelos. Y cuando alguien le decía que el quinto representaba mucho más que la famosa media arroba de plata, el tío *Paloma* rascábase con indecisión la cabeza por debajo del gorro. Bueno: aceptaba que fuese más; pero no se pagaba en dinero y se sentía menos.

Tras esto volvía a su manía contra los demás habitantes del lago. Era verdad que al principio no existían otros pescadores en la Albufera que los que vivían a la sombra del campanario de Catarroja. En aquellos tiempos no se podía hacer vida cerca del mar. Los piratas berberiscos amanecían a lo mejor en la playa, arramblando con todo, y la gente honrada y trabajadora tenía que guarecerse en los pueblos para que no le adornasen el cuello con una cadena. Pero, poco a poco, en tiempos más seguros, los verdaderos pescadores, los puros, los que huían del trabajo de las tierras como de una abdicación deshonrosa, se habían trasladado al Palmar, evitándose así todos los días un viaje de dos horas antes de tender las redes. Amaban al lago y por eso se quedaron en él. ¡Nada de escoberos! Los del Palmar eran tan antiguos como los otros. A su abuelo le había oído muchas veces que la familia procedía de Catarroja, y aún debían quedarle por allá parientes, de los que nada quería saber.

La prueba de que eran los más antiguos y los más hábiles pescadores estaba en la invención de los *redolíns*: una maravilla que los de Catarroja nunca había podido discurrir. Aquellos desdichados pescaban con redes y anzuelos; los más de los días tenían que hacerse una cruz en el estómago, y por bueno que se presentase el tiempo no salían de pobres. Los del Palmar, con su sabiduría, habían estudiado las costumbres de las anguilas. Viendo que durante la noche se aproximan hacia el mar, y en la oscuridad tempestuosa juegan como locas, abandonando el lago para meterse en los canales, habían encontrado más cómodo cerrar las acequias con barreras de redes sumergidas, colocar junto a ellas las bolsas de malla de los *mornells* y *monòts*, y la pesca por sí sola iba a colarse en el engaño, sin más trabajo para el pescador que vaciar el seno de sus artefactos y volver a sumergirlos.

¡Y qué admirable organización la de la Comunidad del Palmar! El tío *Paloma* se entusiasmaba hablando de esta obra de los antiguos. El lago era de los pescadores. Todo de todos; no como en tierra firme, donde los hombres han inventado esas porquerías del reparto de la tierra, y la ponen límites y tapias, y dicen con orgullo «esto es tuyo y esto mío», como si todo no fuese de Dios y como si al morir se pudieran poseer otros terrones que los que llenan la boca para siempre.

La Albufera para todos los hijos del Palmar, sin distinción de clases; lo mismo para los vagos que se pasaban el día en casa de *Cañamèl*, que para el alcalde, que enviaba anguilas lejos, muy lejos, y era casi tan rico como el tabernero. Pero como al dividir el lago entre todos, unos puestos eran mejores que otros, se había establecido el sorteo anual, y los buenos bocados pasaban de mano en mano. El que hoy era un miserable, mañana podía ser rico: esto lo ordenaba Dios, valiéndose de la suerte. El que había de ser pobre, pobre quedaba, pero con una ventana abierta para que entrase la Fortuna si sentía el capricho. Allí estaba él, que era el más viejo del Palmar, y pensaba cumplir el siglo si el demonio no se metía de por medio. Había entrado en más de ochenta sorteos: una vez sacó el quinto puesto, otra el cuarto; nunca había conseguido el primero; pero no se quejaba, pues había vivido sin sufrir hambre ni calentarse la cabeza para desnudar a su vecino, como la gente que llegaba de tierra adentro. Además, al finalizar el invierno, cuando en los *redolíns* terminaban las grandes pescas, el Jurado ordenaba una *arrastrá*, en la que tomaban parte todos los pescadores de la Comunidad, juntando sus redes, sus barcas y sus brazos. Y esta empresa en común de todo un pueblo barría el fondo del lago con su gigantesco tejido de redes, y el producto de la enorme pesca se repartía entre todos por partes iguales. Así deben vivir los hombres, como hermanos, para no convertirse en fieras. Y el tío *Paloma* terminaba diciendo que por algo el Señor, cuando vino al mundo, predicaba en lagos que eran, poco más o menos, como la Albufera, y no se rodeaba de cultivadores de campos, sino de pescadores de tencas y anguilas.

La muchedumbre era cada vez mayor en la plaza. El alcalde, con sus adjuntos y el alguacil, estaba en el canal aguardando la barca que traía de Valencia al representante de la Hacienda. Llegaban los personajes de la contornada para consagrar con su presencia el sorteo. La gente abría paso al teniente de carabineros, que venía de su soledad de Torre Nueva, entre la Dehesa y el mar, al galope del caballo, manchado del barro de las acequias. Presentábase el Jurado seguido de un mocetón que llevaba a cuestas la caja del archivo de la Comunidad, y el *pare Miquèl*, el belicoso vicario, con el balandrán al hombro y el gorrito ladeado, iba de grupo en grupo asegurando que la suerte volvería la espalda a los pecadores.

Cañamèl, que no era hijo del pueblo y carecía de derecho para participar del sorteo, mostrábase tan interesado como los pescadores. Nunca faltaba a aquella ceremonia. Encontraba allí su negocio para todo el año, que le compensaba de la decadencia del contrabando. Casi siempre, el que conseguía el primer puesto era un pobre, sin otros bienes que un barquito y algunas redes. Para explotar la *Sequiòta* necesitaba grandes artefactos, varias embarcaciones, marineros a sueldo; y cuando el infeliz, anonadado por su buena suerte, no sabía cómo empezar, se le aproximaba *Cañamèl* como un ángel bueno. Él tenía lo preciso; ofrecía sus barcas, las mil pesetas de hilo nuevo que se necesitaban para las grandes barreras que debían cerrar el canal y el dinero necesario para adelantar jornales. Todo como ayuda a un amigo, por el afecto que el agraciado le inspiraba; pero como la amistad es una cosa y el negocio otra, se contentaría a cambio de sus auxilios con la mitad de la pesca. De este modo los sorteos eran casi siempre en beneficio de *Cañamèl*, que aguardaba con ansiedad el resultado, haciendo votos por que los primeros puestos no correspondiesen a los vecinos del Palmar que tenían alguna fortuna.

Neleta también había acudido a la plaza atraída por aquel acto, que era una de las mejores fiestas del pueblo. Iba endomingada, parecía una señorita de Valencia, y la *Samaruca*, su feroz enemiga, se burlaba en un corro hostil de su moño alto, del traje de color de rosa, del cinturón con hebilla de plata y de su olor de «mujer mala», que escandalizaba a todo el Palmar, haciendo perder la calma a los hombres. La graciosa rubia, desde que era rica, se perfumaba de un modo violento, como si quisiera aislarse del hedor de fango que envolvía al lago. Se lavaba poco la cara, como todas las mujeres de la isla; su piel no era muy limpia, pero jamás faltaba sobre ella una capa de polvos, y a cada paso sus ropas despedían un rabioso perfume de almizcle, que hacía dilatar el olfato con placentera beatitud a los parroquianos de la taberna.

En la muchedumbre se marcó una gran ondulación. ¡Ya estaba allí...! ¡la ceremonia iba a comenzar! Y pasaron ante el gentío el alcalde con su bastón de borlas negras, todos sus adláteres y el enviado de la Hacienda, un pobre empleado al que miraban los pescadores con admiración —imaginando confusamente su inmenso poder sobre la Albufera— y al mismo tiempo con odio. Aquel lechuguino era el que se tragaba la media arroba de plata.

Todos fueron subiendo con lentitud por la estrecha escalerilla de la escuela, que sólo podía contener una persona de frente. Una pareja de carabineros, fusil en mano, guardaba la puerta para impedir la entrada de las mujeres y los chicuelos, que alteraban las deliberaciones de la reunión. De vez en cuando la curiosidad de la gente menuda pretendía arrollarlos, pero los carabineros presentaban las culatas y hablaban de dar una paliza a toda la chiquillería, que con sus gritos turbaba la solemnidad del acto.

Arriba era tanta la aglomeración, que los pescadores, no encontrando sitio en los bancos, se apiñaban en los balcones. Unos, los más antiguos, llevaban el gorro rojo de los viejos habitantes de la Albufera; otros cubrían su cabeza con el pañuelo de largo rabo de los labriegos o con sombreros de palma. Todos iban vestidos de colores claros, con alpargatas de esparto o descalzos, y de esta muchedumbre sudorosa y apretada surgía el eterno hedor viscoso y frío de los anfibios criados en el barro.

Sobre la plataforma del maestro estaba la mesa presidencial. En el centro el enviado de la Hacienda dictando a su escribiente el encabezamiento del acta, y a sus lados el cura, el alcalde, el Jurado, el teniente y otros invitados, entre los que figuraba el médico del Palmar, un pobre paria de la ciencia, que por cinco reales venía embarcado tres veces por semana a curar en bloque a los tercianarios pobres.

Se levantó de su asiento el Jurado. Ante él tenía los libros de cuentas de la Comunidad, maravillosos jeroglíficos, en los que no entra ni una sola letra, estando representados los pagos por figuras de todas clases. Así lo habían inventado los antiguos Jurados, que no sabían escribir, y así continuaba. Cada hoja contenía la cuenta de un pescador. Nada de inscribir su nombre en la cabecera, sino la marca que cada cual ponía a su barquito y sus redes para reconocerlos. Uno era una cruz, el otro unas tijeras, el de más allá un pico de fúlica, el tío *Paloma* una media luna, y así se entendía el Jurado, no teniendo más que mirar el jeroglífico para decir: «Ésta es la cuenta de Fulano.» Y después, en el resto de la página, rayas y más rayas, significando cada una de ellas el pago de un mes de impuesto. Los viejos barqueros alababan este sistema de contabilidad. Así cualquiera podía revisar las cuentas, y no había trampas como en esos librotes de números y apretada escritura que sólo entienden los señores.

El Jurado, un mocetón avispado, de cabeza rapada y ojos insolentes, tosió y escupió varias veces antes de hablar. Los invitados, que ocupaban la presidencia, echaron el cuerpo atrás y comenzaron a conversar entre sí. Iban a tratarse primeramente los asuntos de la Comunidad, en los que ellos no podían intervenir. Eran cosas que debían arreglarse entre pescadores. El Jurado comenzó su peroración: «¡Caballers...!»

Y paseó su mirada imperiosa sobre el concurso, imponiendo silencio. Abajo, en la plaza, chillaban los chicos como condenados y la charla de las mujeres subía con molesto zumbido. El alcalde hizo salir al alguacil, saltando por entre la gente para imponer silencio y que el Jurado siguiera su discurso.

Caballeros, las cosas claras. A él lo habían hecho Jurado para cobrar a cada uno su parte y entregar todos los trimestres a la Hacienda cerca de mil quinientas pesetas, la famosa media arroba de plata de que hablaba todo el pueblo. Pues bien; las cosas no podían seguir así. Muchos se retrasaban en el pago, y los pescadores mejor acomodados tenían que suplir la falta. Para evitar en adelante este desorden, proponía que los que no estuviesen al corriente en el pago no entrasen en el sorteo.

Una parte del público acogió con murmullos de satisfacción estas palabras. Eran los que habían pagado, y al quedar excluidos del sorteo muchos de sus compañeros, veían aumentada la probabilidad de conseguir los primeros puestos. Pero la mayoría de la reunión, la de aspecto más mísero, protestaba a gritos, poniéndose de pie, y durante algunos minutos el Jurado no pudo dejarse oír.

Al restablecerse el silencio y ocupar todos sus sitios se levantó un hombre enfermizo, de cara pálida, con un resplandor malsano en los ojos. Hablaba lentamente, con voz desmayada; sus palabras se cortaban a lo mejor por un escalofrío. Él era de los que no habían pagado: tal vez nadie debía tanto como él. En el sorteo anterior le tocó uno de los últimos puestos y no había pescado ni para dar de comer a su familia. En un año había perchado dos veces hacia Valencia llevando en el fondo del barquito dos cajas blancas con galones dorados, dos monerías, que le hicieron pedir dinero a préstamo... Pero ¡ay! ¡qué menos puede hacer un padre que adornar bien a sus pequeños cuando se van para siempre...! Se le habían muerto dos hijos por comer mal, como decía el *pare Miquèl*, allí presente, y después él había pillado las tercianas trabajando, y las arrastraba meses y meses. No pagaba porque no podía. ¿Y por esto iban a quitarle su derecho a la fortuna? ¿No era él de la Comunidad de Pescadores, como lo fueron sus padres y sus abuelos...?

Se hizo un silencio doloroso, en el que podía oírse el sollozar del infeliz, caído sin fuerzas en su asiento con la cara entre las manos, como avergonzado de su confesión.

—¡No, *redéu*, no! —gritó una voz temblona con una energía que conmovió a todos.

Era el tío *Paloma*, que, puesto de pie, con el gorro encasquetado, los ojillos llameantes de indignación, hablaba apresuradamente, mezclando en cada palabra cuantos juramentos y tacos guardaba en su memoria. Los viejos compañeros le tiraban de la faja para llamarle la atención sobre su falta de respeto a los señores de la presidencia; pero él les contestaba con el codo y seguía adelante. ¡Valiente cosa le importaban tales peleles a un hombre como él, que había tratado reinas y héroes...! Hablaba porque podía hablar. ¡Cristo! Él era el barquero más viejo de la Albufera, y sus palabras debían tomarse como sentencias. Los padres y los abuelos de todos los presentes hablaban por su boca. La Albufera pertenecía a todos, ¿estamos?, y era vergonzoso quitarle a un hombre el pan por si había pagado o no a la Hacienda. ¿Es que esa señora necesitaba para cenar las míseras pesetas de un pescador...?

La indignación del viejo animaba al público.

Muchos reían a carcajadas, olvidando la impresión penosa de momentos antes.

El tío *Paloma* recordaba que él también había sido Jurado. Bueno era tener el puño duro con los pillos que huyen del trabajo; pero a los pobres que cumplen su deber y por ser víctimas de la miseria no pueden pagar había que abrirles la mano. ¡Cordones! ¡Ni que fuesen moros los pescadores del Palmar! No; todos eran hermanos y a todos pertenecía el lago. Esas divisiones de ricos y pobres quedaban para la tierra firme, para los «labradores», entre los cuales hay amos y criados. En la Albufera todos eran iguales: el que no pagaba ahora ya pagaría más adelante; y los que tuvieran más que supliesen las faltas de los que nada tenían, pues así había ocurrido siempre... ¡Todos al sorteo!

Tonet dio la señal de la baraúnda aclamando a su abuelo. El tío Tòni no parecía muy conforme con las creencias de su padre, pero todos los pescadores pobres se abalanzaron sobre el viejo, demostrándole su entusiasmo con tirones de la blusa y cariñosas palmadas, tan vehementes, que caían sobre su nuca arrugada como una lluvia de cachetes.

El Jurado cerró sus libros con expresión de desaliento. Todos los años ocurría lo mismo. Con aquella gente antigua, que parecía siempre joven, era imposible poner en orden los asuntos de la corporación. Y con gesto aburrido fue escuchando las excusas de los que no habían pagado y se levantaban para explicar su morosidad. Tenían enfermos en su familia; les había tocado un puesto malo; estaban imposibilitados para el trabajo por las fiebres malditas, que al anochecer parecían espiar desde los cañaverales la carne de pobre para clavar en ella las garras; y toda la miseria, la vida triste de la laguna insalubre, iba desfilando como un lamento interminable.

Para cortar esta exposición infinita de dolores se acordó no excluir a nadie del sorteo, y el Jurado depositó sobre la mesa el bolsón de piel con las boletas.

—*Demane la paraula* —gritó una voz junto a la puerta.

¿Quién deseaba hablar para nuevas y abrumadoras reclamaciones? Se abrieron los grupos, y una gran carcajada saludó la aparición de *Sangonera*, que avanzaba gravemente, frotándose sus ojos enrojecidos de borracho, haciendo esfuerzos por mostrarse en su apostura digno de tomar parte en la reunión. Viendo desiertas todas las tabernas del Palmar, se había deslizado en la escuela, y antes del sorteo creyó necesario pedir la palabra.

—*¿Qué vòls tú?* —dijo el Jurado con mal humor, molestado por una intervención del vagabundo que venía a colmar su paciencia después de las excusas de los deudores.

¿Qué quería...? Deseaba saber por qué causa no figuraba su nombre en los sorteos de todos los años. Él tenía tanto derecho como el que más a gozar un *redolí* en la Albufera. Era el más pobre de todos; pero, ¿no había nacido en el Palmar?, ¿no le habían bautizado en la parroquia de San Valero de Ruzafa?, ¿no era descendiente de pescadores? Pues debía figurar en el sorteo.

Y la pretensión de este vagabundo, que jamás quiso tocar una red y prefería pasar a nado los canales antes que empuñar una percha, pareció tan inaudita, tan grotesca a los pescadores, que todos prorrumpieron en carcajadas.

El Jurado contestaba con displicencia. ¡Largo de allí, maltrabaja! ¿Qué le importaba a la Comunidad que sus abuelos hubiesen sido honrados pescadores, si su padre abandonó la percha para siempre, dedicándose a la holganza, y él no tenía de marinero más que el haber nacido en el Palmar? Además, su padre no había pagado nunca el impuesto y él tampoco; la marca que en otros tiempos llevaban los *Sangoneras* en sus aparatos de pesca hacía muchos años que había sido borrada de los libros de la Comunidad.

Pero el borracho insistió alegando sus derechos entre las crecientes risas del público, hasta que intervino el tío *Paloma* con sus preguntas... Y si entraba por fin en el sorteo y le tocaba uno de los mejores puestos, ¿qué haría de él?, ¿cómo lo explotaría, si no era pescador ni conocía el oficio? El vagabundo sonrió maliciosamente. Lo importante era conseguir el puesto; lo demás corría de su cuenta. Ya se arreglaría de modo que trabajasen otros para él, dándole la mejor parte del producto. Y en su cínica sonrisa vibraba la maligna expresión del primer hombre que engañó a su semejante, haciéndolo trabajar para mantenerse en la holganza.

La franca confesión de *Sangonera* indignó a los pescadores. No hacía más que formular en voz alta el pensamiento de muchos, pero aquella gente sencilla se sintió insultada por el cinismo del vagabundo y creyó ver en él la personificación de todos los que oprimían su pobreza. ¡Fuera! ¡fuera! A empujones y pellizcos fue conducido hasta la puerta, mientras los pescadores jóvenes movían ruido con los pies y remedaban entre risas una riña de perros y gatos.

El vicario don Miguel se levantó indignado, avanzando su cuerpo de luchador, con la cara congestionada por la ira. ¿Qué era aquello? ¿Qué faltas de respeto se permitían con las personas graves e importantes que formaban la presidencia...? ¡A ver si bajaba él del estrado y le rompía los morros a algún guapo...!

Al hacerse instantáneamente el silencio, el cura se sentó, satisfecho de su poder, y dijo por lo bajo al teniente:

—¿Ve usted? A este ganado nadie lo entiende como yo. Hay que enseñarles el cayado de vez en cuando.

Más aún que las amenazas del *pare Miquèl*, lo que restableció la calma fue ver que el Jurado entregaba al presidente la lista de los pescadores de la Comunidad para cerciorarse de que todos estaban presentes. Cuantos hombres tenía el Palmar dedicados a la pesca estaban en ella. Bastaba ser mayor de edad, aunque viviera al lado del padre, para figurar en el sorteo de los *redolíns*.

Leía el presidente los nombres de los pescadores, y cada uno de los llamados contestaba «¡Ave María Purísima!» con cierta unción, por estar el vicario presente. Algunos, enemigos del padre Miguel, respondían «¡*Avant!*», gozando con el mal gesto que ponía el vicario.

El Jurado vació un bolsón de cuero mugriento, casi tan antiguo como la Comunidad, y rodaron las boletas sobre la mesa, unas bellotas huecas de madera negra, en cuyo orificio se introducía un papel con el nombre del sorteado.

Uno tras otro eran llamados los pescadores a la presidencia para recibir su boleta y una tira de papel en la que habían puesto el nombre, en previsión de que no supiera escribir.

Eran de ver las precauciones que una astucia recelosa hacía adoptar a la pobre gente. Los pescadores más ignorantes iban en busca de los que sabían leer para que viesen si era su nombre el que figuraba en el papel, y solamente después de muchas consultas se daban por convencidos. Además, la costumbre de ser designados siempre por el apodo les hacía experimentar cierta indecisión. Sus dos apellidos sólo salían a luz en un día como aquel, y titubeaban como faltándoles la certeza de que fuesen los suyos.

Después venían las grandes precauciones. Cada uno se ocultaba volviendo el rostro a la pared, y al introducir su nombre en la bellota metía con el papel arrollado una brizna de paja, un fósforo de cartón, algo que sirviera de contraseña para que no cambiasen su boleta. El recelo les acompañaba hasta el momento en que la depositaban en el saco. Aquel señor que venía de Valencia despertaba en ellos esa desconfianza que inspira siempre el funcionario público a la gente rural.

Iba a comenzar el sorteo. El vicario don Miguel púsose de pie quitándose el birrete, y todos le imitaron. Había que rezar una salve, según antigua costumbre; esto traía la buena suerte. Y por largo rato los pescadores, con el gorro en la mano y la vista baja, mascullaron la oración sordamente.

Silencio absoluto. El presidente agitaba el bolsón de cuero para que se mezclasen bien las boletas, y su choque sonaba en el silencio como lejana granizada. Avanzó hasta el estrado un niño pasando de brazo en brazo por encima de los pescadores, y metió la mano en el bolsón. La ansiedad era grande; todos tenían la vista fija en la bellota de madera, de la que iba saliendo penosamente el papel arrollado.

El presidente leyó el nombre, y se notó cierta indecisión en la concurrencia, habituada a los apodos y torpe en reconocer los apellidos, nunca usados. ¿Quién era el del número uno? Pero Tonet se había levantado de un salto gritando: «¡Presente...!» ¡Era el nieto del tío *Paloma*! ¡Qué suerte la del muchacho...! ¡Alcanzaba el mejor puesto en el primer sorteo a que asistía!

Los más inmediatos le felicitaban con envidia; pero él, con la ansiedad del que no cree aún en su buena fortuna, sólo miraba al presidente... ¿Podía escoger el puesto? Apenas le contestaron con un signo afirmativo, hizo la petición: quería la *Sequiòta*. Y cuando vio que el escribiente tomaba nota, salió como un rayo del local, atropellando a todos, empujando las manos que le tendían los amigos para saludarle.

En la plaza, la multitud aguardaba con tanto silencio como arriba. Era costumbre que los primeros agraciados bajasen inmediatamente a comunicar su buena suerte, tirando el sombrero en alto como signo de alegría. Por esto, apenas vieron a Tonet bajar casi rodando la escalerilla, una aclamación inmensa le saludó.

—¡Es el *Cubano*...! ¡Es Tonet el del *bigòt*! ¡Té

el ú! ¡te el ú...!

Las mujeres se abalanzaban a él con la vehemencia de la emoción, abrazándolo, llorando, como si las pudiera tocar algo de su buena suerte, y recordando a su madre. ¡Cómo se alegraría la pobre si viese aquello! Y Tonet, revuelto entre las faldas, enardecido por la cariñosa ovación, abrazó instintivamente a Neleta, que sonreía, brillándole de contento los verdes ojos.

El *Cubano* quería celebrar su triunfo. Envió por cajones de gaseosas y cervezas a casa de *Cañamèl* para todas aquellas señoras; que bebiesen los hombres cuanto quisieran; ¡él pagaba! En un instante, la plaza se convirtió en un campamento. *Sangonera*, con la actividad siempre despierta cuando se hablaba de beber, había secundado los deseos de su generoso amigo trayendo de casa de *Cañamèl* todas las pastas viejas y duras almacenadas en los cristales del escaparate y pasaba de corro en corro, llenando vasos y deteniéndose con frecuencia en el reparto para obsequiarse a sí mismo.

Iban bajando los agraciados con los otros primeros puestos, y echaban su sombrero en alto, gritando: «*¡Vítol! ¡vítol!*» Pero sólo acudían a ellos su familia y sus amigos. Toda la atención era para Tonet, para el número uno, que tan rumboso se mostraba.

Los pescadores abandonaban la escuela. Habían ya salido unas treinta boletas; sólo quedaban los *redolíns* malos, los que apenas daban para comer, y la gente desocupaba el local, sin sentir interés por el sorteo.

El tío *Paloma* iba de grupo en grupo recibiendo felicitaciones. Por primera vez se mostraba satisfecho de su nieto. ¡Je, je...! La suerte es siempre de los pillos: ya lo decía su padre. Allí estaba él, con sus ochenta sorteos, sin conseguir nunca el uno, y llegaba el nieto de correrla por tierras lejanas, y al primer año, la suerte. Pero en fin... todo caía en la familia. Y se entusiasmaba pensando que iba a ser durante un año el primer pescador de la Albufera.

Enternecido por la suerte, se aproximó a su hijo, grave y ensimismado como de costumbre. ¡Tono, la fortuna había entrado en su barraca, y había que aprovecharla! Ayudaría al pequeño, que no entendía mucho de las cosas de pesca, y el negocio sería grande. Pero el viejo quedó estupefacto al ver la frialdad con que contestaba su hijo. Sí; aquel primer puesto era una suerte poseyendo los útiles necesarios para su explotación. Se necesitaban más de mil pesetas sólo para las redes. ¿Tenían ellos ese dinero?

El tío *Paloma* sonrió. No faltaría quien lo prestase. Pero Tòni, al oír hablar de préstamos, hizo un gesto doloroso. Debían mucho. No era flojo tormento el que le hacían sufrir unos franceses establecidos en Catarroja, que vendían caballerías a plazos y adelantaban dinero a los labradores. Había tenido que solicitar su auxilio, primeramente en los años de mala cosecha, ahora para impulsar un poco el enterramiento de su laguna, y hasta en sueños veía a los tales hombres, vestidos de pana, que chapurreaban amenazas y sacaban a cada paso la terrible cartera en la que inscribían los préstamos con su complicada red de intereses. Ya tenía bastante. El hombre, cuando se ve metido en una mala aventura, debe salvarse como pueda, sin buscar otra. Le bastaban las deudas de agricultor, y no quería enredarse en nuevos préstamos para la pesca. Su único deseo era sacar sus tierras a flote de agua, sin entramparse más.

El barquero volvió la espalda al hijo. ¿Y aquélla era su sangre...? Prefería a Tonet con toda su pereza. Se iba con su nieto, y ya se ingeniarían los dos para salir del paso. Al dueño de la *Sequiòta* nunca le falta dinero.

Tonet, rodeado de amigos, agasajado por las mujeres, enorgullecido por la húmeda mirada de Neleta fija en él, sintió que le llamaban tocándole en un hombro.

Era *Cañamèl*, que parecía cobijarle con sus ojos cariñosos. Tenían que hablar; por algo habían sido siempre buenos amigos, y la taberna era como la casa de Tonet. No había que dejarlo para luego: los negocios entre amigos se arreglan pronto. Y se apartaron algunos pasos, seguidos por las curiosas miradas del gentío.

El tabernero abordó el asunto. Tonet no dispondría de lo necesario para explotar el puesto que le había tocado en suerte. ¿No era así...? Pues allí le tenía a él, un amigo verdadero, dispuesto a ayudarle, a asociarse para el negocio común. Él lo proporcionaría todo.

Y como Tonet callase, no sabiendo qué contestar, el tabernero, tomando su silencio por una negativa, volvió a la carga. ¿Eran camaradas o no? ¿Es que pensaba acudir, como su padre, a aquellos extranjeros de Catarroja que se chupaban a los pobres? Él era un amigo: hasta se consideraba casi un pariente; porque ¡qué demonio! no podía olvidar que su mujer, su Neleta, se había criado en la barraca de los *Palomas*, que muchas veces le habían dado allí de comer, y que a Tonet lo quería ella como a un hermano.

El codicioso tabernero usaba con el mayor aplomo de estos recuerdos, insistiendo sobre el cariño fraternal que su mujer sentía por el joven.

Luego apeló a una resolución más heroica. Si dudaba de él, si no lo quería por compañero, llamaría a Neleta para que le convenciese. Seguramente que ella lograría atraerlo al buen camino. ¿Qué...? ¿la llamaba?

Tonet, seducido por estas proposiciones, dudó antes de aceptarlas. Temía las murmuraciones de la gente; pensaba en su padre, recordando sus severos consejos. Miró en torno suyo, como si pudiera inspirarle el aspecto de la gente, y vio a su abuelo que desde lejos le hacía signos afirmativos con la cabeza.

El barquero adivinaba las palabras de Caña-

mèl. Justamente había pensado en el rico tabernero para que fuese su auxiliar. Y animó a su nieto con nuevos gestos. No debía negarse: aquél era el hombre que necesitaban.

Decidióse Tonet, y el marido de Neleta, adivinando en sus ojos la resolución, se apresuró a formular las condiciones. Él facilitaría todo lo necesario, y Tonet y su abuelo trabajarían: los productos a partir. ¿Estaba conforme...?

Conforme. Los dos hombres se estrecharon la mano, y seguidos de Neleta y el tío *Paloma*, marcharon hacia la taberna con el propósito de comer juntos para solemnizar el trato.

Por la plaza circuló inmediatamente la noticia. ¡El *Cubano* y *Cañamèl* se habían juntado para explotar la *Sequiòta*!

A la *Samaruca* hubo que llevársela de la plaza por orden del alcalde. Escoltada por algunas mujeres, emprendió el camino de su barraca, rugiendo como una poseída, llamando a gritos a su hermana, que había muerto hacía años, afirmando a todo pulmón que *Cañamèl* era un sinvergüenza, ya que por realizar un negocio no vacilaba en meter en casa al amante de su mujer.

V

Cambió por completo la situación de Tonet en el establecimiento de *Cañamèl*. Ya no era un parroquiano: era el socio, el compañero del dueño de la casa, y penetraba en la taberna desafiando con altivo gesto la murmuración de las enemigas de Neleta.

Si pasaba allí los días enteros, era para hablar de sus negocios. Entrábase con gran confianza en las habitaciones interiores, y para demostrar que estaba como en su casa, franqueaba el mostrador, sentándose al lado de *Cañamèl*. Muchas veces, si éste y su mujer andaban por dentro y algún parroquiano pedía algo, saltaba el mostrador y con cómica gravedad, entre las risas de los amigos, servía los géneros, remedando la voz y los ademanes del tío Paco.

El tabernero estaba satisfecho de su asociado. Un excelente muchacho, según declaraba ante los concurrentes de la taberna cuando Tonet no estaba presente; un buen amigo, que, si guardaba buena conducta y era laborioso, iría lejos, muy lejos, contando con el apoyo de un protector como él.

El tío *Paloma* también frecuentaba la taberna

más que antes. La familia, después de borrascosas escenas por la noche en la soledad de la barraca, se había dividido. El tío Tòni y la *Borda* marchaban a sus campos todas las mañanas a continuar la batalla con el lago, pretendiendo ahogarlo bajo los capazos de tierra traídos de lejos penosamente. Tonet y su abuelo iban a casa de *Cañamèl* a hablar de su próxima empresa.

En realidad, los únicos que hablaban de ésta eran el tabernero y el tío *Paloma. Cañamèl* se ensalzaba a sí mismo, alabando la generosidad con que había aceptado el negocio. Exponía su capital sin conocer el resultado de la pesca, y hacía este sacrificio contentándose con la mitad del producto. No era como los prestamistas extranjeros de tierra firme, que sólo daban el dinero con la seguridad de buenas hipotecas y un interés crecido. Y todo su odio contra los intrusos, la rivalidad feroz en el oficio de explotar al prójimo, vibraba en sus palabras. ¿Quién era aquella gente que poco a poco se apoderaba del país? Franceses venidos a la tierra valenciana con los zapatos rotos y un traje de pana vieja pegado al cuerpo. Gentes de una provincia de Francia cuyo nombre no recordaba, pero que venían a ser, poco más o menos, como los gallegos de su país. Ni siquiera era propio el dinero que prestaban. En Francia, los capitales producían escaso interés, y estos gabachos los tomaban en su tierra al dos o al tres por ciento para prestar el dinero a los valencianos al quince o al veinte, realizando un negocio magnífico. Además, compraban caballerías al otro lado de los Pirineos, las entraban tal vez de contrabando, y las vendían a plazos a los labradores, arreglando el negocio de modo que el comprador nunca tenía la bestia por suya. Había pobre a quien costaba un jaco ruin como si fuese el mismo caballo de Santiago. Un robo, tío *Paloma*; un despojo indigno de cristianos. Y *Cañamèl* se encolerizaba hablando de estas cosas con toda la indignación y la secreta envidia del usurero que no osa, por cobardía, emplear los mismos procedimientos de sus rivales.

El barquero aprobaba sus palabras. Por esto quería a los suyos dedicados a la pesca, por esto se enfurecía al ver a su hijo contrayendo deudas y más deudas en su empeño de ser agricultor. Los labradores pobres eran unos esclavos; rabiaban todo el año trabajando, ¿y para quién era el producto? Toda su cosecha se la llevaban los extranjeros: el francés que les presta el dinero y el inglés que les vende el abono a crédito... ¡Vivir rabiando para mantener a gente de fuera! No; mientras hubiese anguilas en el lago podían las tierras cubrirse tranquilamente de juncos y aneas, con la seguridad de que no sería él quien las roturase.

Mientras hablaban el barquero y *Cañamèl*, Tonet y Neleta, sentados tras el mostrador, se miraban tranquilamente. Los parroquianos se habían habituado a verlos horas y horas con los ojos fijos, como si se devorasen; con una expresión en la mirada que no correspondía a sus palabras, muchas veces insignificantes. Las comadres que llegaban por aceite o vino permanecían inmóviles frente a ellos, con los ojos bajos y la expresión abobada, dejando que colasen las últimas gotas del embudo en la botella, mientras aguzaban el oído para coger alguna palabra de su conversación; pero ellos desafiaban este espionaje y seguían hablando, como si se encontraran en un lugar desierto.

El tío *Paloma*, alarmado por tales intimidades, habló seriamente a su nieto. Pero ¿era que había algo entre los dos, como afirmaban la *Samaruca* y otras malas lenguas del pueblo? ¡Ojo, Tonet! ¡A más de que esto sería indigno de la familia, les haría perder el negocio! Pero el nieto, con la firmeza del que dice la verdad, se golpeaba el pecho protestando, y el abuelo se daba por convencido, aunque con cierto recelo de que las amistades terminasen mal.

El reducido espacio detrás del mostrador era para Tonet un paraíso. Recordaba con Neleta los tiempos de la infancia; le relataba sus aventuras de allá lejos, y cuando callaban sentía una dulce embriaguez —la misma de la noche en que se perdieron en la selva, pero más intensa, más ardiente— con la proximidad de aquel cuerpo cuyo calor parecía acariciarle a través de las ropas.

Por las noches, después de cenar con *Cañamèl* y su mujer, Tonet sacaba de su barraca un acordeón, único equipaje que con los sombreros de jipijapa había traído de Cuba, y asombraba a todos los de la taberna con las lánguidas habaneras que hacía ganguear al instrumento. Cantaba guajiras de una poesía dulzona, en las que se hablaba de auras, arpas y corazones tiernos como la guayaba; y el acento meloso de cubano con que entonaba sus canciones hacía entornar los ojos a Neleta, echando el cuerpo atrás como para desahogar su pecho, estremecido por ardorosa opresión.

Al día siguiente de estas serenatas, Neleta, con los ojos húmedos, seguía a Tonet en todas sus evoluciones por la taberna de grupo en grupo.

El *Cubano* adivinaba esta emoción. Había soñado con él, ¿verdad? Lo mismo le había ocurrido a Tonet en su barraca. Toda la noche viéndola en la obscuridad, extendiendo sus manos como si realmente fuese a tocarla. Y después de esta mutua confesión quedaban tranquilos; seguros de una posesión moral de la que no se daban exacta cuenta; ciertos de que al fin habían de ser uno del otro fatalmente, por más obstáculos que se levantasen entre los dos.

En el pueblo no había que pensar en otra intimidad que las conversaciones de la taberna. Todo el Palmar los rodeaba durante el día, y *Cañamèl*, enfermizo y quejumbroso, no salía de casa. Algunas veces, conmovido por un relámpago pasajero de actividad, el tabernero silbaba a la *Centella*, una perra vieja, de cabeza enorme, famosa en todo el lago por su olfato, y metiéndola en su barquito, iba a los carrizales más próximos para tirar a las pollas de agua. Pero a las pocas horas volvía tosiendo, quejándose de la humedad, con las piernas hinchadas como un elefante, según él decía; y no cesaba de gemir en un rincón, hasta que Neleta le hacía sorber algunas tazas de líquidos calientes, anudándole en cabeza y cuello varios pañuelos. Los ojos de Neleta iban hacia el *Cubano* con una expresión reveladora del desprecio que sentía por su marido.

Terminaba el verano y había que pensar seriamente en los preparativos de la pesca. Los dueños de los otros *redolíns* arreglaban ante sus casas las grandes redes para cerrar las acequias. El tío *Paloma* estaba impaciente. Los artefactos que poseía *Cañamèl*, restos de su pasada asociación con otros pescadores, no bastaban para la *Sequiòta*. Había que comprar mucho hilo, dar trabajo a muchas mujeres de las que tejían red, para explotar cumplidamente el *redolí*.

Una noche cenaron en la taberna Tonet y su abuelo para tratar seriamente del negocio. Había que comprar hilo del mejor, del que se fabrica en la playa del Cabañal para los pescadores del mar. El tío *Paloma* iría a comprarlo como conocedor experto, pero le acompañaría el tabernero, que quería pagar directamente, temiendo ser engañado si entregaba el dinero al viejo. Después, en la beatitud de la digestión, *Cañamèl* comenzó a sentirse aterrado por el viaje del día siguiente. Había que levantarse al amanecer, sumiéndose en la húmeda bruma desde el lecho caliente, atravesar el lago, ir por tierra a Valencia, dirigirse después al Cabañal y luego desandar todo el camino. Su corpachón, blanducho por la inmovilidad, se estremecía ante el viaje. Aquel hombre, que había pasado gran parte de su vida rodando por el mundo, tenía echadas tan profundas raíces en el barro del Palmar, que se angustiaba pensando en un día de agitación.

El deseo de quietud le hizo modificar su propósito. Se quedaría al cuidado del establecimiento y Neleta acompañaría al tío *Paloma*. Nadie como las mujeres para regatear y comprar bien las cosas.

A la mañana siguiente, el barquero y la tabernera emprendieron el viaje. Tonet iría a esperarles en el puerto de Catarroja a la caída de la tarde, para cargar en su barca la provisión de hilo.

Aún estaba muy alto el sol cuando el *Cubano* entró a toda vela por el canal que penetraba en tierra firme con dirección a dicho pueblo. Los grandes laúdes venían de las eras cargados de arroz, y al pasar por el canal, el agua que desplazaban con sus panzas formaba tras la popa un oleaje amarillo, que invadía los ribazos y alteraba la tranquilidad cristalina de las acequias afluentes.

A un lado del canal estaban amarradas centenares de barcas: toda la flota de los pescadores de Catarroja, odiados por el tío *Paloma*. Eran ataúdes negros, de diversos tamaños y madera carcomida. Los barquitos pequeños, llamados zapatos, sacaban fuera del agua sus agudas puntas, y las grandes barcazas, los laúdes, capaces de cargar cien sacos de arroz, hundían en la vegetación acuática sus anchos vientres, formando sobre el horizonte un bosque de mástiles burdos, sin desbastar y de punta roma, adornados con cordajes de esparto.

Entre esta flota y la ribera opuesta sólo quedaba libre un estrecho espacio, por donde pasaban a la vela las embarcaciones, distribuyendo con su proa golpes estremecedores y violentos encontronazos a las barcas amarradas.

Tonet fondeó su embarcación frente a la taberna del puerto y echó pie a tierra.

Vio enormes montones de paja de arroz, en los que picoteaban las gallinas, dando al amarradero el aspecto de un corral. En la ribera construían barquitos los carpinteros, y el eco de sus martilleos se perdía en la calma de la tarde. Las embarcaciones nuevas, de madera amarilla recién

cepillada, estaban sobre bancos, esperando la mano
de alquitrán con que las cubrían los calafates. En
la puerta de la taberna cosían dos mujeres. Más
allá alzábase una choza de paja, donde estaba el
peso de la Comunidad de Catarroja. Una mujer
con una balanza formada por dos espuertas pesaba las anguilas y tencas que desembarcaban los
pescadores, y terminado el peso, arrojaba una
anguila en una gran cesta que conservaba a su
lado. Era el tributo voluntario de la gente de Catarroja. El producto de esta sisa servía para cos-
tear la fiesta de su patrón San Pedro. Algunos
carros cargados de arroz se alejaban, chirriando,
con dirección a los grandes molinos.

Tonet, no sabiendo qué hacer, fue a meterse
en la taberna, cuando oyó que alguien le llamaba.
Tras uno de los grandes pajares, asustando a las
gallinas, que huían en desbandada, una mano le
hacía señas para que se aproximase.

El *Cubano* fue allá, y vio tendido, con el pecho
al aire y los brazos cruzados tras la cabeza a guisa
de almohada, al vagabundo *Sangonera*. Sus ojos
estaban húmedos y amarillentos; sobre su cara,
cada vez más pálida y enjuta por el alcohol, aleteaban las moscas, sin que él hiciera el más leve
movimiento para espantarlas.

Tonet celebró este encuentro, que podía entre-
tenerle durante su espera. ¿Qué hacía allí...?
Nada: pasaba el tiempo, hasta que llegase la noche. Esperaba la hora de ir en busca de ciertos
amigos de Catarroja, que no le dejarían sin cenar;
descansaba, y el descanso es la mejor ocupación
del hombre.

Había visto a Tonet desde su escondrijo y lo
llamó, sin abandonar por esto su magnífica posición. Su cuerpo se había acomodado perfectamente en la paja, y no era caso de perder el molde...
Después explicó por qué estaba allí. Había comido en la taberna con unos carreteros excelentes personas, que le dieron unos mendrugos, pa-
sándole el porrón a cada bocado y riendo sus

chuscadas. Pero el tabernero, igual a todos los de su clase, apenas se fueron los parroquianos le había puesto en la puerta, sabiendo que por propia cuenta nada podía pedir. Y allí estaba matando al tiempo, que es el enemigo del hombre... ¿Había amistad entre ellos o no? ¿Era capaz de convidarle a una copa?

El gesto afirmativo de Tonet pudo más que su pereza, y aunque con cierta pena, se decidió a ponerse de pie. Bebieron en la taberna, y después, lentamente, fueron a sentarse en un ribazo del puerto resguardado por tablas negras.

Tonet no había visto a *Sangonera* en muchos días, y el vagabundo le contó sus penas.

Nada tenía que hacer en el Palmar. Neleta la de *Cañamèl*, una orgullosa que olvidaba su origen, le había despedido de la taberna con el pretexto de que ensuciaba los taburetes y los azulejos del zócalo con el barro de sus ropas. En las otras tabernas todo era miseria: no acudía un bebedor capaz de pagar una copa, y él se veía forzado a salir del Palmar, a correr el lago, como en otros tiempos lo hacía su padre; a pasar de pueblo en pueblo, siempre en busca de generosos amigos.

Tonet, que con su pereza tanto había disgustado a su familia, se atrevió a darle consejos. ¿Por que no trabajaba...?

Sangonera hizo un gesto de asombro. ¡También él...! ¡También el *Cubano* se permitía repetir los mismos consejos de los viejos del Palmar! ¿Le gustaba a él mucho el trabajo? ¿Por qué no estaba con su padre enterrando los campos, en vez de pasarse el día en casa de *Cañamèl* al lado de Neleta, repantigado como un señor y bebiendo de lo más fino...?

El *Cubano* sonreía, no sabiendo qué contestar, y admiraba la lógica del ebrio al repeler sus consejos.

El vagabundo parecía enternecido por la copa que le había pagado Tonet. La calma del puerto, interrumpida a ratos por el martilleo de los calalates y el cloquear de las gallinas, excitaba su locuacidad, impulsándolo a las confidencias.

No, Tonet; él no podía trabajar; él no trabajaría aunque le obligasen. El trabajo era obra del diablo: una desobediencia a Dios; el más grave de los pecados. Sólo las almas corrompidas, los que no podían conformarse con su pobreza, los que vivían roídos por el deseo de atesorar, aunque fuese miseria, pensando a todas horas en el mañana, podían entregarse al trabajo, convirtiéndose de hombres en bestias. Él había reflexionado mucho; sabía más de lo que se imaginaba el *Cubano*, y no quería perder su alma entregándose al trabajo regular y monótono para tener una casa y una familia y asegurar el pan del día siguiente. Esto equivalía a dudar de la misericordia de Dios, que no abandona nunca a sus criaturas; y él, ante todo, era cristiano.

Reía Tonet escuchando estas palabras, considerándolas como divagaciones de la embriaguez, y daba con el codo a su harapiento compañero. ¡Si esperaba otra copa por sus tonterías, sufriría un desengaño! Lo que le ocurría a él era que odiaba el trabajo. Lo mismo les pasaba a los otros; pero unos más y otros menos, todos encorvaban el lomo, aunque fuese a regañadientes.

Sangonera vagaba su vista por la superficie del canal, teñida de púrpura con la última luz de la tarde. Su pensamiento parecía volar lejos; hablaba lentamente, con cierto misticismo que contrastaba con su hálito aguardentoso.

Tonet era un ignorante, como todos los del Palmar. Lo declaraba él, con la valentía de la embriaguez, sin miedo a que su amigo, que tenía vivo el genio, lo arrojase de un empellón en el canal. ¿No declaraba que todos torcían la espina a regañadientes? ¿Y qué demostraba esto sino que el trabajo es algo contrario a la naturaleza y a la dignidad del hombre...? Él sabía más de lo que se figuraban en el Palmar, más que muchos de los vicarios a los que sirvió como un esclavo. Por eso había reñido para siempre con ellos. Poseía la verdad, y no podía vivir con los ciegos de espíritu.

Mientras Tonet andaba por aquellas tierras del otro lado del mar, metido en batallas, leía él los libros de los curas y pasaba las tardes a la puerta del presbiterio, reflexionando sobre las abiertas páginas, en el silencio de un pueblo cuyo vecindario huía al lago. Había aprendido de memoria casi todo el Nuevo Testamento, y aún parecía estremecerse recordando la impresión que le produjo el Sermón de la Montaña la primera vez que lo leyó. Creyó que se rompía una nube ante sus ojos. Había comprendido de pronto por qué su voluntad se rebelaba ante el trabajo embrutecedor y penoso. Era la carne, era el pecado quien hacía vivir a los hombres abrumados como bestias para la satisfacción de sus apetitos terrenales. El alma protestaba de su servidumbre, diciendo al hombre: «No trabajes», esparciendo por los músculos la dulce embriaguez de la pereza, como un adelanto de la felicidad que a los buenos aguarda en el cielo.

—*Ascolta, Tonet, ascolta* —decía *Sangonera* a su amigo con acento solemne.

Y recordaba desordenadamente sus lecturas evangélicas; los preceptos que habían quedado impresos en su memoria. No había que preguntarse con angustia por la comida y el vestido, porque, como decía Jesús, las aves del cielo no siembran ni siegan, y a pesar de esto, comen; ni los lirios del campo necesitan hilar para vestirse, pues los viste la bondad del Señor. Él era criatura de Dios y a Él se confiaba. No quería insultar al Señor trabajando, como si dudase de la bondad divina que había de socorrerle. Solamente los gentiles, o lo que es lo mismo, las gentes del Palmar que se guardaban el dinero de la pesca sin convidar a nadie, eran capaces de afanarse por el ahorro, dudando siempre del mañana.

Él quería ser como los pájaros del lago, como las flores que crecían en los carrizales: vago, inactivo y sin otro recurso que la divina Providencia. En su miseria, nunca dudaba del mañana. «Le basta al día su propio afán» Ya le traería el día siguiente su disgusto. Por el momento, le bastaba la amargura del día presente; la miseria, que le proporcionaba su intento de conservarse puro, sin la menor mancha de trabajo y de terrenal ambición en un mundo donde todos se disputaban a golpes la vida, molestando y sacrificando cada cual al vecino para robarle un poco de bienestar.

Tonet seguía riendo de estas palabras del borracho, dichas con exaltación creciente. Admiraba sus ideas con tono zumbón, proponiéndole abandonar el lago para meterse en un convento, donde no tendría que batallar con la miseria. Pero *Sangonera* protestaba indignado.

Había reñido con el vicario, saliendo del presbiterio para siempre, porque le repugnaba ver en sus antiguos amos un espíritu contrario al de los libros que leían. Eran iguales a los demás: vivían atenazados por el deseo de la peseta ajena, pensando en la comida y el vestido, quejándose del decaimiento de la piedad cuando no entraba dinero en casa, con la zozobra en el mañana, dudando de la bondad de Dios, que no abandona a sus criaturas.

Él tenía fe y vivía con lo que le daban o con lo que encontraba a mano. Ninguna noche le faltaba un puñado de paja donde acostarse, ni sentía hambre hasta el punto de desfallecer. El Señor al ponerle en el lago, había colocado a su alcance todos los recursos de la vida para que fuese ejemplo de un verdadero creyente.

Tonet se burlaba de *Sangonera*. Ya que era tan puro, ¿por qué se emborrachaba? ¿Le mandaba Dios ir de taberna en taberna para correr después los ribazos casi a gatas, con el tambaleo de la embriaguez...? Pero el vagabundo no perdía su solemne gravedad. Su embriaguez a nadie causaba daño, y el vino era cosa santa: por algo sirve en el diario sacrificio a la Divinidad. El mundo era hermoso, pero visto a través de un vaso de vino parecía más sonriente, de colores más vivos, y se admiraba con mayor vehemencia a su poderoso autor.

Cada uno tiene sus diversiones. Él no encontraba mejor placer que contemplar la hermosura de la Albufera. Otros adoraban el dinero, y él lloraba algunas veces admirando una puesta del sol, sus fuegos descompuestos por la humedad del aire, aquella hora del crepúsculo, que era en el lago más misteriosa y bella que tierra adentro. La hermosura del paisaje se le metía en el alma, y si la contemplaba a través de varios vasos de vino, suspiraba de ternura como un chiquillo. Lo repetía: cada cual gozaba a su modo. *Cañamèl*, por ejemplo, apilando onzas; él contemplando la Albufera con tal arrobamiento, que dentro de la cabeza le saltaban unas coplas más hermosas que las que se cantaban en las tabernas, y estaba convencido de que, a ser como los señores de la ciudad que escriben en los papeles, sabría decir cosas muy notables en medio de su embriaguez.

Después de un largo silencio, *Sangonera*, aguijoneado por su locuacidad, se oponía a sí mismo objeciones para rebatirlas inmediatamente. Se le diría, como cierto vicario del Palmar, que el hombre estaba condenado a ganar el pan con el sudor de su rostro, después del primer pecado; mas para esto había venido Jesús al mundo, para redimirlo de la primitiva falta, volviendo la humanidad a la vida paradisíaca, limpia de todo trabajo. Pero ¡ay! los pecadores, aguijoneados por la soberbia, no habían hecho caso de sus palabras: cada uno quería vivir con mayores comodidades que los demás; había pobres y ricos, en vez de ser todos hombres: los que desoían al Señor trabajaban mucho, muchísimo, pero la humanidad era infeliz y se fabricaba el infierno en el mundo. Le decían a él que si la gente no trabajase se viviría mal. Conforme; serían menos en el mundo, pero los que quedasen permanecerían felices y sin cuidados, subsistiendo de la inagotable misericordia de Dios... Y esto forzosamente había de ocurrir: el mundo no sería siempre igual. Jesús había de volver, para enderezar de nuevo a los hombres por el buen camino. Lo había soñado muchas veces, y hasta en cierta ocasión que estuvo enfermo de tercianas, cuando le entraba el frío de la fiebre, tendido en un ribazo o agazapado en un rincón de su ruinosa barraca, veía la túnica de Él, morada, estrecha, rígida y el vagabundo extendía sus manos para tocarla y sanar repentinamente.

Sangonera mostraba una fe tenaz al hablar de este regreso a la tierra. No volvería para mostrarse en las grandes poblaciones dominadas por el pecado de la riqueza. La otra vez no se presentó en la inmensa ciudad que se llama Roma, sino que había predicado por pueblecillos no mayores que el Palmar, y sus compañeros fueron gente de percha y de red, como la que se reunía en casa de *Cañamèl*. Aquel lago sobre cuyas olas andaba Jesús con asombro de los apóstoles, seguramente que no era más grande ni hermoso que la Albufera. Allí entre ellos vendría el Señor, cuando volviese al mundo a rematar su obra; buscaría los corazones sencillos, limpios de toda codicia; él sería uno de los suyos. Y el vagabundo, con una exaltación en la que entraban por igual la embriaguez y su extraña fe, se erguía mirando el horizonte, y por el borde del canal, donde se quebraban los últimos rayos del sol, creía ver la figura esbelta del Deseado, como una línea morada, avanzando sin mover los pies ni rozar las hierbas, con un nimbo de luz que hacía brillar su cabellera dorada de suaves ondulaciones.

Tonet ya no le oía. Un fuerte cascabeleo sonaba en el camino de Catarroja, y por detrás de la choza del peso de los pescadores avanzaba el toldo agrietado de una tartana. Eran los suyos que llegaban. Con su vista de hijo del lago, *Sangonera* reconoció a larga distancia a Neleta en la ventanilla del vehículo. Después de su expulsión de la taberna, nada quería con la mujer de *Cañamèl*. Se despidió de Tonet y fue a tenderse de nuevo en el pajar, entreteniéndose con sus ensueños mientras llegaba la noche.

Se detuvo el carruaje frente a la tabernilla del puerto y bajó Neleta. El *Cubano* no ocultó su asombro. ¿Y el abuelo...? La había dejado emprender sola el viaje de regreso, con todo el cargamento de hilo, que llenaba la tartana. El viejo quería volver a casa por el Saler, para hablar con cierta viuda que vendía a buen precio varios *palangres*. Ya llegaría al Palmar por la noche en cualquier barca de las que sacaban barro de los canales.

Los dos, al mirarse, tuvieron el mismo pensamiento. Iban a hacer el viaje solos: por primera vez podrían hablarse lejos de toda mirada, en la profunda soledad del lago. Y ambos palidecieron, temblaron, como en presencia de un peligro mil veces deseado, pero que se presentaba de golpe, inopinadamente. Tal era su emoción, que no apresuraban la marcha, como si los dominara un extraño rubor y temiesen los comentarios de la gente del puerto, que apenas si se fijaban en ellos.

El tartanero acabó de sacar del vehículo los gruesos paquetes de hilo, y ayudado por Tonet, fue arrojándolos en la proa de la barca, donde formaron un montón amarillento que esparcía el olor del cáñamo recién hilado.

Neleta pagó al tartanero. ¡Salud y buen viaje! Y el hombre, chasqueando el látigo, hizo emprender a su caballo el camino de Catarroja.

Aún permanecieron los dos un buen rato inmóviles en la riba de barro, sin atreverse a embarcar, como si esperaran a alguien.

Los calafates llamaban al *Cubano*. Debía emprender pronto el viaje: el viento iba a caer, y si marchaba al Palmar aún tendría que darle a la percha un buen rato. Neleta, con visible turbación, sonreía a toda aquella gente de Catarroja, que la saludaba por haberla visto en su taberna.

Tonet se decidió a romper el silencio dirigiéndose a Neleta. Ya que el abuelo no venía, había que embarcar cuanto antes; aquellos hombres tenían razón. Y su voz era ronca, con un temblor de angustia, como si la emoción le apretase la garganta.

Neleta se sentó en el centro de la barca, al pie del mástil, empleando como asiento un montón de ovillos, que se aplastaban bajo su peso. Tonet tendió la vela, quedando en cuclillas junto al timón, y la barca comenzó a deslizarse, aleteando la lona contra el mástil con los estremecimientos de la brisa, blanda y moribunda.

Pasaban lentamente por el canal, viendo a la última luz de la tarde las barracas aisladas de los pescadores, con guirnaldas de redes puestas a secar sobre las encañizadas del corral, y las norias viejas, de madera carcomida, en torno de las cuales comenzaban a aletear los murciélagos. Por los ribazos caminaban los pescadores tirando penosamente de sus barquitos, remolcándolos con la faja atada al extremo de las cuerdas.

—¡Adiós! —murmuraban al pasar.

—¡Adiós...!

Y otra vez el silencio, coreado por el susurro de la barca al cortar el agua y el monótono canto de las ranas. Los dos iban con la vista baja, como si temiesen darse cuenta de que estaban solos; y si al levantar los ojos se encontraban sus miradas, las huían instantáneamente.

Se ensanchaban las orillas del canal. Los ribazos se perdían en el agua. Las grandes lagunas de los campos por enterrar se extendían a ambos lados. Sobre la tersa superficie ondeaban las cañas en el crepúsculo, como la cresta de una selva sumergida.

Estaban ya en la Albufera. Avanzaron algo más con los últimos estremecimientos de la brisa, y en derredor sólo vieron agua.

Ya no soplaba viento. El lago, tranquilo, sin la menor ondulación, tomaba un suave tinte de ópalo, reflejando los últimos resplandores del sol tras las lejanas montañas. El cielo tenía un color de violeta y comenzaba a agujerearse por la parte del mar con el centelleo de las primeras estrellas. En los límites del agua marcábanse como fantasmas los lienzos desmayados e inmóviles de las barcas.

Tonet arrió la vela, y agarrando la percha, comenzó a hacer marchar la embarcación a fuerza de brazos. La calma del crepúsculo rompió su silencio.

Neleta, con sonora risa, poníase de pie, queriendo ayudar a su compañero. Ella también manejaba la percha. Tonet debía acordarse de los tiempos de la niñez, de sus juegos revoltosos, cuando desenganchaban los barquitos del Palmar sin saberlo sus amos y corrían los canales, teniendo muchas veces que huir de la persecución de los pescadores. Cuando se cansase, comenzaría ella.

—*Estate queta...* —respondía él con el resuello cortado por la fatiga; y seguía perchando.

Pero Neleta no callaba. Como si le pesase aquel silencio peligroso, en el que se huían las miradas como si temieran revelar sus pensamientos, la joven hablaba con gran volubilidad.

En el fondo marcábase lejana, como una playa fantástica a la que nunca habían de llegar, la línea dentellada de la Dehesa. Neleta, con incesantes risas, en las que había algo forzado, recordaba a su amigo la noche pasada en la selva, con sus miedos y su sueño tranquilo; aquella aventura que parecía del día anterior: tan fresca estaba en su memoria.

Pero el silencio del compañero, su vista fija en el fondo de la barca con expresión ansiosa, le llamaron la atención. Entonces vio que Tonet devoraba con los ojos sus zapatos amarillos, pequeños y elegantes, que se marcaban sobre el cáñamo como dos manchas claras, y algo más que con los movimientos de la barca había ella dejado al descubierto. Se apresuró a cubrirse y quedó silenciosa, con la boca apretada por un gesto duro y los ojos casi cerrados, mientras una arruga dolorosa se trazaba en su entrecejo. Neleta parecía hacer esfuerzos para vencer su voluntad.

Seguían avanzando lentamente. Era un trabajo penoso atravesar la Albufera a fuerza de brazos con la barca cargada. Otros barquitos vacíos, sin más peso que el del hombre que empuñaba la percha, pasaban rápidos como lanzaderas por cerca de ellos, perdiéndose en la penumbra, cada vez más densa.

Tonet llevaba cerca de una hora de manejar la pesada percha, resbalando unas veces sobre el fuerte suelo de conchas y enredándose otras en la vegetación del fondo, que los pescadores llaman el «pelo» de la Albufera. Bien se veía que no estaba habituado a tal trabajo. De ir solo en la barca se hubiera tendido en el fondo, esperando que volviese el viento o le remolcara otra embarcación. Pero la presencia de Neleta despertaba en él cierto pundonor y no quería detenerse hasta que cayera reventado de fatiga. Su pecho jadeante lanzaba un resoplido al apoyarse en la percha empujando la barca. Sin abandonar el largo palo, llevaba de vez en cuando un brazo a su frente para limpiarse el sudor.

Neleta le llamó con voz dulce, en la que había algo de arrullo maternal.

Sólo se veía su sombra sobre el montón de ovillos que llenaba la proa. La joven quería que descansase: debía detenerse un momento; lo mismo era llegar media hora antes que después.

Y le hizo sentar junto a ella, indicando que en el montón de cáñamo estaría más cómodamente que en la popa.

La barca quedó inmóvil. Tonet, al reanimarse, sintió la dulce proximidad de aquella mujer, lo mismo que cuando permanecía tras el mostrador de la taberna.

Había cerrado la noche. No quedaba otra claridad que el difuso resplandor de las estrellas, que temblaban en el agua negra. El silencio pro-

fundo era interrumpido por los ruidos misteriosos del agua, estremecida por el coleteo de invisibles animales. Las lubinas, viniendo de la parte
del mar, perseguían a los peces pequeños, y la negra superficie se estremecía con un chap-chap continuo de desordenada fuga. En una *mata* cercana
lanzaban las fúlicas su lamento, como si las ma-
tasen y cantaban !os *buixqueròts* con interminables escalas.

Tonet, en este silencio poblado de rumores y
cantos, creía que no había transcurrido el tiempo,
que era pequeño aún y estaba en un claro de la
selva, al lado de su infantil compañera, la hija de
la vendedora de anguilas. Ahora no sentía miedo;
únicamente le intimidaba el calor misterioso de
su compañera, el ambiente embriagador que parecía emanar de su cuerpo, subiéndosele al cerebro
como un licor fuerte.

Con la cabeza baja, sin atreverse a levantar los
ojos, avanzó un brazo, ciñéndolo al talle de Neleta. Casi en el mismo instante sintió una caricia
dulce, un contacto aterciopelado, una mano que
resbalaba por su cabeza y deslizándose hasta la
frente secaba el sudor que aún la humedecía.

Levantó la mirada y vio a corta distancia, en la
obscuridad, unos ojos que brillaban fijos en él, reflejando el punto de luz de una lejana estrella.
Sintió en las sienes el cosquilleo de los pelos ru-
bios y finos que rodeaban la cabeza de Neleta
como una aureola. Aquellos perfumes fuertes de
que se impregnaba la tabernera parecieron entrar
de golpe hasta lo más profundo de su ser.

—¡*Tonet*, *Tonet*! —murmuró ella con voz desmayada, como un tierno vagido.

¡Lo mismo que en la Dehesa...! Pero ahora ya
no eran niños; había desaparecido la inocencia
que les hacía apretarse uno contra otro para recobrar el valor, y al unirse tras tantos años con
un nuevo abrazo, cayeron en el montón de cáñamo, olvidados de todo, con el deseo de no levantarse más.

La barca siguió inmóvil en el centro del lago, como si estuviera abandonada, sin que sobre sus bordas se marcase la más leve silueta.

Cerca sonaba la perezosa canción de unos barqueros. Perchaban sobre el agua poblada de susurros, sin sospechar que a corta distancia, en la calma de la noche, arrullado por el gorjeo de los pájaros del lago, el Amor, soberano del mundo, se mecía sobre unas tablas.

VI

Llegó la gran fiesta del Palmar, la del Niño
Jesús.

Era en diciembre. Sobre la Albufera soplaba
un viento frío que entumecía las manos de los
pescadores, pegándolas a la percha. Los hombres
llevaban gorros de lana hundidos hasta las orejas
y no se quitaban el chubasquero amarillo, que al
andar producía un frufrú de faldas huecas. Las
mujeres apenas salían de las barracas; todas las
familias vivían en torno del hogar, ahumándose
tranquilamente en una atmósfera densa de caba-
ña de esquimales.

La Albufera había subido de nivel. Las lluvias
del invierno engrosaban las aguas, y campos y ribazos estaban cubiertos por una capa líquida, mo-
teada a trechos por las hierbas sumergidas. El
lago parecía más grande. Las barracas aisladas,
que antes estaban en tierra firme, aparecían como
flotando sobre las aguas, y las barcas atracaban
en la misma puerta.

Del suelo del Palmar, húmedo y fangoso, parecía salir un frío crudo e insufrible, que empujaba
a las gentes dentro de sus viviendas. Las comadres del pueblo no recordaban un invierno tan
cruel. Los gorriones moriscos, inquietos y rapa-

ces, caían de las techumbres de paja, encogidos por el frío, con un grito triste que parecía un lamento infantil. Los guardas de la Dehesa hacían la vista gorda ante las necesidades de la miseria, y todas las mañanas un ejército de chiquillos se esparcía por el bosque, buscando leña seca para calentar sus barracas.

Los parroquianos de *Cañamèl* sentábanse en torno de la chimenea, y sólo se decidían a abandonar sus silletas de esparto junto al fuego para ir al mostrador en busca de nuevos vasos.

El Palmar parecía entumecido y soñoliento. Ni gente en las calles, ni barcas en el lago. Los hombres salían para recoger la pesca caída en las redes durante la noche, y volvían rápidamente al pueblo. Los pies mostrábanse enormes con sus envolturas de paño grueso dentro de las alpargatas de esparto. Las barcas llevaban en el fondo una capa de paja de arroz para combatir el frío. Muchos días, al amanecer, flotaban en el canal anchas láminas de hielo, como cristales deslustrados. Todos se sentían vencidos por el tiempo. Eran hijos del calor, habituados a ver hervir el lago y humear los campos con su hálito corrompido bajo la caricia del sol. Hasta las anguilas, según anunciaba el tío *Paloma*, no querían sacar sus morros fuera del barro en aquel tiempo de perros. Y para agravar la situación, caía con gran frecuencia una lluvia torrencial que obscurecía el lago y desbordaba las acequias. El cielo gris daba un ambiente de tristeza a la Albufera. Las barcas que navegaban en la bruma tenían el aspecto de ataúdes, con sus hombres inmóviles metidos en la paja y cubiertos hasta la nariz por gruesos andrajos.

Pero al llegar Navidad, con su fiesta del Niño Jesús, el Palmar pareció reanimarse, repeliendo el sopor invernal en que estaba sumido.

Había que divertirse, como todos los años, aunque se helase el lago y se anduviera sobre él, como contaban que ocurría en lejanas tierras. Más aún que el deseo de divertirse, les impulsaba el de molestar con su alegría a los rivales, a la gente de tierra firme, aquellos pescadores de Catarroja que se burlaban del Niño del Palmar, despreciando su pequeñez. Estos enemigos sin fe ni conciencia llegaban a decir que los del Palmar sumergían a su divino patrón en las acequias cuando la pesca no era buena. ¡Oh, sacrilegio...! Por eso el Niño Jesús castigaba su lengua pecadora, no permitiendo que gozasen el privilegio de los *redolíns*.

Todo el Palmar se preparaba para las fiestas. Las mujeres desafiaban el frío atravesando el lago para ir a Valencia a la feria de Navidad. Al volver en la barca del marido, la impaciente chiquillería las esperaba en el canal, ansiosa por ver los regalos. Los caballitos de cartón, los sables de hojalata, los tambores y trompetas, eran acogidos con exclamaciones de entusiasmo por la gente menuda, mientras las mujeres mostraban a sus amigas las compras de mayor importancia.

Las fiestas duraban tres días. El segundo día de Navidad llegaba la música de Catarroja y se rifaba la anguila más gorda de todo el año, para ayuda de gastos. El tercero era la fiesta del Niño Jesús, y al día siguiente la del Cristo; todo con misas y sermones y bailes nocturnos al son del tamboril y la dulzaina.

Neleta se proponía este año gozar como nunca en las fiestas. Su felicidad era completa. Le parecía vivir en una eterna primavera tras el mostrador de la taberna. Cuando cenaba, teniendo a un lado a *Cañamèl* y al otro al *Cubano*, todos tranquilos y satisfechos, en la santa paz de la familia, se consideraba la más dichosa de las mujeres y alababa la bondad de Dios, que permite vivir felices a las buenas personas. Era la más rica y la más guapa del pueblo; su marido estaba contento; Tonet, supeditado a su voluntad, mostrábase cada vez más enamorado... ¿Qué le quedaba por desear? Pensaba que las grandes señoras que había visto de lejos en sus viajes a Valencia no eran de seguro tan dichosas como ella en aquel rincón de barro rodeado de agua.

Sus enemigas murmuraban; la *Samaruca* la espiaba; ella y Tonet, para verse a solas, sin excitar sospechas, tenían que inventar viajes a las poblaciones inmediatas al lago. Neleta era la que aguzaba para esto el ingenio, con una facundia que hacía sospechar al *Cubano* si serían ciertas las murmuraciones sobre amores anteriores a los suyos, que acostumbraron a la tabernera a tales astucias. Pero ésta se mostraba tranquila ante la maledicencia. Lo que ahora hablaban sus enemigas era lo mismo que decían cuando entre ella y Tonet no se cambiaban más que palabras indiferentes. Y con la certeza de que nadie podía probar su falta, despreciaba las murmuraciones, y en plena taberna bromeaba con Tonet de un modo que escandalizaba al tío *Paloma*. Neleta se daba por ofendida. ¿No se habían criado juntos? ¿No podía querer a Tonet como a un hermano, recordando lo mucho que su madre había hecho por ella?

Cañamèl asentía, alabando los buenos sentimientos de su mujer. En lo que no mostraba tanta conformidad el tabernero era en la conducta de Tonet como asociado. Aquel mozo había cogido su buena suerte lo mismo que si fuera un premio de la Lotería, y como el que no hace daño a nadie y se come lo suyo, divertíase, sin preocuparse de la pesca.

El puesto de la *Sequiòta* daba buen rendimiento. No eran las pescas fabulosas de otra época, pero había noches en que se llegaba muy cerca del centenar de arrobas de anguilas, y *Cañamèl* gozaba las satisfacciones del buen negocio, regateando el precio con los proveedores de la ciudad, vigilando el peso y presenciando el embarque de las banastas. Por este lado no iba mal la compañía; pero a él le gustaba la igualdad: que cada cual cumpliese su deber, sin abusar de los demás.

Había prometido su dinero y lo había dado:

suyas eran todas las redes, aparejos y bolsas de malla, que podían formar un montón tan grande como la taberna. Pero Tonet prometió ayudarle con su trabajo, y podía decirse que aún no había cogido una anguila con sus pecadoras manos.

Las primeras noches fue al *redolí*, y sentado en la barca, con el cigarro en la boca, veía cómo su abuelo y los pescadores a sueldo vaciaban en la obscuridad las grandes bolsas, llenando de anguilas y tencas el fondo de la embarcación. Después, ni esto. Le molestaban las noches obscuras y tempestuosas, en las que el agua está movida y se realizan las grandes pescas; no gustaba del esfuerzo que había que hacer para tirar de las redes pesadas y repletas; le causaba cierta repugnancia la viscosidad de las anguilas escurriéndose entre las manos, y prefería quedarse en la taberna o dormir en su barraca. *Cañamèl*, para animarlo con el ejemplo, echándole en cara su pereza, se decidía algunas noches a ir al *redolí* tosiendo y quejándose de sus dolores; pero el maldito, bastaba que hiciese él este sacrificio, para que mostrase mayor empeño en quedarse, llegando en su desvergüenza a manifestar que Neleta tendría miedo si se veía sola en la taberna.

Era cierto que el tío *Paloma* se bastaba para llevar adelante el negocio: nunca había trabajado con tanto entusiasmo como al verse dueño de la *Sequiòta*; pero ¡qué demonio! el trato era trato, y a *Cañamèl* le parecía que el muchacho le robaba algo viéndolo tan satisfecho de la vida y despegado por completo de su negocio.

¡Qué suerte la de aquel bigardo! El miedo a perder la *Sequiòta* era lo único que contenía al tío Paco. Mientras tanto, Tonet, viviendo en la taberna como si fuese suya, engordaba sumido en aquella felicidad de tener satisfechos todos sus deseos con sólo tender la mano. Se comía lo mejor de la casa, llenaba su vaso en todos los toneles, grandes y pequeños, y alguna vez, con loco y repentino impulso, como para afirmar más su posesión, se permitía la audacia de acariciar a Neleta por debajo del mostrador, en presencia de *Cañamèl* y estando a cuatro pasos los parroquianos, entre los cuales había algunos que no les perdían de vista.

A veces experimentaba un loco deseo de salir del Palmar, de pasar un día fuera de la Albufera, en la ciudad o en los pueblos del lago, y se plantaba ante Neleta con expresión de amo.

—*Dónam un duro.*

¡Un duro! ¿Y para qué? Los ojos verdes de la tabernera se clavaban en él imperiosos y fieros; erguíase con la soberbia de la adúltera que no quiere ser engañada a su vez; pero al ver en la mirada del mocetón únicamente el deseo de vagar, de desentumecerse de su vida de macho bien cebado, Neleta sonreía satisfecha y le daba cuanto dinero pedía, recomendándole que volviese pronto.

Cañamèl se indignaba. Podría tolerársele aquello si atendiera al negocio; pero no: ¡le defraudaba en sus intereses, y además se comía media taberna, pidiendo encima dinero! Su mujer era muy buena: la perdía el agradecimiento que profesaba a aquellos *Palomas* desde la niñez. Y con su minuciosidad de avaro, iba contando lo que Tonet consumía en el establecimiento y la prodigalidad con que convidaba a sus amigos, siempre a costas del dueño. Hasta *Sangonera*, aquel piojoso expulsado de la taberna porque llenaba de miseria los taburetes, volvía ahora al amparo del *Cubano*, que le hacía beber hasta la embriaguez, y usaba para ello licores de botella, los más costosos, todo por el gusto de oír los disparates que se había forjado en sus lecturas de sacristán.

«El mejor día va a apoderarse hasta de mi cama», decía el tabernero quejándose a su Neleta. Y el infeliz no sabía leer en aquellos ojos, no veía una sonrisa diabólica en la mirada de malicia con que acogía ella tal suposición.

Cuando Tonet se cansaba de estar en la taberna días enteros, sentado junto a Neleta, con la expresión de un gozquecillo que espera el momento propicio para sus caricias, cogía la escopeta y la perra de *Cañamèl* y se iba a los carrizales. La escopeta del tío Paco era la mejor del Palmar: un arma de rico, que Tonet consideraba como suya, y con la que rara vez marraba el golpe. La perra era la famosa *Centella*, conocida en todo el lago por su olfato. No había pieza que se le escapara, por espeso que fuera el carrizal, buceando como una nutria para sacar del fondo de los hierbajos acuáticos el pájaro herido.

Cañamèl afirmaba que no había dinero en el mundo para comprarle este animal; pero veía con tristeza que su *Centella* mostraba mayor predilección por Tonet, que la llevaba de caza todos los días, que por su antiguo amo, cubierto de pañuelos y mantas junto a la lumbre. ¡Hasta de la perra se apoderaba aquel tuno...!

Tonet, entusiasmado por el magnífico «arreglo» que el tío Paco tenía para la caza, consumía la provisión de cartuchos guardada en la taberna para los cazadores. Nadie del Palmar había cazado tanto. En los estrechos callejones de agua de las *matas* más cercanas al pueblo sonaba continuamente el escopetazo de Tonet, y la *Centella*, enardecida por el trabajo, chapoteaba en los carrizales. El *Cubano* sentía una voluptuosidad feroz en este ejercicio, que le recordaba sus tiempos de guerrillero. Se ponía al acecho, esperando los pájaros, con las mismas precauciones de astucia salvaje que empleaba al emboscarse en la manigua para cazar a los hombres. La *Centella* le traía a la barca las *fòches* y los *collvèrts*, con el cuello blando y el plumaje manchado de sangre. Después venían los pájaros del lago menos vulgares, cuya caza llenaba de satisfacción a Tonet; y admiraba, muertos en el fondo de la embarcación, el gallo de cañar, con plumaje azul turquí y pico rojo; el *agró* o garza imperial, con su color verde y púrpura y un penacho de plumas estrechas y largas sobre la cabeza; el *oroval*, con su color leonado y el buche rojo; el *piuló* o pato florentino, blanco y amarillento el *morell* o pelucón, con cabeza negra de reflejos dorados, y el *singlòt*, hermosa zancuda, de espléndido plumaje de un verde brillante.

Por la noche entraba en la taberna con aire de vencedor, arrojando en el suelo su cargamento de carne muerta envuelta en un arco iris de plumas. ¡Allí tenía el tío Paco materia para llenar el caldero! Se lo regalaba generosamente: al fin, la escopeta era suya.

Y cuando, de tarde en tarde, cazaba un flamenco, llamado *bragat* por la gente de la Albufera, con enormes patas, largo cuello, plumaje blanco y rosa y cierto aire misterioso, semejante al de los ibis de Egipto, Tonet se empeñaba en que *Cañamèl* lo hiciese disecar en Valencia, para su dormitorio; un adorno elegante, pues por algo lo buscaban tanto los señores de la ciudad.

El tabernero acogía estos regalos con mugidos que revelaban una satisfacción muy relativa. ¿Cuándo dejaría quieta su escopeta? ¿No sentía frío en los carrizales? Ya que tan fuerte era, ¿por qué no ayudaba por las noches al abuelo en el trabajo del *redolí*? Pero el condenado acogía con risotadas las lamentaciones del enfermo tabernero, y se dirigía al mostrador.

—*Neleta, una copa...*

Bien se la había ganado pasando el día entre los carrizales, con las manos heladas sobre la escopeta para traer aquel montón de carne. ¡Y aún murmuraban que huía del trabajo...! En un arranque de impudor alegre, acariciaba las mejillas de Neleta por encima del mostrador, sin importarle la presencia de la gente ni temer al marido. ¿No eran como hermanos y habían jugado juntos de pequeños...?

El tío Tòni nada sabía ni quería saber de la vida de su hijo. Se levantaba antes del alba y no volvía hasta la noche. Comía con la *Borda*, en la soledad de sus campos sumergidos, algunas sardinas y torta de maíz. Su lucha por crear nueva tierra le tenía en la pobreza, no permitiéndole mejores alimentos. Al volver a la barraca, cerrada ya la noche, se tendía en su camastro con los huesos doloridos, sumiéndose en el sopor del cansancio; pero su pensamiento velaba calculando entre las nieblas del sueño las barcas de tierra que aún faltaban en sus campos y las cantidades que debía satisfacer a los acreedores antes de considerarse dueño de unos arrozales creados con su sudor palmo a palmo. El tío *Paloma* pasaba las más de las noches fuera de la barraca, pescando en la *Sequiòta*. Tonet no comía con la familia, y sólo a altas horas, cuando se cerraba la taberna de *Cañamèl*, llamaba a la puerta con impaciente pataleo, levantándose la pobre *Borda* soñolienta y fatigada, para abrirle.

Así transcurrió el tiempo, hasta que llegaron las fiestas del Palmar.

La víspera de la fiesta del Niño, por la tarde, casi todo el pueblo se agolpó entre la orilla del canal y la puerta trasera de la taberna de Cañamèl.

Era esperada la música de Catarroja, el principal aliciente de las fiestas, y aquel pueblo que durante el año no oía otros instrumentos que la guitarra del barbero y el acordeón de Tonet estremecíase al pensar en el estrépito de los cobres y el zumbido del bombo por entre las filas de barracas. Nadie sentía los rigores de la temperatura. Las mujeres, para lucir sus trajes flamantes, habían abandonado los mantones de lana y mostraban los brazos arremangados, violáceos por el frío. Los hombres llevaban fajas nuevas y gorros rojos o negros que aún conservaban los pliegues de la tienda. Aprovechando la charla de sus compañeras, se escurrían hasta la taberna, donde la respiración de los bebedores y el humo de los cigarros formaban un ambiente denso que olía a lana burda y alpargatas sucias. Hablaban a gritos de la música de Catarroja, asegurando que era la mejor del mundo. Los pescadores de allá eran mala gente, pero había que reconocer que música como aquélla no la oía ni el rey. Algo bueno habían de tener los pobres del lago. Y al notar que en la ribera del canal se arremolinaba la gente, lanzando gritos anunciadores de la proximidad de los músicos, todos los parroquianos salieron en tropel y la taberna quedó vacía.

Por encima de los cañares pasaba el extremo de una gran vela. Al aparecer en un recodo del canal el laúd que conducía a la música, la muchedumbre prorrumpió en un grito, como si la enardeciera la vista de los pantalones rojos y los blancos plumeros que ondeaban sobre los morrioncillos.

La chavalería del pueblo, siguiendo la costumbre tradicional, luchaba por apoderarse del bombo. Metíanse los mozos agua adentro en aquel canal de hielo líquido, hundiéndose hasta el pecho con una intrepidez que hacía castañetear los dientes a los que estaban en la ribera.

Las viejas protestaban:

—¡Condenats...! ¡Pillaréu una pulmonía!

Pero los muchachos abalanzábanse a la barca, se agarraban a la borda, entre las risas de los músicos, pugnando por que les entregasen el enorme instrumento: «¡A mí! ¡A mí...!» Hasta que uno más audaz, cansado de pedir, lo agarró con tal ímpetu, que casi fue al agua el gran tambor, y echándoselo al hombro, salió de la acequia, seguido por sus envidiosos compañeros.

Los músicos, al desembarcar, se formaban frente a la casa de *Cañamèl*. Desenfundaban sus instrumentos, los templaban, y el compacto gentío seguía a los músicos, silencioso y con cierta veneración, admirando aquel acontecimiento que se esperaba todo un año.

Al romper a tocar el ruidoso pasodoble, todos experimentaban sobresalto y extrañeza. Sus oídos, acostumbrados al profundo silencio del lago, conmovíanse dolorosamente con los rugidos de los instrumentos, que hacían temblar las paredes de barro de las barracas. Pero repuestos de esta primera sorpresa que turbaba la calma conventual del pueblo, la gente sonreía dulcemente, acariciada por la música, que llegaba hasta ellos como la majestad de una vida misteriosa que se desarrollaba más allá de las aguas de la Albufera.

Las mujeres se enternecían sin saber por qué, y deseaban llorar; los hombres, irguiendo sus espaldas encorvadas de barquero, marchaban con paso marcial detrás de la banda, y las muchachas sonreían a sus novios, con los ojos brillantes y las mejillas coloreadas.

Pasaba la música como una ráfaga de nueva vida sobre aquella gente soñolienta, sacándola del amodorramiento de las aguas muertas. Gritaban sin saber por qué, daban vivas al Niño Jesús, corrían en grupos vociferantes delante de los músicos, y hasta los viejos se mostraban vivarachos y juguetones como los pequeñuelos que, con sables y caballitos de cartón, formaban la escolta del músico mayor, admirando sus galones de oro.

La banda pasó y repasó varias veces la única calle del Palmar, prolongando la carrera para que el público quedase satisfecho, metiéndose en los callejones que quedaban entre las barracas y saliendo al canal para retroceder otra vez a la calle, y el pueblo entero la seguía en estas evoluciones tarareando a gritos los pasajes más vivos del pasodoble.

Hubo por fin que dar término a este delirio musical, y la banda se detuvo en la plaza, frente a la iglesia. El alcalde procedió al alojamiento de los músicos. Se los disputaban las comadres según la importancia de los instrumentos, y el encargado del bombo, precedido por su enorme caja, tomaba el camino de la mejor vivienda. Los músicos, satisfechos de haber lucido sus uniformes, se arrebujaban en mantas de labriego, echando pestes contra la húmeda frialdad del Palmar.

Con la dispersión de la banda no se aclaró el

gentío de la plaza. En un extremo de ella comenzó a sonar el redoble de un tamboril, y al poco rato se anunció una dulzaina con prolongadas escalas que parecían cabriolas musicales. La muchedumbre aplaudió. Era *Dimòni*, el famoso dulzainero de todos los años: un alegre compadre, tan célebre por sus borracheras como por la habilidad en la dulzaina. *Sangonera* era su mejor amigo, y cuando el dulzainero venía a las fiestas, el vagabundo no se separaba de él un momento, sabiendo que al final se beberían fraternalmente el dinero de los clavarios.

Iba a rifarse la anguila más gorda del año para ayuda de la fiesta. Era una costumbre antigua, que respetaban todos los pescadores. El que de ellos cogía una anguila enorme, la guardaba en su vivero, sin atreverse a venderla. Si alguien pescaba otra más grande, se guardaba ésta, y el dueño de la anterior podía disponer de ella. De este modo los clavarios poseían siempre la más enorme que se había cogido en la Albufera.

Este año, el honor de la anguila gorda correspondía al tío *Paloma*: por algo pescaba en el primer puesto. El viejo experimentaba una de las mayores satisfacciones de su vida enseñando el hermoso animal a la muchedumbre de la plaza. ¡Aquello lo había pescado él...! Y sobre sus brazos temblones mostraba el serpentón de lomo verde y vientre blanco, grueso como un muslo y con una piel grasienta en la que se quebraba la luz. Había que pasear la apetitosa pieza por todo el pueblo al son de la dulzaina, mientras los individuos más respetables de la Comunidad vendían los números de la rifa de puerta en puerta.

—*Tin: treballa una vegá* —dijo el barquero soltando el animal en brazos de *Sangonera*.

Y el vagabundo, orgulloso de la confianza que ponía en él, rompió la marcha con la anguila en los brazos, seguido de la dulzaina y el tambor y rodeado de las cabriolas y gritos de la chiquillería. Corrían las mujeres para ver de cerca la enorme bestia, para tocarla con religiosa admiración, como si fuese una misteriosa divinidad del lago, y *Sungonera* las repelía con gravedad. «*¡Fòra, fòra...!*» ¡La iban a corromper con tantos tocamientos!

Pero al llegar frente a casa de *Cañamèl* creyó que había gozado bastante de la admiración popular. Le dolían los brazos, debilitados por la pereza; pensó que la anguila no era para él, y entregándola a la chiquillería, se metió en la taberna, dejando que siguiera adelante la rifa, llevando al frente, como trofeo de victoria, el vistoso animal.

La taberna tenía poco público. Tras el mostrador estaba Neleta, con su marido y el *Cubano*, hablando de la fiesta del día siguiente. Los clavarios eran, según costumbre, los agraciados con los mejores puestos en el sorteo de los *redolíns*, y a Tonet y su consorcio les correspondía el lugar de preferencia. Se habían hecho en la ciudad trajes negros para asistir a la gran misa en el primer banco, y estaban ocupados en discutir los preparativos de la fiesta.

En la barca-correo llegarían al día siguiente los músicos y cantores y un cura célebre por su elocuencia, que diría el sermón del Niño Jesús, ensalzando de paso la sencillez y virtudes de los pescadores de la Albufera.

Una barcaza estaba en la playa de la Dehesa cargando mirto y arrayán para esparcirlo en la plaza, y en un rincón de la taberna guardaba el polvorista varios capazos de *masclets*, petardos de hierro que se disparaban como cañonazos.

En la madrugada siguiente, el lago se conmovió con el estrépito de los *masclets*, como si en el Palmar se librase una batalla. Después se aglomeró en el canal la gente, mordiendo sus almuerzos metidos entre el pan. Esperaba a los músicos que venían de Valencia, y se hacía lenguas de la esplendidez de los clavarios. ¡Bien arreglaba las cosas el nieto del tío *Paloma*! ¡Por algo tenía a su alcance el dinero de *Cañamèl*!

Al llegar la barca-correo, bajó a tierra primeramente el predicador, un cura gordo, de entrecejo imponente, con una gran bolsa de damasco rojo que contenía sus vestiduras para el púlpito. *Sangonera*, impulsado por sus antiguas afabilidades de sacristán, se apresuró a encargarse del equipaje oratorio, echándoselo a la espalda. Después fueron saltando a tierra los individuos de la capilla musical: los cantores, con cara de gula y rizadas melenillas; los músicos, llevando bajo el brazo los violines y flautas enfundados de verde, y los tiples, adolescentes amarillos y ojerosos, con gesto de precoz malicia. Todos hablaban del famoso *all y pebre* que se hacía en el Palmar, como si hubiesen hecho el viaje sólo para comer.

La gente les dejaba entrar en el pueblo sin moverse de la ribera. Quería ver de cerca los instrumentos misteriosos depositados junto al mástil de la barca, y que unos cuantos mocetones comenzaban a remover. Los timbales, al ser trasladados a tierra, causaban asombro, y todos discutían el empleo de aquellos calderos, semejantes a los que se usaban para guisar el pescado. Los contrabajos alcanzaron una ovación, y la gente corrió hasta la iglesia siguiendo a los portadores de las «guitarras gordas».

A las diez comenzó la misa. La plaza y la iglesia estaban perfumadas por la olorosa vegetación de la Dehesa. El barro desaparecía bajo una gruesa capa de hojas. La iglesia estaba llena de candelillas y cirios, y desde la puerta se veía como un cielo obscuro moteado por infinitas estrellas.

Tonet había preparado bien las cosas, ocupándose hasta de la música que se cantaría en la fiesta. Nada de misas célebres, que hacían dormir a la gente. Eso era bueno para los de la ciudad, acostumbrados a las óperas. En el Palmar querían la misa de Mercadante, como en todos los pueblos valencianos.

Durante la fiesta se enternecían las mujeres oyendo a los tenores, que entonaban en honor del Niño Jesús barcarolas, napolitanas, mientras los hombres seguían con movimientos de cabeza el ritmo de la orquesta, que tenía la voluptuosidad del vals. Aquello alegraba el espíritu, según decía Neleta: valía más que una función de teatro, y servía para el alma. Y mientras tanto, fuera, en la plaza, trueno va y trueno viene, se disparaban las largas filas de *masclets*, conmoviendo las paredes de la iglesia y cortando muchas veces el canto de los artistas y las palabras del predicador.

Al terminar, la muchedumbre se detuvo en la plaza esperando la hora de la comida. La banda de música, algo olvidada después de los esplendores de la misa, rompió a tocar a un extremo. La gente se sentía satisfecha en aquel ambiente de plantas olorosas y humo de pólvora, y pensaba en el caldero que le aguardaba en sus casas con los mejores pájaros de la Albufera.

Las miserias de su vida anterior parecían ahora de un mundo lejano al cual no habían de volver.

Todo el Palmar creía haber entrado para siempre en la felicidad y la abundancia, y se comentaban las frases grandilocuentes del predicador dedicadas a los pescadores, la media onza que le daban por el sermón, y la espuerta de dinero que costaban seguramente los músicos, la pólvora, las telas con franja de oro manchadas de cera que adornaban el portal de la iglesia y aquella banda que los ensordecía con sus marciales rugidos.

Los grupos felicitaban al *Cubano*, rígido dentro de su traje negro, y al tío *Paloma*, que se consideraba aquel día dueño del Palmar. Neleta se pavoneaba entre las mujeres, con la rica mantilla sobre los ojos, luciendo el rosario de nácar y el devocionario de marfil de su casamiento. De *Cañamèl* nadie se acordaba, a pesar de su aspecto majestuoso y de la gran cadena de oro que aserraba su abdomen. Parecía que no era su dinero el que pagaba la fiesta: todos los plácemes iban a Tonet, en su calidad de dueño de la *Sequiòta*. Para aquella gente, el que no era de la Comunidad de Pescadores no merecía respeto. Y el tabernero sentía crecer en su interior el odio hacia el *Cubano*, que poco a poco se apoderaba de lo suyo.

Este mal humor le acompañó todo el día. Su mujer, adivinando el estado de su ánimo, tuvo que hacer esfuerzos de amabilidad durante la gran comida con que obsequiaron en el piso alto de la taberna al predicador y a los músicos. Hablaba de la enfermedad de su pobre Paco, que le ponía muchas veces de un humor endiablado, rogando a todos que le perdonasen. A media tarde, cuando la barca-correo se llevó a la gente de Valencia, el irritado *Cañamèl*, viéndose solo con su mujer, pudo soltar toda la bilis.

Ya no toleraba por más tiempo al *Cubano*. Con el abuelo se entendía bien, por ser hombre trabajador, que cumplía sus compromisos; pero aquel Tonet era un perezoso, que se burlaba de él, aprovechando su dinero para darse una vida de príncipe, sin más méritos que su fortuna en el sorteo de la Comunidad. Hasta le quitaba la poca satisfacción que podía proporcionarle gastar tanto dinero en la fiesta. Todo se lo agradecían al otro, como si *Cañamèl* no fuese nadie, como si no saliese de su bolsillo el dinero para la explotación del *redolí* y todos los resultados de la pesca no se le debieran a él. Acabaría por echar de su casa a aquel vago, aunque perdiese con ello el negocio.

Neleta intervenía, asustada por la amenaza. Le recomendaba la calma; debía pensar que era él quien había buscado a Tonet. Además, a los *Palomas* los miraba ella como de la familia: la habían protegido en la mala época.

Pero *Cañamèl*, con una testarudez de niño, repetía sus amenazas. Con el tío *Paloma*, bueno: estaba dispuesto a ir a todas partes. Pero o *Tonet* se enmendaba, o rompía con él. Cada cual en su puesto; no quería partir más sus ganancias con aquel majo que sólo sabía explotarle a él y al pobre abuelo. El dinero le costaba mucho de ganar, y no toleraba abusos.

La discusión entre los esposos fue tan acalorada, que Neleta lloró, y por la noche no quiso ir a la plaza, donde se celebraba el baile.

Grandes hachones de cera, que servían en la iglesia para los entierros, iluminaban la plaza. *Dimòni* tocaba con su dulzaina las antiguas contradanzas valencianas, la *cháquera vella* o el baile al estilo de Torrente, y las muchachas del Palmar danzaban ceremoniosamente, dándose la mano, cruzándose las parejas, como damas de empolvada peluca que se hubieran disfrazado de pescadores para bailar una pavana a la luz de las antorchas. Después venía el *ú* y el *dos*, baile más vivo, animado por coplas, y las parejas saltaban briosamente, promoviéndose una tempestad de gritos y relinchos cuando alguna muchacha, al girar como una peonza, mostraba sus medias bajo la ondeante rueda de los zagalejos.

Antes de media noche, el frío disolvió la fiesta. Las familias se retiraban a sus barracas, pero quedaron en la plaza los jóvenes, la gente alegre y brava del pueblo, que se pasaba los tres días de fiesta en continua embriaguez. Presentábanse con la escopeta o el retaco al hombro, como si para divertirse en un pueblo pequeño, donde todos se conocían, fuese preciso tener el arma al alcance de la mano.

Organizábanse *les albaes*. Había que pasar la noche, según la costumbre tradicional, corriendo el pueblo de puerta en puerta, cantando en honor de todas las mujeres jóvenes y viejas del Palmar, y para esta tarea los cantadores disponían de un pellejo de vino y varias botellas de aguardiente. Algunos músicos de Catarroja, muchachos de buena voluntad, se comprometieron a corear la dulzaina de *Dimòni* con sus instrumentos de metal, y la serenata de *les albaes* comenzó a rodar en la noche obscura y fría, guiada por una antorcha del baile.

Toda la juventud del Palmar, con su vieja arma al hombro, marchaba en apretado grupo tras el dulzainero y los músicos, que agarraban sus instrumentos con la manta, temiedo el frío contacto del metal. *Sangonera* cerraba la comitiva, cargado con el pellejo de vino. Con frecuencia creía llegado el momento de echar la carga en el suelo y preparaba el vaso para «refrescar».

Comenzaba la copla uno de los cantores, entonando los dos primeros versos con acompasado baqueteo del tamborcillo, y le contestaba otro completando la redondilla. Generalmente, los dos últimos versos eran los más maliciosos, y mientras la dulzaina y los instrumentos de metal saludaban la terminación de la copla con un ruidoso *ritornello*, la gente joven prorrumpía en gritos y agudos relinchos y hacía salva disparando al aire sus retacos.

¡El diablo que durmiera aquella noche en el Palmar! Las mujeres, desde la cama, seguían mentalmente la marcha de la serenata, estremeciéndose con el estrépito y el tiroteo, y adivinaban su paso de una puerta a otra por las alusiones mortificantes con que saludaban a cada vecino.

En esta expedición, el pellejo de *Sangonera* no permanecía quieto mucho tiempo. Los vasos circulaban por los grupos, aumentando el calor en medio de la helada noche, y los ojos eran cada vez más brillantes así como las voces se hacían roncas.

En una esquina, dos jóvenes fueron a las manos por cuestión de quién debía beber antes, y después de abofetearse se separaron algunos pasos, apuntándose con las escopetas. Todos intervinieron, y a golpes les quitaron las armas. ¡A dormir! ¡Les había hecho daño el vino: debían irse a la cama! Y los de *les albaes* siguieron adelante en sus cantos y relinchos. Estos incidentes entraban en la diversión: todos los años ocurrían.

A las tres horas de lento paseo por el pueblo, todos iban borrachos. *Dimòni*, con la cabeza pesada y los ojos cerrados, parecía estornudar en la dulzaina, y el instrumento gemía indeciso y vacilante como las piernas del tañedor. *Sangone-*

ra, viendo el pellejo casi vacío, quería cantar, y coreado por un continuo «*¡fòra, fòra!*» entre silbidos y relinchos, improvisaba coplas incoherentes contra los «ricos» del pueblo.

No quedaba vino, pero todos confiaban en dar fondo a la mitad de su viaje frente a casa de *Cañamèl*, donde renovarían la provisión.

Cerca de la taberna, obscura y cerrada, los de *les albaes* encontraron a Tonet envuelto en la manta hasta los ojos y enseñando por bajo de ella la boca del retaco. El *Cubano* temía la indiscreción de aquella gente; recordaba lo que él había hecho en noches iguales, y creía contenerlos con su presencia.

La comitiva, abrumada por la embriaguez y el cansancio, pareció recobrar nueva vida frente a la casa de *Cañamèl*, como si al través de las rendijas de la puerta llegase a todos el perfume de los toneles.

Uno cantó una canción respetuosa al *siñor don Paco*, halagándole para que abriese, apellidándolo «la flor de los amigos» y prometiendo las simpatías de todos si llenaba el pellejo. Pero la casa permaneció silenciosa: no se movió una ventana; no sonó el más leve ruido en su interior.

En la segunda copla ya le hablaban de tú al pobre *Cañamèl*, y la voz de los cantores temblaba con cierta irritación que prometía una lluvia de insolencias.

Tonet mostrábase inquieto.

—*¡Che...! ¡no en feu el pòrc!* —decía a sus amigos con acento paternal.

¡Pero buena estaba la gente para oír consejos! La tercera copla fue para Neleta, «la mujer más resalada del Palmar», compadeciéndola por estar casada con el tacaño *Cañamèl*, «que para nada servía...» Y a partir de esta copla, la serenata se convirtió en un venenoso chaparrón de escandalosas alusiones. La concurrencia se divertía. Encontraban las coplas más gustosas aún que el vino, y reían con esa preferencia que muestra la gente rural por divertirse a costa de los infortunios. Se enfurecían todos, haciendo causa común, si a un pescador le quitaban un *mornell* que valía unos reales, y reían como locos cuando a alguien le robaban la mujer.

Tonet temblaba de ansiedad y de cólera. En ciertos momentos deseaba huir, presintiendo que sus amigotes irían demasiado lejos; pero le retenía el orgullo, con la falsa esperanza de que su presencia sería un freno.

—¡Che...! ¡miréu lo que feu! —decía con un tono de sorda amenaza.

Pero los cantores se tenían por los muchachos más bien plantados del pueblo; eran los matoncillos que habían salido a la luz mientras él rodaba por las tierras de Ultramar. Tenían deseos de hacer ver que no les inspiraba ningún miedo el *Cubano*, y reían de sus recomendaciones, inventando apresuradamente coplas, que lanzaban como proyectiles contra la taberna.

Un muchachuelo, sobrino de la *Samaruca*, hizo desbordar la cólera de Tonet. Cantó una copla sobre la asociación de *Cañamèl* y el *Cubano*, diciendo que no sólo explotaban juntos la *Sequiòta*, sino que se repartían a Neleta, y terminó afirmando que pronto tendría la tabernera la sucesión que en vano pedía a su marido.

El *Cubano* se plantó de un salto en medio del corro, y a la luz de la antorcha se le vio levantar la culata del retaco, golpeando la cara del cantor. Como éste se rehiciera, echando mano a su escopeta, Tonet dio un salto atrás, disparando su carabina casi sin apuntar... ¡La tormenta que se armó...! Perdióse la bala en el espacio, pero *Sangonera* creyó oír su silbido junto a la nariz, y se arrojó al suelo dando espantosos alaridos.

—¡M'han mòrt...! ¡Asesino...!

En las casas se abrían las ventanas con estrépito, asomando sombras blancas, algunas de las cuales avanzaban el cañón de la escopeta sobre el alféizar.

Tonet fue desarmado en un instante, y empujado por muchos brazos, acorralado contra la pared, se agitaba como un furioso, pugnando por sacar el cuchillo que guardaba en la faja.

—¡Solteume! —gritaba entre espumarajos de rabia—. ¡Solteume! ¡A eixe pillo el mate yo!

El alcalde y su ronda, que seguían de cerca a les albaes, presintiendo el escándalo, se mezclaron entre los combatientes. El pare Miquèl, con gorra de pelo y carabina, comenzó a repartir culatazos, con la satisfacción que le causaba pegar impunemente ejerciendo de autoridad.

El cabo de los carabineros se llevó a Tonet hacia su barraca, amenazándole con el máuser, y al sobrino de la Samaruca lo metieron en una casa para lavarle la sangre del culatazo.

Sangonera dio más que hacer. Seguía revolcándose en el suelo, asegurando entre berridos que estaba muerto. Le daban el último vino del pellejo para animarlo, y el vagabundo, satisfecho del remedio, juraba que estaba pasado de parte a parte y no podía levantarse; hasta que el enérgico vicario, adivinando su marrullería, le largó dos saludables patadas, que instantáneamente le pusieron en pie.

El alcalde ordenó que les albaes siguieran su marcha. Ya habían cantado bastante a Cañamèl. El funcionario sentía por el tabernero ese respeto que inspira en los pueblos el hombre rico, y quería evitarle nuevos disgustos.

Se alejó la serenata, como desmayada; en vano hacía escalas la dulzaina de Dimòni, pues los cantores, viendo seco el pellejo, sentían obstruida su garganta.

Fueron cerrándose las ventanas, la calle quedó solitaria, pero los últimos curiosos, al retirarse, creyeron oír en el piso alto de la taberna rumores de voces, choque de muebles y algo como un lejano llanto de mujer interrumpido por las exclamaciones sordas de una voz furiosa.

Al día siguiente sólo se hablaba en el Palmar de

lo ocurrido en *les albaes* frente a la casa de *Ca-ñamèl*.

Tonet no osaba presentarse en la taberna. Temía abordar la penosa situación en que le había colocado la imprudencia de los amigos. Durante la mañana vagó por la plaza de la Iglesia, sin atreverse a ir más adelante, viendo de lejos la puerta de la taberna llena de gente. Era el último día de jolgorio y vagancia para el pueblo. Se celebraba la fiesta del Cristo, y por la tarde la música se embarcaría para Catarroja, dejando al Palmar sumido en su tranquilidad de convento para todo un año.

Tonet comió en la barraca con su padre y la *Borda*, que, durante los tres días de fiesta, para no dar que hablar a los vecinos, habían suspendido a regañadientes el rudo trabajo contra las aguas. El tío Tono debía ignorar lo ocurrido en la noche anterior. Su gesto grave, pero igual al de todos los días, así lo revelaba. Además, había pasado el tiempo reparando los desperfectos que el invierno causaba en su barraca, pues el rudo trabajador no podía descansar un instante.

La *Borda* debía saber algo: se leía en sus ojos puros, que parecían iluminar su fealdad; en la mirada compasiva y tierna que fijaba en Tonet, estremeciéndose por el peligro que había arrostrado en la noche anterior. En un momento que los dos jóvenes quedaron solos, ella se quejó con dolorosas exclamaciones. ¡Señor! ¡Si el padre sabía lo ocurrido...! ¡Lo iba a matar a disgustos...!

El tío *Paloma* no se presentó en la barraca: sin duda comía con *Cañamèl*. Por la tarde, lo encontró Tonet en la plaza. Su rostro arrugado no reflejaba ninguna impresión, pero habló a su nieto con sequedad, aconsejándole que fuese a la taberna. El tío Paco tenía algo que decirle.

Tonet retardó algún tiempo la visita. Se entretuvo en la plaza viendo cómo se formaba la banda para tocar por última vez lo que la gente llamaba el «pasacalle de las anguilas». Los músicos se consideraban chasqueados si al volver del Palmar no llevaban alguna pesca a sus familias. Todos los años, antes de partir, recorrían el pueblo entonando el último pasodoble, mientras al frente del bombo algunos chiquillos con espuertas iban recogiendo lo que cada vecina quería darles; anguilas, tencas y lisas, sin contar el *llobarro* (la buscada lubina) que los clavarios reservaban para el músico mayor.

La música rompió a tocar, andando con paso lento para que las pescadoras depositasen sus ofrendas. Entonces fue cuando Tonet se decidió a entrar en casa de *Cañamèl*.

—*¡Buenas tardes, caballers!* —gritó alegremente para darse ánimos.

Neleta, tras el mostrador, le lanzó una mirada indefinible y bajó la cabeza para que no viese sus ojeras profundas y los párpados enrojecidos por el llanto.

Cañamèl le contestó desde el fondo del establecimiento, señalando majestuosamente la puerta de las habitaciones interiores.

—*Pasa, pasa; tenim que parlar*.

Los dos hombres entraron en un *estudi* inmediato a la cocina, que servía algunas veces de dormitorio a los cazadores de Valencia.

Cañamèl no dio tiempo a su socio para sentarse. Estaba lívido; sus ojillos brillaban más hundidos que nunca entre los bullones de grasa, y su nariz corta y redonda temblaba con un *tic* nervioso. El tío Paco abordó la cuestión. «Aquello» había de acabarse: ya no podían seguir juntos el negocio ni ser amigos. Y como Tonet intentase protestar, el gordo tabernero, que estaba en un momento de pasajera energía, tal vez el último de su existencia, le detuvo con un gesto. Nada de palabras: era inútil. Estaba resuelto a concluir; hasta el tío *Paloma* reconocía su razón. Habían emprendido el negocio con el trato de que él pondría el dinero y el *Cubano* el trabajo. Su dinero no había faltado: el esfuerzo del socio es lo que nadie veía. El «señor» lo pasaba a lo grande, mientras su pobre abuelo se mataba trabajando por él... ¡Y si sólo fuese esto! Se había metido en aquella casa como si fuese su propiedad. Parecía el amo de la taberna. Comía y bebía de lo mejor; disponía del cajón como si no tuviese dueño; se permitía libertades que no quería recordar; se apoderaba de su perra, de su escopeta, y según decía ahora la gente... hasta de su mujer.

—¡*Mentira... mentira!* —gritó Tonet, con el ansia del culpable.

Cañamèl le miró de un modo que le hizo ponerse en guardia, con cierto miedo. Sí; seguramente era mentira. También creía él lo mismo. Esto les valía a Neleta y a Tonet; porque si él llegase a sospechar remotamente que pudieran ser ciertas las porquerías que aquellos canallas habían cantado la noche anterior, era hombre para retorcerle el pescuezo a ella y meterle un escopetazo a él entre ceja y ceja. ¿Qué se había figurado? El tío Paco era muy bueno, pero a pesar de su enfermedad, resultaba tan hombre como cualquiera cuando le tocaban lo suyo.

Y el tabernero, temblando de sorda cólera, se paseaba, como el caballo viejo y enfermo, pero de raza fuerte, que sabe encabritarse hasta el último momento. Tonet miraba con admiración al antiguo aventurero, que, en su enfermiza indolencia, panzudo y ablandado, encontraba aún la energía de sus tiempos de luchador libre de escrúpulos.

En el silencio de la habitación resonaba el eco lejano de los instrumentos de metal que recorrían el pueblo.

Cañamèl volvió a hablar, y sus palabras fueron acompañadas por la música, cada vez más próxima.

Sí; todo era mentira. Pero él no estaba allí para ser burla de la gente. Además, le cargaba ver a Tonet siempre en la taberna, tomándose con Neleta aquellas familiaridades de hermano. No quería en su casa más hermanazgos postizos: se acabó. Estaba de acuerdo con el tío *Paloma*. En adelante seguirían el negocio de la *Sequiòta* los dos solos, y el abuelo ya se entendería con el nieto para que cobrase su parte. Tonet nada tenía que tratar con *Cañamèl*. Si no estaba conforme, podía decirlo. Él era el amo de la *Sequiòta* por el sorteo, pero el tío Paco retiraría sus redes y su capital, Tonet disgustaría a su abuelo, y ¡allá veríamos cómo se las arreglaba solo!

Tonet no protestó ni opuso resistencia. Lo que acordase su abuelo bien hecho estaba.

La música llegó enfrente de la taberna. Se detuvo, y su armónico estrépito hizo estremecer las paredes.

Cañamèl levantó la voz para ser oído. Una vez resuelto lo del negocio, quedaba el hablar los dos, de hombre a hombre. Y él, con su autoridad de marido que no quiere que se le rían y de hombre que cuando era preciso sabía poner en la puerta a un parroquiano molesto, ordenaba a Tonet que no se acercase más por la taberna. ¿Lo entendía bien? ¡Se acabó la amistad! Era lo más acertado, para impedir murmuraciones y mentiras... La puerta de aquella casa debía de ser en adelante para el *Cubano* tan alta... tan alta como el Miguelete de Valencia.

Y mientras los trombones lanzaban sus rugidos a la puerta de la casa, *Cañamèl* erguía su figura casi esférica sobre las puntas de los pies y elevaba el brazo al techo para expresar la altura enorme, inconmensurable, que en adelante había de separar al *Cubano* del tabernero y su mujer.

VII

Al pasar Tonet dos días fuera de la taberna, se dio cuenta de lo mucho que amaba a Neleta.

Tal vez influía en su desesperación la pérdida del alegre bienestar que antes gozaba, de aquella abundancia en la que se sumía como en una ola de felicidad. Faltábale, a más de esto, el encanto de los ocultos amores adivinados por todo el pueblo, la malsana dicha de acariciar a su amante en pleno peligro, casi en presencia del esposo y de los parroquianos, expuesto a una sorpresa.

Arrojado de casa de *Cañamèl*, no sabía dónde ir. Probó a contraer amistades con las otras tabernas del Palmar, míseras barracas sin más fortuna que un tonelillo, donde sólo de tarde en tarde entraban los que por deudas atrasadas no podían ir a casa de *Cañamèl*. Tonet huyó de estos sitios, como un potentado que penetrase por error en un bodegón.

Pasó los días vagando por las afueras del pueblo. Cuando se cansaba, iba al Saler, al Perelló, al puerto de Catarroja, a cualquier sitio, para matar el tiempo. Él, tan perezoso, perchaba horas enteras en su barquito para ver a un amigo, sin otro propósito que fumar un cigarro con él.

La situación le obligaba a vivir en la barraca de su padre, examinando con cierta inquietud al tío Tòni, que alguna vez, en la fijeza de su mirada, parecía revelarle su conocimiento de todo lo ocurrido. Tonet cambió de conducta, a impulsos del tedio. Para vagar de un lado a otro de la Albufera como un animal enjaulado, mejor era prestar su ayuda al pobre padre. Y desde el día siguiente, con la pasajera furia de los perezosos cuando se deciden al trabajo, fue, como en otros tiempos, a arrancar barro de las acequias.

El tío Tòni demostró su gratitud por este arrepentimiento desarrugando el ceño y dirigiendo algunas palabras a su hijo.

Lo sabía todo. Las cosas ocurrían tal como él las anunciaba. Tonet no había procedido como un *Paloma*, y el padre sufrió mucho oyendo lo que se decía de él. Le hería dolorosamente ver a su hijo viviendo a costa del tabernero y robándole además la mujer.

—¡*Mentira... mentira!* —contestaba el *Cubano* con la ansiedad del culpable—. *¡Son calumnies...!*

Mejor: el tío Tòni celebraba que fuese así. Lo importante era haber salido del peligro. Ahora a trabajar, a ser hombre honrado, a ayudar al padre en la tarea de enterrar sus charcas. Cuando éstas se convirtiesen en campos y en el Palmar viesen a los *Palomas* recoger muchos sacos de arroz, ya encontraría Tonet una compañera. Podría escoger entre todas las muchachas de los pueblos inmediatos. A un rico nadie le contesta negativamente.

Y Tonet, animado por las palabras de su padre, entregábase al trabajo con verdadera rabia. La pobre *Borda* se fatigaba a su lado más aún que yendo con el tío Tòni. El *Cubano* siempre creía que trabajaba poco; era exigente y brutal con la infeliz muchacha; la cargaba como si fuese una bestia, pero comenzaba él por dar ejemplo de fatiga. La pobre *Borda*, jadeante bajo el peso de las espuertas de tierra y el continuo manejo de la percha, sonreía alegre, y por la noche, cuando con los huesos doloridos preparaba la cena, miraba con agradecimiento a su Tonet, aquel hijo pródigo que tanto había hecho sufrir al padre, y ahora, con su buena conducta, daba un aire de serenidad, y confianza al rostro del fuerte trabajador.

Pero en la voluntad del *Cubano* nunca soplaba el mismo viento. La conmovían furiosas ráfagas de actividad y reaparecía después la calma de una pereza dominadora y absoluta.

Al mes de este continuo trabajo, Tonet se cansó, como otras veces. Una gran parte de los campos estaba ya cubierta, pero quedaban profundos hoyos, que eran su desesperación: agujeros incegables, por los cuales parecían volver las derrotadas aguas, royendo lentamente la tierra acumulada a costa de inmensos trabajos. El *Cubano* sentía miedo y desaliento ante la magnitud de la empresa. Acostumbrado a las abundancias de casa de *Cañamèl*, rebelábase además pensando en los guisotes de la *Borda*, el vino escaso y flojo, la dura torta de maíz y las sardinas mohosas, único alimento de su padre.

La tranquilidad de su abuelo le indignaba. Seguia visitando la casa de *Cañamèl*, como si nada hubiese ocurrido. Allí comía y cenaba, entendiéndose perfectamente con el tabernero, que parecía satisfecho de la actividad con que el viejo explotaba la *Sequiòta*. ¡Y al nieto que lo partiera un rayo! ¡Sin decirle una palabra cuando lo veía por las noches en la barraca, como si no existiera, como si no fuese el verdadero dueño de la *Sequiòta*!

El abuelo y *Cañamèl* se entendían para explotar, y sufrirían un chasco. Tal vez toda la indignación del tabernero no había tenido otro fin que quitarle de en medio para que las ganancias fuesen mayores. Y con esa codicia rural, feroz y sin entrañas, que no reconoce afectos ni familia en asuntos de dinero, Tonet abordó al tío *Paloma* una noche en que se embarcaba para ir al *redolí*. Él era el dueño de la *Sequiòta*, el verdadero dueño, y hacía mucho tiempo que no veía un céntimo. Ya sabía que la pesca no era tan excelente como otros años, pero se hacía negocio, y el abuelo y el tío Paco buenos duros se metían en la faja. Lo sabía por los compradores de anguilas. ¡A ver...! Él quería cuentas claras: que le diesen lo suyo, o de lo contrario se quedaría con el *redolí*, buscando socios menos rapaces.

El tío *Paloma*, con la autoridad despótica que creía tener de derecho sobre toda su familia, se consideró en los primeros instantes obligado a abrirle la cabeza a su nieto con el extremo de la percha. Pero pensó en los negros que el *Cubano* había muerto allá lejos, y ¡*recordóns!* a un hombre así no se le pega aunque sea de la familia. Además, la amenaza de recobrar el *redolí* le infundía espanto.

El tío *Paloma* se encastilló en la moral. Si no le daba dinero era porque conocía su carácter, y el dinero, en manos de jóvenes, es la perdición. Se lo bebería, iría a jugárselo con los pillos que manejaban la baraja a la sombra de cualquier barraca del Saler; prefería guardarlo él, y así prestaba un favor a Tonet. Al fin, cuando él muriese, ¿para quién sería lo suyo más que para el nieto...?

Pero Tonet no se ablandaba con esperanzas. Quería lo suyo, o volvía a apoderarse del *redolí*. Y tras penosos regateos, que duraron más de tres días, el barquero se decidió una tarde a escarbar su faja, sacando con gesto doloroso un cartucho de duros. Podía tomarlo... ¡Judío...! ¡Mal corazón...! Cuando lo hubiese gastado en pocos días, que volviese por más. No debía tener escrúpulos. ¡A reventar al abuelo! Ya veía claro cuál era su porvenir en plena ancianidad: ¡trabajar como un esclavo, para que el señor se diese la gran vida...! Y se alejó de Tonet, como si perdiese para siempre el escaso afecto que aún sentía por él.

El *Cubano*, al verse con dinero, no volvió por

la barraca de su padre. Quiso entretener su ociosidad con la caza, haciendo una vida de hombre de guerra, sacando su comida de la pólvora, y comenzó por comprar una escopeta algo mejor que las armas venerables que se guardaban en su casa. *Sangonera*, que había sido despedido de casa *Cañamèl* al día siguiente de la expulsión de Tonet, rondaba en torno de éste viéndole ocioso y disgustado de la vida laboriosa que llevaba en la barraca de su padre.

El *Cubano* se asoció al vagabundo. Era un buen compañero, del que podía sacar cierto partido. Tenía una vivienda que, aunque peor que una perrera, podía servirles de refugio.

Tonet sería el cazador y *Sangonera* el perro. Todo pertenecería a los dos por igual: la comida y el vino. ¿Estaba conforme el vagabundo? *Sangonera* se mostró alegre. Él también contribuiría al mantenimiento común. Tenía unas manos de oro para sacar los *mornells* de los canales y apoderarse de la pesca, volviendo otra vez las redes al agua. No era cual ciertos rateros sin escrúpulos, que, como decían los pescadores del Palmar, no sólo robaban el alma, sino que se llevaban el cuerpo, o sea los bolsones de malla. Tonet buscaría la carne y él el pescado. Trato hecho.

Desde entonces, solo de tarde en tarde vieron en el pueblo al nieto del tío *Paloma* con la escopeta al hombro, silbando cómicamente a *Sangonera*, que marchaba tras de sus pasos con la cabeza baja, mirando astutamente a otros lados por si había algo aprovechable al alcance de sus zarpas.

Pasaban semanas enteras en la Dehesa, haciendo una vida de hombres primitivos. Tonet, en medio de su tranquila existencia en el Palmar, había pensado muchas veces con melancolía en sus años de guerra, en la libertad sin límtes y llena de peligros del guerrillero, que teniendo la muerte ante los ojos, no ve obstáculos ni barreras, y carabina en mano, cumple sus deseos sin reconocer otra ley que la de la necesidad.

Los hábitos contraídos en sus años de vida belicosa en plena selva los resucitaba ahora en la Dehesa, a cuatro pasos de poblaciones donde existían leyes y autoridad; con ramaje seco fabricábanse chozas él y su compañero en cualquier rincón de la arboleda. Cuando tenían hambre, mataban un par de conejos o palomas salvajes de las que revoloteaban entre los pinos; y si necesitaban dinero para vino y cartuchos, Tonet se echaba la escopeta a la cara y en una mañana lograba formar un racimo de piezas, que el vagabundo vendía en el Saler o en el puerto de Catarroja, volviendo con un pellejo que ocultaba en los matorrales.

La escopeta de Tonet sonando con insolencia por toda la Dehesa fue un reto para los guardas, que hubieron de abandonar su tranquila vida de solitarios.

Sangonera estaba al acecho como un perro mientras cazaba Tonet, y al ver con su aguda mirada de vagabundo la aproximación de los enemigos, silbaba a su compañero para ocultarse. Varias veces se encontró el nieto del tío *Paloma* frente a frente con los perseguidores y sostuvo gallardamente su voluntad de vivir en la Dehesa. Un día disparó un guarda contra él; pero momentos después, como amenazadora respuesta, oyó el silbido de una bala junto a su cabeza. Con el antiguo guerrillero no valían indicaciones. Era un perdido que no temía ni a Dios ni al diablo. Tiraba tan bien como su abuelo, y cuando enviaba la bala cerca, era porque sólo quería hacer una advertencia. Para acabar con él era preciso matarle. Los guardas, que tenían numerosa familia en sus chozas, acabaron por transigir mudamente con el insolente cazador, y cuando sonaba el estampido de su escopeta fingían oír mal, corriendo siempre en dirección opuesta.

Sangonera, aporreado y despedido de todas partes, sentíase fuerte y orgulloso bajo la protección de Tonet, y cuando entraba en el Saler miraba con insolencia a todos, como un perrillo labrador que cuenta con el amparo del amo. A cambio de esta protección afinaba sus condiciones de vigilante, y si de tarde en tarde alguna pareja de la Guardia Civil venía de la huerta de Ruzafa *Sangonera* la adivinaba antes de verla, como si la husmease.

—¡*Els tricornios!* —decía a su compañero—. ¡*Ya están ahí!*

Los días en que se veían por las inmediaciones de la Dehesa correajes amarillos y tricornios charolados, Tonet y *Sangonera* se refugiaban en la Albufera. Metidos en uno de los barquitos del tío *Paloma*, iban de mata en mata disparando sobre las aves, que recogía el vagabundo, habituado a meterse en agua hasta la barba en pleno invierno.

Las noches de tempestad, obscuras y lluviosas, que esperaba el tío *Paloma* como una bendición, por ser las de las grandes pescas, las pasaban Tonet y *Sangonera* metidos en la barraca de éste, refugiados en un rincón, pues el agua entraba a chorros por los desgarrones de la cubierta.

Tonet estaba a dos pasos de su padre, pero evitaba verle, temiendo su mirada severa y triste. La *Borda* venía cautelosamente a cambiar la ropa de Tonet, a prestar esos cuidados de que sólo es capaz una mujer. La pobre muchacha, fatigada del trabajo del día, remendaba los harapos a la luz de un farol, cerca de los dos vagabundos, sin dirigirles una palabra de reproche, osando únicamente alguna mirada a su hermano con expresión de pena.

Cuando los dos compañeros pasaban la noche solos, hablaban, sin dejar de beber, de sus pensamientos más íntimos. Tonet, habituado por el ejemplo de *Sangonera* a una continua embriaguez, no pudo resistir el peso de su secreto, y comunicó al camarada sus amores con Neleta.

El vagabundo intentó protestar en el primer

momento. Aquello estaba mal hecho. «No desearás la mujer de tu prójimo.» Pero a continuación, llevado del agradecimiento a Tonet, encontró excusas y justificaciones para la falta, con su burda casuística de antiguo sacristán. La verdad era que tenían cierto derecho para quererse. De haberse conocido después de casada Neleta, sus relaciones resultarían un enorme pecado. Pero se trataban desde niños, habían sido novios, y la culpa era de *Cañamèl*, por meterse donde nadie le llamaba, turbando sus relaciones. Bien merecía lo ocurrido. Y recordando las veces que el gordinflón le arrojó de la taberna, reía satisfecho de su infortunio conyugal y se daba por vengado.

Después, cuando no quedaba vino en la bota y comenzaba a languidecer el farolillo, *Sangonera*, con los ojos cerrados por la embriaguez, hablaba desordenadamente de sus creencias.

Tonet, acostumbrado a esta charla, dormitaba sin oírle, mientras la montera de paja de la barraca se conmovía con los empujones del vendaval, dejando filtrar la lluvia.

Sangonera no se cansaba de hablar. ¿Por qué era desgraciado él? ¿Por qué sufría Tonet, ensimismado y aburrido desde que no podía aproximarse a Neleta...? Porque en el mundo todo era injusticia; porque la gente, dominada por el dinero, se empeñaba en vivir al revés de como Dios manda.

Y aproximándose al oído de Tonet, le despertaba, hablando con voz misteriosa de la próxima realización de sus esperanzas. Los buenos tiempos se acercaban. «Él» estaba ya en el mundo. Lo había visto, como veía ahora a Tonet, y le había tocado a él, pobre pecador, con su mano de una divina frialdad. Y por décima vez relataba su encuentro misterioso en la orilla de la Albufera. Volvía del Saler con un paquete de cartuchos para Tonet, y en el camino que bordea el lago había sentido una profunda emoción, como si se aproximase algo que paralizaba sus fuerzas. Las piernas se le doblaron y cayó al suelo, deseando dormir, anularse, no despertar más.

—*Era qu'estabes borracho* —decía Tonet al llegar a este punto.

Pero *Sangonera* protestaba. No, no estaba ebrio. Aquel día bebió poco. La prueba era que permaneció despierto a pesar de que el cuerpo se negaba a obedecerle.

Terminaba la tarde; la Albufera tenía un color morado; a lo lejos, en las montañas, se enrojecía el cielo con oleadas de sangre, y sobre este fondo, avanzando por el camino, vio *Sangonera* un hombre que se detuvo al llegar junto a él.

El vagabundo se estremecía al recordarlo. La mirada dulce y triste, la barba partida, la cabellera larga. ¿Cómo iba vestido? Sólo recordaba una envoltura blanca, algo así como túnica o blusa muy larga, y a la espalda, como abrumado por su peso, un enorme armatoste que *Sangonera* no podía definir. Tal vez era el instrumento de un nuevo suplicio, con el cual se redimirían los hombres... Se inclinó sobre él, y toda la luz del crepúsculo pareció concentrarse en sus ojos. Tendió una mano y rozó con sus dedos la frente de *Sangonera*, con un contacto frío que le estremeció desde la raíz del cabello hasta los talones. Murmuró con voz dulce unas palabras armoniosas y extrañas, que el vagabundo no pudo comprender, y se alejó sonriendo, mientras él, a impulsos de la emoción, caía en un profundo sueño, para despertar horas después en la obscuridad de la noche.

No le había visto más, pero era Él, estaba seguro. Volvía al mundo para salvar su obra, comprometida por los hombres; iba otra vez en busca de los pobres, de los sencillos, de los míseros pescadores de las lagunas. *Sangonera* debía ser uno de los elegidos: por algo le había tocado con su mano. Y el vagabundo anunciaba con el fervor de la fe el propósito de abandonar a su compañero apenas se presentase de nuevo el dulce aparecido.

Pero Tonet protestaba con mal humor viendo interrumpido su sueño, y le amenazaba con voz fosca. ¿Quería callar? Le había dicho muchas veces que aquello no era más que un sueño de borracho. De estar «claro» y «en seco», que es como debía cumplir sus encargos, hubiese visto que el hombre misterioso era cierto italiano vagabundo que pasó dos días en el Palmar afilando cuchillos y tijeras, y llevaba a la espalda la rueda de su oficio.

Enmudecía *Sangonera* por miedo a la mano de su protector, pero su fe se escandalizaba, rebelándose en silencio contra las vulgares explicaciones de Tonet... ¡Volvería a verle! Tenía la certeza de oír de nuevo su lenguaje dulce y extraño, de sentir en su frente la mano helada, de ver su sonrisa suave. Únicamente le entristecía la posibilidad de que el encuentro se repitiera al terminar la tarde, cuando él hubiese apagado muchas veces su sed y viera paralizadas las piernas.

Así pasaban el invierno los dos compañeros: *Sangonera* acariciando las más extravagantes esperanzas; Tonet pensando en Neleta, a la que no veía nunca, pues el joven, en sus raros viajes al Palmar, se detenía en la plaza de la Iglesia, no osando aproximarse a la casa de *Cañamèl*.

Esta ausencia, prolongándose meses y meses, hacía crecer en su memoria el recuerdo de la pasada felicidad, agrandándola con engañosa desproporción. La imagen de Neleta llenaba sus ojos. La veía en la selva, donde se perdieron de niños; en el lago, donde se entregaron rodeados del dulce misterio de la noche. No podía moverse en el círculo de agua y fango donde se desarrollaba su vida, sin tropezar con algo que se la recordase. Aguijoneado por la abstinencia y enardecido por el vigor de su vida errante, dormía Tonet muchas noches con sueño agitado, y *Sangonera* le oía llamar a Neleta con el rugido del macho inquieto.

Un día, Tonet, arrastrado por esta pasión que le enloquecía, sintió la necesidad de verla. *Caña-*

mèl, cada vez más enfermo, había ido a la ciudad. El *Cubano* entró resueltamente en la taberna a mediodía, cuando todos los parroquianos estaban en sus casas y podía encontrar a Neleta sola tras el mostrador.

La tabernera, al verle en la puerta, dio un grito, como si se presentara un resucitado. Un relámpago de alegría pasó por sus ojos; pero inmediatamente se entenebrecieron, como si la razón reapareciese en ella y bajó la cabeza con gesto huraño e inabordable.

—¡*Vesten, vesten...!* —murmuró—. *¿Es que vols pédrem?*

¡Perderla él...! Y esta suposición le causó tal pena, que no osó protestar. Instintivamente retrocedió, y por pronto que quiso arrepentirse de su debilidad, ya estaba en la plaza, lejos de la taberna.

No intentó volver. Cuando pensaba ir a ella, a impulsos de su contenida pasión, bastaba el recuerdo de aquel gesto para que inmediatamente le dominara una gran frialdad. Todo estaba acabado entre los dos. *Cañamèl,* de quien se burlaba en otro tiempo, era un obstáculo insuperable.

El odio que sentía hacia el marido le hacía ir en busca de su abuelo, creyendo que cuanto realizara contra éste era en perjuicio del esposo de Neleta. ¡Dinero! ¡Quería dinero! ¡Se enriquecían con la *Sequiòta,* y a él, que era el amo, lo olvidaban! Estas demandas producían entre abuelo y nieto discusiones y enfados, que milagrosamente no acababan a golpes en la orilla del canal. Los barqueros viejos se asombraban ante la paciencia que mostraba el tío *Paloma* para convencer a su nieto. El año era malo; la *Sequiòta* no daba el resultado que esperaban; además, *Cañamèl* estaba enfermo y se mostraba intratable. El mismo tío *Paloma* deseaba en ciertos momentos que acabase el año y viniera nuevo sorteo, para enviar al diablo un negocio que tantos disgustos le proporcionaba. Su antiguo sistema era el bueno: que cada uno pescase para él; ¡compañías, ni con la mujer...!

Cuando Tonet conseguía arrancar algunos duros a su abuelo, silbaba alegremente a *Sangonera*, y de taberna en taberna iban hasta Valencia, pasando varios días de crápula en los bodegones de los arrabales, hasta que la ligereza de los bolsillos les obligaba a volver a la Albufera.

En las conversaciones con su abuelo se había enterado de la enfermedad de *Cañamèl*. En el Palmar no se hablaba de otra cosa, por ser el tabernero la primera persona del pueblo, ya que casi todos, en los momentos de apuro, solicitaban sus favores. *Cañamèl* se agravaba en sus dolencias: no era aprensión, como todos creían al principio. Su salud estaba quebrantada; pero al verle cada vez más grueso, más hinchado, desbordando grasa, la gente declaraba con gravedad que iba a morir de exceso de salud y buena vida.

Cada vez se quejaba más, sin poder precisar dónde estaba su mal. El reúma traidor, producto de aquella tierra pantanosa, ayudado por una vida de inmovilidad, se paseaba por su corpachón, jugando al escondite, perseguido por las cataplasmas y los remedios caseros, que nunca podían alcanzarle en su loca carrera. El tabernero se quejaba por la mañana de la cabeza y a la tarde del vientre o de la hinchazón de las extremidades. Las noches eran terribles, y más de una vez saltaba del lecho y abría la ventana en pleno invierno, afirmando que se ahogaba en la habitación, no encontrando en ella aire para sus pulmones.

Hubo un momento en que creyó haber desenmascarado su enfermedad. ¡Ya la tenía! ¡Y conocía el nombre de la pícara! Cuando comía mucho, era mayor la dificultad de la respiración y sentía violentas náuseas. Su enfermedad estaba en el estómago. Y comenzó a medicinarse, reconociendo que el tío *Paloma* era un sabio. Lo que él tenía era exceso de comodidades, como decía el barquero; la enfermedad de comer demasiado y beber bien. La abundancia era su enemigo.

La *Samaruca*, su terrible cuñada, se había aproximado a él desde que expulsó a Tonet de la taberna. Al fin, como afirmaba ella con fiereza de arpía, su cuñado había tenido vergüenza una vez.

Salía a su encuentro cuando *Cañamèl* paseaba por el pueblo, le llamaba fuera de la taberna —pues no se atrevía a presentarse ante Neleta dentro de su casa, segura de que la pondría en la puerta—, y en estas entrevistas se enteraba con exagerado interés de la salud del cuñado, lamentando sus locuras. Debía haber permanecido solo después de la pérdida de «la difunta». Había querido hacer el chaval casándose con una muchacha, y todo lo tenía: disgustos y falta de salud. Aquella imprudencia le salía al exterior, y gracias que no le costase la vida.

Cuando *Cañamèl* le habló de la enfermedad del estómago, la maliciosa comadre fijó en él una mirada de asombro, como si por su pensamiento pasase una idea que a ella misma la asustaba. ¿Era realmente en el estómago donde tenía el mal...? ¿No le habrían dado algo, para acabar con él? Y el tabernero, en los malignos ojos de la mala vieja vio una sospecha tan clara, tan odiosa contra Neleta, que se enfureció, faltando poco para que la pegase. ¡Arre allá, mala bestia! Ya lo decía la pobre difunta, que temía a su hermana más que al demonio. Y volvió la espalda a la *Samaruca*, proponiéndose no verla más.

¡Sospechar tales horrores de Neleta...! Nunca se había mostrado su mujer tan buena y solícita con él. Si algo de rencor quedaba en el tío Paco de la época en que Tonet se hacía dueño de la taberna con el apoyo silencioso de su mujer, había desaparecido ante la conducta de Neleta, que olvidaba todos los asuntos del establecimiento para pensar sólo en su marido.

Dudaba ella del saber de aquel médico casi ambulante —triste jornalero de la ciencia que llegaba dos veces por semana al Palmar, aconsejando la quinina a todo pasto, como si no conociera otro medicamento—, y arrollando la creciente pereza de su marido, le vestía como un pequeño, colocándole cada prenda entre quejidos y protestas de reumático, y lo llevaba a Valencia para que le examinasen los médicos de fama. Ella hablaba por él, aconsejándole como una madre para que hiciese todo cuanto le mandaban aquellos señores.

La respuesta era siempre la misma. No tenía más que un reúma, pero un reúma fuerte, que no se localizaba en parte alguna, que dominaba todo el organismo, como resultado de su juventud agitada de vagabundo y de la vida perezosa y sedentaria que llevaba ahora. Debía agitarse, trabajar, hacer mucho ejercicio y, sobre todo, privarse de excesos. Nada de beber, pues se adivinaba en él la profesión de tabernero aficionado a trincar con los parroquianos. Nada de otros abusos. Y los médicos bajaban la voz, completando con guiños significativos sus recomendaciones, que no osaban formular claramente en presencia de una mujer.

Volvían a la Albufera animados por repentina energía después de oír a los médicos. Él estaba dispuesto a todo: quería agitarse, para echar lejos aquella grasa que envolvía su cuerpo, abrumando sus pulmones; iría a los baños que le recomendaban; obedecería a Neleta, que sabía más que él y asombraba con su desparpajo a aquellos señores tan graves. Pero apenas entraba en la taberna, toda su voluntad se desplomaba; se sentía agarrado por la voluptuosidad de la inercia, no atreviéndose a mover un brazo más que a costa de quejidos y supremos esfuerzos. Pasaba los días junto a la chimenea, mirando el fuego con la cabeza vacía, bebiendo copas a instancias de los amigos. ¡Por una más no iba a morir! Y si Neleta le miraba severamente, riñéndole como a un niño, el hombretón se excusaba con humildad. Él no podía despreciar a los parroquianos; había que atenderlos; el negocio era antes que la salud.

En este desaliento, con la voluntad muerta y el cuerpo agarrotado por el dolor, su instinto carnal parecía crecer, aguzándose de tal modo, que le atormentaba a todas horas con pinchazos de fuego. Experimentaba cierto alivio buscando a Neleta. Era un latigazo que conmovía su ser y tras el cual los nervios parecían calmarse. Ella le reñía. ¡Se estaba matando! ¡Debía recordar los consejos de los médicos! Pero el tío Paco excusábase lo mismo que al beber una copa. ¡Por una vez más no iba a morir! Y ella cedía con resignación, brillando en sus ojos de gata una chispa de maligno misterio, como si en el fondo de su ser sintiera un goce extraño por este amor de enfermo que aceleraba el fin de una vida.

Cañamèl gemía, dominado por el carnal instinto. Era su única diversión, su constante pensamiento en medio de la dolorosa inmovilidad del reúma. Por la noche se ahogaba al tenderse en el lecho: tenía que esperar el amanecer sentado en un sillón de cuerda junto a la ventana, con doloroso resuello de asmático. De día sentíase mejor, y cuando se cansaba de tostar sus piernas ante el fuego, entrábase con paso vacilante en las habitaciones interiores.

—¡Neleta...! ¡Neleta! —gritaba con voz ansiosa, en la que su mujer adivinaba una súplica.

Y Neleta iba allá con gesto resignado, abandonando el mostrador a su tía, permaneciendo oculta más de una hora, mientras sonreían los parroquianos, enterados de todo por su vida casi en común con los taberneros.

El tío *Paloma*, que así como se aproximaba el término de la explotación del *redolí* era menos respetuoso con su consocio, decía que *Cañamèl* y su mujer se perseguían en la taberna como los perros en plena calle.

La *Samaruca* afirmaba que estaban asesinando a su cuñado. La tal Neleta era una criminal y su tía una bruja. Entre las dos habían dado algo al tío Paco que le trastornaba el juicio: tal vez los «polvos seguidores» que sabían fabricar ciertas mujeres para vencer el desvío de los hombres. Así andaba el pobre, rabioso tras ella, sin apagar nunca su sed perdiendo cada día un nuevo jirón de salud. ¡Y no había justicia en la tierra para castigar este crimen...!

El estado del tío Paco justificaba las murmuraciones. Los parroquianos le veían inmóvil junto al hogar, aun en pleno verano, buscando el fuego en el que hervían las *paellas*. Las moscas revoloteaban junto a su cara, sin que mostrase voluntad para espantarlas. En los días de sol se envolvía en la manta, gimiendo como un niño, quejándose del frío que le producían los dolores. Sus labios tomaban un color azulado; las mejillas, fláccidas y abultadas, tenían la palidez amarillenta de la cera, y los ojos saltones estaban rodeados de un aureola negra, en la que parecían hundirse. Era un fantasma enorme, grasiento y temblón que entristecía con su presencia a los parroquianos. El tío *Paloma*, que había terminado con *Cañamèl* el negocio del *redolí*, no iba por la taberna. Aseguraba que el vino le parecía menos gustoso mirando aquel fardo de dolores y gemidos. Como el viejo tenía ahora dinero, frecuentaba una tabernilla adonde le habían seguido sus amigos, y la concurrencia de casa *Cañamèl* sufrió gran disminución.

Neleta aconsejaba a su marido que fuese a los baños que recomendaban los médicos. Su tía le acompañaría.

—*Més avant* —respondía el enfermo—. *Después... después.*

Y seguía inmóvil en la silleta de esparto, sin voluntad para separarse de la mujer y de aquel rincón, al que parecía agarrada su existencia.

Los tobillos comenzaron a hinchársele, tomando monstruosas dimensiones. Neleta esperaba esto. Era la hinchazón de los... *maleolos* (eso es, recordaba bien el nombre) que le había anunciado un médico en su último viaje a Valencia.

Esta manifestación de la enfermedad sacó a *Cañamèl* de su sopor. Ya sabía él lo que era aquello: la humedad maldita del Palmar que se le metía por los pies al permanecer quieto. Y obedeció a Neleta, que le ordenaba trasladarse a otro terreno. En Ruzafa tenían, como todos los ricos del Palmar, su casita alquilada para casos de enfermedad. Allí podría valerse de los médicos y las farmacias de Valencia. *Cañamèl* emprendió el viaje, acompañado de la tía de su mujer, y estuvo ausente unos quince días. Pero apenas la hinchazón decreció un poco, el tío Paco quiso volver, afirmando que ya estaba bueno. No podía vivir sin su Neleta. En Ruzafa sentía el frío de la muerte cuando, al llamar a su esposa, se presentaba la tía, con su cara arrugada y hocicuda de anguila vieja.

Volvió a reanudar los antiguos hábitos, sonando en la taberna el débil quejido de *Cañamèl* como un continuo lamento.

A principios del otoño tuvo que volver a Ruzafa en peor estado. La hinchazón comenzaba a extenderse por sus piernas enormes, desfiguradas por el reúma, verdaderas patas de elefante, que arrastraba con dificultad, apoyándose en el más cercano y lanzando un quejido al colocar el pie en el suelo.

Neleta acompañó a su marido hasta la barca-correo. La tía había ido delante, por la mañana, en el «carro de las anguilas», para preparar la casita de Ruzafa.

Por la noche, al acostarse, después de cerrada la taberna, Neleta creyó oír por el lado que daba al canal un silbido tenue que conocía desde niña. Entreabrió una ventana para mirar. ¡Él estaba allí! Paseaba como un perro triste, con la vaga esperanza de que le abrieran. Neleta cerró, volviéndose a la cama. Resultaba una locura el propósito de Tonet. No era tonta para comprometer su porvenir en un rapto de apasionamiento juvenil. Como decía su enemiga la *Samaruca*, ella sabía más que una vieja.

Halagada, sin embargo, por el apasionamiento de Tonet, que corría a ella tan pronto como la consideraba sola, la tabernera se durmió pensando en su amante. Había que dejar correr el tiempo. Tal vez, cuando menos lo esperasen, retoñaría la antigua felicidad.

La vida de Tonet había sufrido un nuevo cambio. Volvía a ser bueno, a vivir con su padre, a trabajar en los campos, que estaban casi cubiertos de tierra gracias a la tenacidad del tío Tòni.

Los desmanes del *Cubano* en la Dehesa habían terminado. La Guardia Civil de la huerta de Ruzafa visitaba con frecuencia la selva. Aquellos soldados bigotudos, de cara inquisitorial, hacían llegar hasta él su resolución de contestar con una bala de máuser el primer escopetazo que disparase entre los pinos. El *Cubano* aprovechó la advertencia. Las gentes del correaje amarillo no eran como los guardias de la Dehesa: podían dejarlo tendido al pie de un árbol y después pagaban con un pedazo de papel dando cuenta del hecho. Licenció a *Sangonera,* y otra vez volvió el vagabundo a su vida errante, coronándose de flores de los ribazos cuando estaba ebrio y buscando por el lago la mística aparición que tanto le había impresionado.

Tonet, por su parte, colgó la escopeta en la barraca de su padre y juró ante éste un arrepentimiento eterno. Quería que le tuvieran por hombre grave. Sería para el tío Tòni respetuoso y bueno, como éste lo había sido con el abuelo. Acababan para siempre las calaveradas. El padre, enternecido, abrazó a Tonet, lo que no había hecho desde que volvió de Cuba, y juntos se entregaron al enterramiento de los campos con el ardor del que ve su obra próxima a terminar.

La tristeza daba nuevas fuerzas a Tonet, endureciendo su voluntad. Impulsado por la pasión, que le roía las entrañas, había rondado varias noches en torno de la taberna, sabiendo que Neleta estaba sola. Había visto entreabrirse levemente las hojas de una ventana y volver a cerrarse. Sin duda le había reconocido, y a pesar de esto, permanecía muda, inabordable. Nada debía esperar. Sólo le quedaba el cariño de los suyos. Y cada vez se unía más al tío Tòni y la *Borda*, participando de sus ilusiones y sus penas, compartiendo con ellos la miseria y admirándoles con la sencillez de sus costumbres, pues apenas bebía y pasaba las veladas relatando al padre sus aventuras de guerillero. La *Borda* mostrábase radiante de felicidad, y cuando hablaba con alguna vecina, era para elogiar a su hermano. ¡El pobre Tonet! ¡Cuán bueno era! ¡Cómo alegraba al pobre cuando quería...!

Neleta abandonó repentinamente la taberna para ir a Ruzafa. Tan grande fue su prisa, que no quiso esperar la barca-correo, y llamó al tío *Paloma* para que en su barquito la condujese al Saler, al puerto de Catarroja, a cualquier punto de tierra firme desde donde pudiera dirigirse a Ruzafa.

Cañamèl estaba muy grave: agonizaba. Para Neleta no era esto lo más importante. Su tía había llegado por la mañana con noticias que la dejaron inmóvil de sorpresa tras el mostrador. La *Samaruca* estaba en Ruzafa hacía cuatro días. Se había metido en la casa como parienta, y la pobre tía no osaba protestar. Además llevaba con ella a su sobrino, al que quería como un hijo, y que vivía con ella: el mismo a quien Tonet había pegado la noche de *les albaes*. Al principio la enfermera calló, con su bondad de mujer sencilla: eran parientes de *Cañamèl* y no tenía tan mal corazón que fuese a privar al enfermo de estas visitas. Pero después oyó algunas de las conversaciones de *Cañamèl* y su cuñada. Aquella bruja se esforzaba por convencerle de que nadie le quería como ella y el sobrino. Hablaba de Neleta, asegurando que, tan pronto como él emprendió el viaje, el nieto del tío *Paloma* entraba en su casa todas las noches. Además... —aquí vacilaba de miedo la vieja— el día anterior se presentaron en la casa dos señores conducidos por la *Samaruca* y su sobrino: uno que preguntaba a *Cañamèl* con voz queda y otro que escribía. Debía ser cosa de testamento.

Ante esta noticias, Neleta se mostró tal como era. Su vocecita mimosa, de dulzonas inflexiones, se tornó ronca; brillaron como si fuesen de talco las claras gotas de sus ojos, y por su piel blanca corrió una oleada de verdosa palidez.

—*¡Recordóns!* —gritó, como un barquero de los que concurrían a la taberna.

¿Y para esto se había casado ella con *Cañamèl*? ¿Para esto aguantaba una enfermedad interminable, esforzándose por aparecer dulce y cariñosa? Vibraba en pie dentro de ella, con toda su inmensa fuerza, el egoísmo de la muchacha rústica que coloca el interés por encima del amor.

En el primer impulso quiso golpear a su tía, que le comunicaba tales noticias a última hora, cuando tal vez no había remedio. Pero la explosión de cólera le haría perder tiempo, y prefirió correr a la barca del tío *Paloma*, con tanta prisa, que ella misma empuñó una percha para salir cuanto antes del canal y tender la vela.

A media tarde entró como un huracán en la casita de Ruzafa. Al verla, la *Samaruca*, palideció, e instintivamente fue de espaldas a la puerta; pero apenas intentó retirarse, la alcanzó una bofetada de Neleta, y las dos mujeres se agarraron del pelo mudamente, con sorda rabia, revolviéndose, yendo de un lado a otro, chocando contra las paredes, haciendo rodar los muebles, con las manos crispadas hundidas en el moño, como dos vacas uncidas que se pelearan con las cabezas juntas sin poder separarse.

La *Samaruca* era fuerte e inspiraba cierto miedo a las comadres del Palmar, pero Neleta, con su sonrisita dulce y su voz melosa, ocultaba una vivacidad de víbora, y mordía a su enemiga en la cara con un furor que la hacía tragarse la sangre.

—¿Qu'es aixó? —gemía en una habitación inmediata la voz de *Cañamèl*, asustado por el estruendo—. ¿Qué pasa...?

El médico que estaba con él salió del dormitorio, y ayudado por el sobrino de la *Samaruca*, pudo separar a las dos mujeres, después de grandes esfuerzos y de recibir no pocos arañazos. En la puerta se agolpaban los vecinos. Admiraban el ciego ensañamiento con que riñen las mujeres, y alababan el coraje de la rubia pequeñita, que lloraba por no poder «desahogarse» más.

La cuñada de *Cañamèl* huyó, seguida de su sobrino; cerróse la puerta de la casa, y Neleta, con los pelos en desorden y la blanca tez enrojecida por los arañazos, entró en el cuarto del marido después de limpiarse la sangre ajena que manchaba sus dientes.

Cañamèl era una ruina. Las piernas hinchadas, monstruosas; el edema, según decía el médico, se extendía ya por el vientre, y la boca tenía la lividez azul de los cadáveres.

Parecía aún más enorme sentado en un sillón de cuerda, con la cabeza hundida entre los hombros, sumido en un sopor de apoplético, del que sólo lograba salir a costa de grandes esfuerzos. No preguntó la causa del estruendo, como si la hubiese olvidado instantáneamente, y sólo al ver a su mujer hizo un torpe gesto de alegría y murmuró:

—*Estic molt mal... molt mal.*

No podía moverse. Tan pronto como intentaba acostarse se ahogaba, y había que correr a levantarlo, como si hubiese llegado su última hora.

Neleta hizo sus preparativos para quedarse allí. La *Samaruca* no se burlaría más. No soltaba a su marido hasta llevárselo bueno al pueblo.

Pero ella misma hacía un gesto de incredulidad ante la esperanza de que *Cañamèl* pudiera volver a la Albufera. Los médicos no ocultaban su triste opinión. Se moría de un reumatismo cardíaco, de *asistolia*. Era enfermedad sin remedio; el corazón quedaría falto de contracción en el momento menos esperado, y acabaría la vida.

Neleta no abandonaba a su marido. Aquellos señores que habían escrito papeles cerca de él no se apartaban de su pensamiento. La enfurecía el amodorramiento de *Cañamèl*; quería saber qué es lo que había dictado bajo la maldita inspiración de su *Samaruca*, y le sacudía para hacerle salir de su sopor.

Pero el tío Paco, al reanimarse un momento, contestaba siempre lo mismo. Todo lo había dispuesto bien. Si ella era buena, si le quería como tantas veces se lo había jurado, nada debía temer.

A los dos días murió *Cañamèl* en su sillón de esparto, asfixiado por el asma, hinchado, con las piernas lívidas.

Neleta apenas lloró. Otra cosa la preocupaba. Cuando el cadáver hubo salido para el cementerio y ella se vio libre de los consuelos que le prodigaban las gentes de Ruzafa, sólo pensó en buscar al notario que había redactado el testamento y enterarse de la voluntad de su esposo.

No tardó en lograr su deseo. *Cañamèl* había sabido hacer bien las cosas, como afirmaba en sus últimos momentos.

Declaraba su heredera a Neleta, sin mandas ni legados. Pero ordenaba que si ella volvía a casarse o demostraba con su conducta sostener relaciones amorosas con algún hombre, la parte de su fortuna de que podía disponer pasase a su cuñada y a todos los parientes de la primera esposa.

VIII

Nadie supo cómo volvió Tonet a la taberna del difunto *Cañamèl*.

Los parroquianos le vieron una mañana sentado ante una mesilla, jugando al truque con *Sangonera* y otros desocupados del pueblo, y nadie lo extrañó. Era natural que Tonet frecuentase un establecimiento del que era Neleta única dueña.

Volvió el *Cubano* a pasar allí su vida, abandonando de nuevo al padre, que había creído en una total conversión. Pero ahora ya no se reproducía entre él y la tabernera aquella confianza que escandalizaba al Palmar con sus alardes de fraternidad sospechosa. Neleta, vestida de luto, estaba tras el mostrador, embellecida por cierto aire de autoridad. Parecía más grande al verse rica y libre. Bromeaba menos con los parroquianos; mostrábase de una virtud arisca; acogía con torvo ceño y apretando los labios las bromas a que estaban habituados los concurrentes, y bastaba que algún bebedor rozase al tomar el vaso sus brazos arremangados, para que Neleta sacase las uñas, amenazando con plantarlo en la puerta.

La concurrencia aumentaba desde que había desaparecido el doliente e hinchado espectro de *Cañamèl*. El vino servido por la viuda parecía mejor, y las tabernillas del Palmar volvían a despoblarse.

Tonet no osaba fijar sus ojos en Neleta, como temiendo los comentarios de la gente. ¡Ya hablaba bastante la *Samaruca* viéndole otra vez en la taberna! Jugaba, bebía, se sentaba en un rincón, como lo hacía *Cañamèl* en otros tiempos, y parecía dominado a distancia por aquella mujer que a todos miraba menos a él.

El tío *Paloma* comprendía con su habitual astucia la situación del nieto. Estaba siempre allí por no disgustar a la viuda, que deseaba tenerle bajo su vista, ejercer sobre él una autoridad sin límites. Tonet «montaba la guardia», como decía el viejo, y aunque de vez en cuando sentía deseos de salir a los carrizales a disparar unos cuantos escopetazos, callaba y permanecía quieto, temiendo sin duda las recriminaciones de Neleta cuando se viesen a solas.

Mucho había sufrido ella en los últimos tiempos aguantando las exigencias del dolorido *Cañamèl*, y ahora que era rica y libre se resarcía haciendo pesar su autoridad sobre Tonet.

El pobre muchacho, asombrado de la prontitud con que la muerte arreglaba las cosas, dudaba aún de su buena fortuna al verse en casa de *Cañamèl*, sin miedo a que apareciese el irritado tabernero. Contemplando aquella abundancia, de la que Neleta era única dueña, obedecía todas las exigencias de la viuda.

Ella le vigilaba con duro cariño, semejante a la severidad de una madre.

—*No begues més* —decía a Tonet, que, incitado por *Sangonera*, se atrevía a pedir nuevos vasos en el mostrador.

El nieto del tío *Paloma*, obediente como un niño, se negaba a beber y permanecía inmóvil en su asiento, respetado por todos, pues nadie ignoraba sus relaciones con la dueña de la casa.

Los parroquianos que habían presenciado su intimidad en tiempos de *Cañamèl*, encontraban lógico que los dos se entendiesen. ¿No habían sido novios? ¿No se habían querido, hasta el punto de excitar los celos del cachazudo tío Paco...? Se casarían ahora, tan pronto como pasasen los meses de espera que la ley exige a la viuda, y el *Cubano* daríase aires de legítimo dueño tras aquel mostrador que ya había asaltado como amante.

Los únicos que no aceptaban esta solución eran la *Samaruca* y sus parientes. Neleta no se casaría: estaban seguros de ello. Era demasiado mala aquella mujercita de melosa lengua para hacer las cosas como Dios manda. Antes que realizar el sacrificio de ceder a los parientes de la primera esposa lo que era muy suyo, preferiría vivir enredada con el *Cubano*. Para ella nada tenía esto de nuevo. ¡Cosas más grandes había visto el pobre *Cañamèl* antes de morir...!

Espoleados por el testamento que les ofrecía la posibilidad de ser ricos y por la convicción de que Neleta no había de allanarles el camino casándose, la *Samaruca* y los suyos ejercían un minucioso espionaje en torno de los amantes.

Por las noches, a altas horas, cuando se cerraba la taberna, la feroz mujerona, arrebujada en su mantón, espiaba la salida de los parroquianos, buscando entre ellos a Tonet.

Veía a *Sangonera* que se retiraba a su barraca con paso inseguro. Los compañeros le perseguían con sus burlas preguntándole si había vuelto a encontrar al afilador italiano. Él, en medio de su embriaguez, se serenaba... ¡Pecadores! ¡Parecía imposible que siendo cristianos se burlasen de aquel encuentro...! Ya vendría el que todo lo puede, y su castigo sería no reconocerlo, no seguirlo, privándose de la felicidad reservada a los escogidos.

Algunas veces, al quedarse solo *Sangonera* ante su barraca, lo abordaba la *Samaruca*, surgiendo de la obscuridad como una bruja. ¿Dónde estaba Tonet...? Pero el vagabundo sonreía maliciosamente, adivinando las intenciones de la mujerona. ¡Preguntitas a él! Y extendiendo sus manos con un gesto vago, como si quisiera abarcar toda la Albufera, contestaba:

—¿*Tonet*...? *Per lo mon; per lo mon.*

La *Samaruca* era infatigable en sus averiguaciones. Antes de romper el día ya estaba frente a la barraca de los *Palomas*, y al abrir la puerta la *Borda* entablaba conversación con ella, mientras lanzaba ávidas miradas al interior de la vivienda para ver si Tonet estaba dentro.

La implacable enemiga de Neleta adquirió la convicción de que el joven se quedaba por las noches en la taberna. ¡Qué escándalo! ¡Cuando sólo hacía unos meses que había muerto *Cañamèl*! Pero lo que más le irritaba de esta audacia amorosa era que el testamento del tabernero quedase sin cumplir y la mitad de sus bienes siguiera en poder de la viuda, en vez de pasar a los parientes de la primera mujer. La *Samaruca* hizo viajes a Valencia: se enteró de personas que conocían las leyes por las puntas de las uñas, y pasó el tiempo en continua agitación, acechando noches enteras por los alrededores de la taberna acompañada de parientes que habían de servirla de testigos. Esperaba que Tonet saliese de la casa antes del amanecer, para probar de este modo sus relaciones con la viuda. Pero las puertas de la taberna no se abrían en toda la noche: la casa permanecía obscura y silenciosa, como si todos durmiesen en su interior el sueño de la virtud. Por la mañana, cuando la taberna se abría, Neleta mostrábase tras el mostrador tranquila, sonriente, fresca, mirando a todos frente a frente, como la que nada tiene que reprocharse; y mucho tiempo después, Tonet aparecía como por arte de encantamiento, sin que los parroquianos supiesen ciertamente si había entrado por la puerta que daba a la calle o la del canal.

Era difícil pillar en falta a aquella pareja. La *Samaruca* se desesperaba, reconociendo la astucia de Neleta. Para evitar confidencias había despedido a la criada de la taberna, reemplazándola con su tía, aquella vieja sin voluntad, resignada a todo, que sentía cierto respeto no exento de miedo ante el genio violento de la sobrina y las riquezas de su viudez.

El vicario don Miguel, enterado de los sordos trabajos de la *Samaruca*, agarró más de una vez a Tonet, sermoneándole para que evitase el escándalo. Debían casarse: cualquier día podían sorprenderles los del testamento, y se hablaría del hecho en toda la Albufera. Aunque Neleta perdiese una parte de su herencia, ¿no era mejor vivir como Dios manda, sin tapujos ni mentiras? El *Cubano* movía los hombros. Él deseaba el matrimonio, pero ella debía resolver. Neleta era la única mujer del Palmar que, con su acostumbrada dulzura, hacía frente al rudo vicario; por esto se indignaba al oír sus reprimendas. ¡Todo eran mentiras! Ella vivía sin faltar a nadie. No necesitaba hombres. Le precisaba un criado en la taberna, y tenía a Tonet, que era su compañero de la niñez... ¿Es que no podía escoger, en una casa como la suya, llena de «intereses» al que le mereciese más confianza? Ya sabía ella que todo eran calumnias de la *Samaruca* para que la regalase los campos de arroz de «su difunto»: la mitad de una fortuna a cuya creación había contribuido como esposa honrada y laboriosa. Pero ¡estaba fresca aquella bruja si esperaba la herencia! ¡primero se secaría la Albufera!

La avaricia de la mujer rural se revelaba en Neleta con una fogosidad capaz de los mayores arrebatos. Despertábase en ella el instinto de varias generaciones de pescadores miserables roídos por la miseria, que admiraban con envidia la riqueza de los que poseen campos y venden el vino a los pobres, apoderándose lentamente del dinero. Recordaba su niñez hambrienta, los días de abandono, en los que se colocaba humildemente en la puerta de los *Palomas* esperando que la madre de Tonet se apiadase de ella; los esfuerzos que tuvo que hacer para conquistar a su marido y sufrirle durante su enfermedad; y ahora que se veía la más rica del Palmar, ¿tendría, por ciertos escrúpulos que repartir su fortuna con gentes que siempre la habían hecho daño? Sentíase capaz de un crimen, antes que entregar un alfiler a los enemigos. La posibilidad de que pudiese ser de la *Samaruca* una parte de las tierras de arroz que ella cuidaba con tanta pasión la hacía ver rojo de cólera, y sus manos se crispaban con la misma furia que en Ruzafa la hizo arrojarse sobre su enemiga.

La posesión de la riqueza la transformaba. Mucho quería a Tonet, pero entre éste y sus bienes, no dudaba en sacrificar al amante. Si abandonaba a Tonet, volvería más o menos pronto, pues su vida estaba encadenada para siempre a ella; pero si soltaba la más pequeña parte de su herencia, ya no la vería nunca.

Por esto acogió con indignación las tímidas proposiciones que le hizo por la noche Tonet en el silencio del piso alto de la taberna.

Al *Cubano* le pesaba esta vida de huidas y ocultaciones. Deseaba ser dueño legal de la taberna; deslumbrar a todo el pueblo con su nueva posición, hombrearse con las gentes que le habían despreciado. Además —y esto lo ocultaba cuidadosamente—, siendo marido de Neleta le pesaría menos el carácter dominador de ésta, su despotismo de mujer rica que puede poner al amante en la puerta y abusa de la situación. Ya que le quería, ¿por qué no se casaban?

Pero en la obscuridad de la alcoba, al decir esto Tonet, sonaban los jergones de maíz del lecho con los movimientos impacientes de Neleta. Su voz tenía la ronquera de la rabia... ¿Él también...? No, hijo; sabía lo que necesitaba hacer, y no pedía consejos. Bien estaban así. ¿Le faltaba algo? ¿no disponía de todo como si fuera el dueño? ¿Para qué darse el gusto de que los casase don Miguel, y después, tras la ceremonia, abandonar la mitad de su fortuna en las manos puercas de la *Samaruca*? ¡Antes se dejaría cortar un brazo que amputar su herencia! Además, ella conocía el mundo; salía algunas veces del lago, iba a la ciudad, donde los señores admiraban su desparpajo, y no se le ocultaba que lo que en el Palmar aparecía como una fortuna, fuera de la Albufera no llegaba a una decorosa miseria. Tenía sus pretensiones de ambiciosa. No siempre había de estar llenando copas y tratando con beodos; quería acabar sus días en Valencia, en un piso, como una señora que vive de sus rentas. Prestaría el dinero mejor que *Cañamèl*; se ingeniaría para que su fortuna se reprodujese con incesante fecundidad, y cuando fuese rica de veras, tal vez se decidiera a transigir con la *Samaruca*, entregándola lo que ella miraría entonces como una miseria. Cuando esto llegase, podía hablarla de casamiento, si seguía portándose bien y obedeciéndola sin disgustos. Pero en el presente no, ¡*recordóns!*, nada de casorios ni de dar dinero a nadie; ¡primero se dejaba abrir por el vientre como una tenca!

Y era tanta su energía al expresarse de esta manera que Tonet no osaba replicar. Además, aquel mozo que pretendía imponerse por su valor a todo el pueblo sentíase dominado por Neleta y la tenía miedo, adivinando que no estaba tan seguro de su afecto como creyó al principio.

No era que Neleta se cansase de aquellos amores. Le quería, pero su riqueza la daba sobre él una gran superioridad. Además, la mutua posesión durante las noches interminables del invierno, en la taberna cerrada y sin correr riesgo alguno, había amortiguado en ella la excitación del peligro, la temblorosa voluptuosidad que la dominaba en tiempos de *Cañamèl* al besarse tras las puertas o tener sus citas rápidas en los alrededores del Palmar, siempre expuestos a una sorpresa.

A los cuatro meses de esta vida casi marital, sin otro obstáculo que la vigilancia de la *Sama-*

ruca, fácilmente burlada, Tonet creyó por un momento que podrían realizarse sus deseos matrimoniales. Neleta se mostraba preocupada y grave. La arruga vertical de su entrecejo delataba penosos pensamientos. Por los más insignificantes pretextos reñía con Tonet; lo insultaba, repeliéndolo y lamentándose de su amor, maldiciendo el momento de debilidad en que le había abierto los brazos; pero después, a impulsos de la carne, lo aceptaba de nuevo, entregándose con abandono, como si la pena que la dominaba fuese irreparable.

Su humor desigual y nervioso convertía las noches de amor en agitadas entrevistas, durante las cuales alternaban las caricias con las recriminaciones, y faltaba poco para que se mordieran las bocas que momentos antes se besaban. Por fin, una noche, Neleta, con palabras entrecortadas por la rabia, reveló el secreto de su estado. Había enmudecido hasta entonces, dudando de su desgracia; pero ahora, tras dos meses de observación, estaba segura. Iba a ser madre... Tonet se sintió aterrado y satisfecho al mismo tiempo mientras ella continuaba sus lamentaciones. Aquello podía haber ocurrido, viviendo *Cañamèl*, sin peligro alguno. Pero el demonio, que sin duda andaba de por medio, había creído mejor hacer surgir el obstáculo en momentos difíciles, cuando ella estaba interesada en ocultar sus amores para no dar gusto a los enemigos.

Tonet, pasado el primer momento de sorpresa, la preguntó con timidez qué pensaba hacer. En el temblor de su voz adivinó ella los ocultos pensamientos del amante, y rompió a reír con una carcajada irónica, burlona, que revelaba el temple de su alma. ¡Ah! ¿creía que por esto iba a casarse? No la conocía. Podía estar seguro de que antes se mataba que ceder ante sus enemigos. Lo suyo era muy suyo, y le defendería. ¡De ésta no se casaba Tonet, pues para todo hay remedio en el mundo...!

Pasó esta explosión de rabia por la jugarreta

que se permitía la naturaleza sorprendiéndolos cuando más seguros se creían; y Neleta y Tonet continuaron su vida como si nada ocurriese, evitando hablar del obstáculo que surgía entre ellos, familiarizándose con él, tranquilos porque su realización era aún remota y confiando vagamente en cualquier circunstancia inesperada que pudiera salvarles.

Neleta, sin hablar de ello al amante, buscaba el medio de deshacerse de la nueva vida que sentía latir en sus entrañas como una amenaza para su avaricia.

La tía, asustada por sus confidencias, hablaba de remedios poderosos. Recordaba sus conversaciones con las viejas del Palmar al lamentarse de la rapidez con que se reproducen las familias en la miseria. Por consejo de su sobrina, iba a Ruzafa o entraba en la ciudad para consultar las curanderas que gozaban de obscura fama en las últimas capas sociales, y volvía allá con extraños remedios compuestos de ingredientes repugnantes que volcaban el estómago.

Tonet, muchas noches sorprendía en el cuerpo de Neleta emplastos hediondos, a los que la tabernera concedía la mayor fe: cataplasmas de hierbas silvestres, que daban a sus veladas de amor un ambiente de brujería.

Pero todos los remedios demostraban su ineficacia con el curso del tiempo. Pasaban los meses y Neleta se convencía con gran desesperación de la inutilidad de sus esfuerzos.

Como decía la tía, aquel ser oculto estaba bien «agarrado», y en vano luchaba Neleta por anularlo dentro de sus entrañas.

Las entrevistas de los amantes durante la noche eran borrascosas. Parecía que *Cañamèl* se vengaba, resucitando entre los dos, para empujarlos el uno contra el otro.

Neleta lloraba de desesperación, acusando a Tonet de su desgracia. Él era el culpable; por él veía comprometido su porvenir. Y cuando, con la nerviosidad de su estado, se cansaba de insultar al *Cubano*, fijaba sus ojos iracundos en el vientre, que, libre de la opresión a que estaba sometido durante el día para burlar la curiosidad de los extraños, parecía crecer cada noche con monstruosa hinchazón. Neleta odiaba con furor salvaje el ser oculto que se movía en sus entrañas, y con el puño cerrado se golpeaba bestialmente, como si quisiera aplastarlo dentro de la cálida envoltura.

Tonet también lo odiaba, viendo en él una amenaza. Contagiado por la codicia de Neleta, pensaba con terror en la pérdida de una parte de aquella herencia que consideraba como suya.

Todos los remedios de que había oído hablar confusamente en las libres conversaciones entre barqueros los aconsejaba a su amante. Eran pruebas brutales, atentados contra la naturaleza que ponían los pelos de punta, o remedios ridículos que hacían sonreír; pero la salud de Neleta se burlaba de todo. Aquel cuerpo, en apariencia delicado, era fuerte y sólido y seguía en silencio cumpliendo la más augusta función de la naturaleza, sin que los malvados deseos pudieran torcer ni retardar la santa obra de la fecundidad.

Pasaban los meses. Neleta tenía que hacer grandes esfuerzos, sufrir inmensas molestias para ocultar su estado a todo el pueblo. Se apretaba el corsé por las mañanas de un modo cruel, que hacía estremecer a Tonet. Muchas veces le faltaban las fuerzas para contener el desbordamiento de la maternidad.

—*Tira... tira!* —decía ofreciendo al amante los cordones de su corsé con un gesto fiero, apretando los labios para contener los suspiros de dolor.

Y Tonet tiraba, sintiendo en la frente un sudor frío, estremeciéndose de la voluntad que demostraba aquella mujercita, rugiendo sordamente y tragándose las lágrimas de su angustia.

Se pintaba el rostro y echaba mano de toda la perfumería barata para mostrarse en la taberna fresca, tranquila y hermosa como siempre, sin que nadie pudiese leerle en el rostro los síntomas de su estado. La *Samaruca*, que husmeaba como un perdiguero en torno de la casa, presentía algo anormal al lanzar sus rápidas miradas pasando por la puerta. Las demás mujeres, con la experiencia de su sexo, adivinaban lo que ocurría a la tabernera.

Un ambiente de sospecha y de vigilancia parecía formarse en torno de Neleta. Se murmuraba mucho en las puertas de las barracas. La *Samaruca* y los parientes disputaban con las mujeres que no querían aceptar sus afirmaciones. Las comadres chismosas, en vez de enviar a sus pequeños a la taberna por vino o aceite, iban en persona a plantarse ante el mostrador, buscando con varios pretextos que la tabernera se levantase de la silla, que se moviera para servirlas, mientras ellas la seguían con mirada voraz, apreciando las líneas de su talle agarrotado.

—*Si qu'está* —decían unas con aire de triunfo al avistarse con las vecinas.

—*No está* —gritaban otras—. *Tot son mentires*

Y Neleta, que adivinaba la causa de tantas idas y venidas, acogía con sonrisa burlona a las curiosas... ¡Tanto bueno por aquí! ¿Qué mosca les había picado, que no podían pasar sin verla...? ¡Parecía que en su casa se ganaba un jubileo...!

Pero esta alegría insolente, la audacia con que provocaba la curiosidad de las comadres, evaporábase por la noche, después de una jornada de sufrimientos asfixiantes y de forzada serenidad. Al despojarse de la coraza de ballenas caía repentinamente su valor, como el del soldado que se ha excedido en un empeño heroico y no puede más. El desaliento se apoderaba de ella, al mismo tiempo que las hinchadas entrañas se esparcían libres de opresión. Pensaba con terror en el suplicio que había de sufrir el día siguiente para ocultar su estado.

No podía más. Ella, tan fuerte, lo declaraba a Tonet en el silencio de unas noches que ya no eran de amor, sino de zozobra y dolorosas confidencias. ¡Maldita salud! ¡Cómo envidiaba ella a las mujeres enfermizas en cuyas entrañas jamás germina la vida...!

En estos instantes de desaliento hablaba de huir, de dejar la taberna encomendada a su tía, refugiándose en un barrio apartado de la ciudad hasta que saliera del mal paso. Pero la reflexión la hacía ver inmediatamente lo inútil de la fuga. La imagen de la *Samaruca* surgía ante ella. Huir equivaldría a acreditar lo que hasta entonces sólo eran sospechas. ¿Dónde iría que no la siguiese la feroz cuñada de *Cañamèl*...?

Además, estaban a fines del verano. Iba a recoger la cosecha de sus campos de arroz y despertaría la curiosidad de todo el pueblo una ausencia injustificada, tratándose de una mujer que con tanto celo cuidaba sus intereses.

Se quedaría. Afrontaría cara a cara el peligro: permaneciendo en su sitio la vigilarían menos. Pensaba con terror en el parto, misterio doloroso que aún aparecía más lúgubre envuelto para ella en las sombras de lo desconocido, y procuraba olvidar su miedo ocupándose de las operaciones de la siega, regateando con los braceros el precio de su trabajo. Reñía a Tonet, que por encargo suyo iba a vigilar a los jornaleros, pero llevando siempre en el barquito la escopeta de *Cañamèl* y su fiel perra la *Centella*, y ocupándose más de disparar a las aves que de contar las gavillas del arroz.

Algunas tardes abandonaba la taberna al cuidado de la tía y marchaba a la era, una replaza de barro endurecido en medio del agua de los campos. Estas excursiones eran un calmante para su dolorosa situación.

Oculta tras las gavillas, arrancábase el corsé con gesto angustioso y se sentaba al lado de Tonet, sobre la enorme pila de paja de arroz, que esparcía un olor punzante. A sus pies daban vueltas los caballos en la monótona tarea de la trilla, y ante ellos extendía la Albufera su inmensa lámina verde, reflejando invertidas las montañas rojas y azuladas que cortaban el horizonte.

Estas tardes serenas calmaban la inquietud de los dos amantes. Se sentían más felices que en la cerrada alcoba, cuya obscuridad se poblaba de terrores. El lago sonreía dulcemente al arrojar de sus entrañas la cosecha anual; los cantos de los trilladores y de los tripulantes de las grandes barcas cargadas de arroz parecían arrullar a la Albufera madre después de aquel parto que aseguraba la vida a los hijos de sus riberas.

La calma de la tarde dulcificaba el carácter irritado de Neleta, infundiéndola nuevas confianzas. Contaba con los dedos el curso de los meses y el término de la gestación que se verificaba en sus extrañas. Faltaba poco tiempo para el penoso suceso que podía cambiar la suerte de su vida. Sería al mes siguiente, en noviembre, tal vez cuando se celebrasen en la Albufera las grandes tiradas llamadas de San Martín y Santa Catalina. Al contar, recordaba que aún no hacía un año que *Cañamèl* había muerto; y con su instinto de perversa inconsciente, deseosa de arreglar su vida de acuerdo con la dicha, se lamentaba de no haberse entregado meses antes a Tonet. Así hubiera podido ostentar su estado sin miedo, atribuyendo al marido la paternidad del nuevo ser.

La posibilidad de que la muerte interviniese en sus asuntos reanimaba su confianza. ¿Quién sabe si después de tantos terrores iba a nacer muerta la criatura? No sería la primera. Y los amantes, engañados por esta ilusión, hablaban del niño muerto como de una circunstancia segura, inevitable y Neleta espiaba los movimientos de sus entrañas, mostrándose satisfecha cuando el oculto ser no daba señales de vida. ¡Se moriría! Era indudable. La buena suerte que la había acompañado siempre no iba a abandonarla.

El término de la recolección la distrajo de estas preocupaciones. Los sacos de arroz se amontonaban en la taberna. La cosecha ocupaba los cuartos interiores de la casa, se apilaba junto al mostrador, quitando sitio a los parroquianos, y hasta ocupaba los rincones del dormitorio de Neleta. Ésta admiraba la riqueza encerrada en los sacos, embriagándose por el polvillo astringente del arroz. ¡Y pensar que la mitad de aquel tesoro podía haber sido de la *Samaruca*...! Sólo al recordar esto, Neleta sentía renacer sus fuerzas a impulsos de la cólera. Sufrió mucho con la dolorosa ocultación de su estado, pero antes morir que resignarse al despojo.

Bien necesitaba de estas resoluciones enérgicas. Su situación se agravaba. Hinchábanse sus pies, sentía un irresistible deseo de no moverse, de permanecer en la cama; y a pesar de esto bajaba al mostrador todos los días, pues el pretexto de una enfermedad podía avivar las sospechas. Movíase con lentitud cuando los parroquianos la obligaban a levantarse, y su forzada sonrisa era una crispación dolorosa que hacía estremecerse a Tonet. El talle agarrotado parecía próximo a hacer estallar la fuerte envoltura de ballenas.

—¡*No puc més!* —gemía desesperada al desnudarse, arrojándose de bruces en el lecho.

Los dos amantes, en el silencio de la alcoba, cambiaban sus palabras con cierto terror, como si viesen levantarse entre ellos el fantasma amenazante de su falta... ¿Y si el niño no nacía muerto...? Neleta estaba segura de ello. Le sentía rebullir en las entrañas con una fuerza que desvanecía su criminal esperanza.

Sus rebeldías de mujer codiciosa, incapaz de confesar el pecado con perjuicio de la fortuna, infundíanle la audaz resolución de los grandes criminales.

Nada de llevar la criatura a un pueblo inmediato a la Albufera, buscando una mujer fiel que lo criase. Había que temer las indiscreciones de la nodriza, la astucia de los enemigos y hasta la falta de prudencia de ellos, que, como padres, tomarían afecto al pequeñuelo, acabando por descubrirse. Neleta razonaba con una frialdad aterradora, mirando los sacos de arroz amontonados en su dormitorio. Tampoco había que pensar en ocultarlo en Valencia. La *Samaruca*, una vez sobre la pista, buscaría la verdad en el mismo infierno.

Neleta clavaba en el amante sus ojos verdes, que parecían extraviados por la angustia del dolor y el peligro de la situación. Había que abandonar al recién nacido, fuese como fuese. Debía tener ánimo. En los peligros se muestran los hombres. Lo llevaría por la noche a la ciudad, lo abandonaría en una calle, a la puerta de una iglesia, en cualquier sitio: Valencia es grande... ¡y adivina quiénes fueron los padres!

La dura mujer, después de proponer el crimen, intentaba encontrar excusas a su maldad. Tal vez sería una suerte para el pequeño este abandono. Si moría, mejor para él; y si se salvaba, ¡quién sabe en qué manos podía caer! Quizás le esperase la riqueza: historias más asombrosas se habían conocido. Y recordaba los cuentos de la niñez, con sus hijos de reyes abandonados en una selva, o sus bastardos de pastores, que en vez de ser comidos por los lobos, llegan a poderosos personajes.

Tonet la oía aterrado. Intentó resistirse, pero la mirada de Neleta impuso cierto miedo a su voluntad siempre débil. Además, también él se sentía mordido por la codicia: todo lo de Neleta lo consideraba como suyo, y se indignaba ante la idea de partir con los enemigos la herencia de la amante. Su indecisión le hacía cerrar los ojos, confiando en el porvenir. La cosa no era para desesperarse; ya vería de arreglarlo todo. Tal vez su buena suerte vendría a resolver el conflicto a última hora.

Y gozaba de una tranquilidad momentánea, dejando transcurrir el tiempo sin pensar en las criminales proposiciones de Neleta.

Estaba unido a ella para siempre: constituía

197

toda su familia. La taberna era ya su único hogar. Había roto con su padre, que, enterado por las murmuraciones del pueblo de su vida marital con la tabernera, y viendo que transcurrían las semanas y los meses sin que el hijo durmiese una sola noche en la barraca, tuvo con éste una entrevista rápida y dolorosa. Lo que hacía Tonet era deshonroso para los *Palomas*. Él no podía tolerar que se llamara hijo suyo un hombre que vivía públicamente a expensas de una mujer que no era su esposa. Ya que quería vivir en el deshonor, alejado de su familia y sin prestarla auxilio... ¡como si no se conocieran! Se quedaba sin padre: únicamente podría encontrarlo otra vez cuando recobrase su honra. Y el tío Tòni, después de esta explicación, continuó con el fiel auxilio de la *Borda* el enterramiento de sus campos. Ahora que la gran empresa tocaba a su fin, se sentía desalentado; preguntábase con tristeza quién había de agradecerle tantas fatigas, y únicamente por su tenacidad de trabajador siguió adelante en el empeño.

Llegó la época de las grandes tiradas: San Martín y Santa Catalina, las fiestas del Saler.

En todas las reuniones de los barqueros se hablaba con entusiasmo del gran número de pájaros que este año había en la Albufera. Los guardas de la caza, que vigilaban de lejos los rincones y las matas donde se congregaban las fúlicas, las veían aumentar rápidamente. Formaban grandes manchas negras a flor de agua. Al pasar una barca por cerca de ellas, abrían las alas volando en grupo triangular e iban a posarse un poco más allá, como una nube de langosta, hipnotizadas por el brillo del lago e incapaces de abandonar unas aguas en las que les esperaba la muerte.

La noticia se había esparcido por la provincia, y los cazadores serían más numerosos que otros años.

Las grandes tiradas de la Albufera ponían en conmoción todas las escopetas valencianas. Eran fiestas antiquísimas, cuyo origen conocía el tío *Paloma* de la época en que guardaba los papeles de Jurado, relatándolo a sus amigos en la taberna. Cuando la Albufera era de los reyes de Aragón y sólo podían cazar en ella los monarcas, el rey don Martín quiso conceder a los ciudadanos de Valencia un día de fiesta, y escogió el de su santo. Después la tirada se repitió igualmente el día de Santa Catalina. En estas dos fiestas toda la gente podía entrar libremente en el lago con sus ballestas, cazando los innumerables pájaros de los carrizales; y el privilegio, convertido en tradición, venía reproduciéndose a través de los siglos. Ahora las tiradas gratuitas tenían un prólogo de dos días, en los cuales se pagaba al arrendatario de la Albufera por escoger los mejores puestos, viniendo a ellas los tiradores de todos los pueblos de la provincia.

Escaseaban los barquitos y los barqueros para el servicio de los cazadores. El tío *Paloma*, conocido tantos años por los aficionados, no sabía cómo atender a las demandas. Él estaba enganchado desde mucho tiempo antes a un señor rico que pagaba espléndidamente su experiencia de las cosas de la Albufera. Mas no por esto los cazadores dejaban de dirigirse al patriarca de los barqueros, y el tío *Paloma* andaba de un lado a otro buscando barquitos y hombres para todos los que le escribían desde Valencia.

La víspera de la tirada, Tonet vio entrar a su abuelo en la taberna. Venía en su busca. Aquel año la Albufera iba a tener más escopetas que pájaros. Él ya no sabía de dónde sacar barqueros. Todos los del Saler, los de Catarroja y aun los del Palmar estaban comprometidos; y ahora, un antiguo parroquiano, a quien nada podía negar, encargábale un hombre y un barquito para un amigo suyo que cazaba por primera vez en la Albufera. ¿Quería ser Tonet ese hombre, sacando a su abuelo de un compromiso?

El *Cubano* se negó. Neleta estaba mala. Por la

mañana había abandonado el mostrador, no pudiendo resistir los dolores. El momento tan temido sobrevendría tal vez muy pronto, y necesitaba estar en la taberna.

Pero su lacónica negativa fue interpretada como un desprecio por el viejo, que se mostró furioso. ¡Como ahora era rico, se permitía despreciar a su pobre abuelo, dejándolo en una situación ridícula! Él lo toleraba todo; había sufrido su pereza cuando explotaban el *redolí*; cerraba los ojos ante su conducta con la tabernera, que no honraba mucho a la familia; ¿pero dejarle en un apuro que él consideraba como de honor? ¡Cristo! ¿Qué dirían de él sus amigos de la ciudad cuando viesen que en la Albufera, donde le creían el amo, no encontraba un hombre para servirles? Y su tristeza era tan grande, tan visible, que Tonet se arrepintió. Negar su auxilio en las grandes tiradas era para el tío Paloma un insulto a su prestigio y al mismo tiempo algo así como una traición a aquel país de cañas y barro donde habían nacido.

El *Cubano* aceptó con resignación el ruego de su abuelo. Pensó, además, que Neleta podría esperar. Hacía tiempo que la alarmaban falsos dolores y la crisis del momento sería igual a las otras.

Al cerrar la noche, Tonet llegó al Saler. Como barquero, debía asistir a la *demaná*, presenciando con su cazador la distribución de los puestos.

El caserío del Saler —lejos ya del lago, al extremo de un canal por la parte de Valencia— presentaba un aspecto extraordinario con motivo de las grandes tiradas.

En la replaza del canal que llamaban el Puerto, agolpábanse a docenas los negros barquitos, sin espacio para moverse, haciendo crujir sus delgadas bordas unos contra otros y estremeciéndose con el peso de enormes cubos de madera que habían de fijarse al día siguiente sobre estacas en el barro. En el interior de estos cubos se ocultaban los cazadores para disparar a los pájaros.

Entre las casas del Saler, algunas buenas mozas de la ciudad habían establecido sus mesas de garbanzos tostados y turrones mohosos, alumbrándose con bujías resguardadas por cucuruchos de papel. En las puertas de las barracas, las mujeres del pueblo hacían hervir las cafeteras, ofreciendo tazas «tocadas» de licor, en las cuales era más la caña que el café; y una población extraordinaria discurría por el pueblo, aumentada a cada momento por los carros y tartanas que llegaban de la ciudad. Eran burgueses de Valencia, con altas polainas y grandes fieltros, como guerreros del Transvaal, contoneando fieramente su blusa de innumerables bolsillos, silbando al perro y exhibiendo con orgullo su escopeta moderna dentro del estuche amarillo pendiente del hombro; labradores ricos de los pueblos de la provincia, con vistosas mantas y la canana sobre la faja, unos con el pañuelo arrollado en forma de mitra, otros llevándolo como un turbante o dejándolo flotar en largo rabo sobre el cuello, delatando todos en el tocado de su cabeza los diversos rincones valencianos de que procedían.

La escopeta parecía igualar a los cazadores. Tratábanse con la fraternidad de compañeros de armas, animándose al pensar en la fiesta del día siguiente; y hablaban de la pólvora inglesa, de las escopetas belgas, de la excelencia de las armas de fuego central, estremeciéndose con fiera voluptuosidad de árabes, como si en sus palabras aspirasen ya el humo de los disparos. Los perros, enormes y silenciosos, con la viva mirada del instinto, iban de grupo en grupo oliendo las manos de los cazadores hasta quedar inmóviles al lado del amo. En todas las barracas, convertidas en posadas, guisaban la cena las mujeres con la actividad propia de unas fiestas que ayudaban a vivir gran parte del año.

Tonet vio la casa llamada de los Infantes, un piso bajo de piedra, con alta montera de tejas rasgada por varias lucernas: un caserón del siglo XVIII, que se desmoronaba lentamente desde que los cazadores de sangre real no venían a la Albufera, y que en la actualidad estaba ocupado por una taberna. Enfrente estaba la casa de la *Demaná*, edificio de dos pisos, que parecía gigantesco entre las barracas, mostrando en sus desconchadas paredes varias rejas curvas y sobre el tejado un esquilón para llamar a los cazadores al reparto de los puestos.

Tonet entró en esta casa, echando una mirada a la sala del piso bajo, donde se verificaba la ceremonia. Un enorme farol despedía turbia luz sobre la mesa y los sillones de los arrendatarios de la Albufera. El estrado se aislaba del resto de la pieza con una barandilla de hierro.

El tío *Paloma* estaba allí, en su calidad de barquero venerable, bromeando con los cazadores famosos, fanáticos del lago a los que conocía medio siglo. Eran la aristocracia de la escopeta. Los había ricos y pobres: unos eran grandes propietarios y otros carniceros de la ciudad o labradores modestos de los pueblos inmediatos. No se veían ni se buscaban en el resto del año, pero al encontrarse en la Albufera todos los sábados, en las pequeñas tiradas, o al juntarse en las grandes, se aproximaban con cariño de hermanos, se ofrecían el tabaco, se prestaban los cartuchos y se oían mutuamente, sin pestañear, los estupendos relatos de cacerías portentosas verificadas en los montes durante el verano. La comunidad de gustos y la mentira los unían fraternalmente. Casi todos ellos llevaban visibles en su cuerpo los riesgos de esta afición que dominaba su vida. Unos, al mover sus manos con la fiebre del relato, mostraban los dedos amputados por la explosión de la escopeta; otros tenían surcadas las mejillas por la cicatriz de un fogonazo. Los más viejos, los veteranos, arrastraban el reúma como consecuencia de una juventud pasada a la intemperie; pero en las grandes tiradas no podían permanecer quietos en sus casas, y venían, a pesar de sus dolencias, a lamentarse de la torpeza de los cazadores nuevos.

La reunión se disolvió. Llegaban los barqueros para anunciarles que la cena estaba pronto, y salían en grupos, distribuyéndose por las iluminadas barracas, que marcaban las manchas rojas de sus puertas sobre el suelo de barro. En el ambiente flotaba un fuerte olor de alcohol. Los cazadores temían el agua de la Albufera; no podían beber el líquido del lago como la gente del país, por miedo a las fiebres, y traían consigo un verdadero cargamento de absenta y ron, que al destaparse impregnaba el aire con fuertes aromas.

Tonet, al ver tan animado el Saler, como si en él acampase un ejército, recordaba los relatos de su abuelo: las orgías organizadas en otros tiempos por los cazadores ricos de la ciudad, con mujeres que corrían desnudas, perseguidas por los perros; las fortunas que se habían deshecho en las míseras barracas durante largas noches de juego, entre tirada y tirada: todos los placeres estúpidos de una burguesía de rápida fortuna, que al verse lejos de la familia, en un rincón casi salvaje, excitada por la vista de la sangre y el humo de la pólvora, sentía renacer en ella la humana bestialidad.

El tío *Paloma* buscó al nieto para presentarle su cazador. Era un señor gordo, de aspecto bonachón y pacífico: un industrial de la ciudad, que, después de una vida de trabajo, creía llegado el momento de divertirse como los ricos y copiaba los placeres de sus nuevos amigos. Parecía molesto por su terrorífico aparato: le pesaban las bolsas para la caza, la escopeta, las altas botas, todo nuevo, recién comprado. Pero al fijarse en la canana en forma de bandolera que le cruzaba el pecho, sonreía bajo su enorme fieltro, juzgándose igual a uno de aquellos héroes *bóers* cuyos retratos admiraba en los periódicos. Cazaba por primera vez en el lago, y confiábase a la experiencia del barquero para escoger el sitio cuando llegase su número.

Los tres cenaron en una barraca con otros cazadores. La sobremesa era ruidosa en veladas como aquélla. Medíase el ron a vasos, y en torno de la mesa, como perros hambrientos, se agrupaban los vecinos del pueblo, riendo los chistes de los señores, aceptando cuanto les ofrecían y bebiéndose uno solo lo que los cazadores creían suficiente para todos.

Tonet apenas comía, escuchando como a través de un sueño los gritos y risas de aquella gente, la regocijada protesta con que acogían las mentirosas hazañas de los cazadores fanfarrones. Pensaba en Neleta; se la imaginaba encogida de dolor en el piso alto de la taberna, revolcándose en el suelo, ahogando sus rugidos, sin poder gritar para alivio de su sufrimiento.

Fuera de la barraca sonaba el esquilón de la casa de la *Demaná*, con un timbre tembloroso de campana de ermita.

—*Ya'n van dos* —dijo el tío *Paloma*, que contaba el número de toques con gran atención, temiendo más llegar tarde a la *demaná* que perder una misa.

Cuando sonó el esquilón por tercera vez, abandonaron la mesa cazadores y barqueros, acudiendo todos al lugar donde se designaban los puestos.

La luz del farolón había sido aumentada con la de dos quinqués, colocados sobre la mesa del estrado. Detrás de la verja estaban los arrendatarios de la Albufera, y tras ellos, hasta la pared del fondo, los cazadores abonados perpetuamente al lago, que ocupaban este sitio por derecho propio. Al otro lado de la verja, llenando el portal y esparciéndose fuera de la casa, estaban los barqueros, los cazadores pobres, toda la gente menuda que acudía a las tiradas. Un hedor de mantas húmedas, de pantalones manchados de barro, de aguardiente y tabaco malo, esparcíase sobre el gentío que se estrujaba contra la verja. Las blusas impermeables de los cazadores resbalaban sobre los cuerpos cercanos con un chirrido que aguzaba los dientes. En el gran marco de sombra de la puerta abierta se marcaban como indecisas manchas los blancos frontones de las barracas inmediatas.

A pesar de esta aglomeración no se alteraba el silencio que parecía dominar a todos apenas pisaban el umbral. Se notaba la misma ansiedad muda que reina en los tribunales cuando se resuelve la suerte de un hombre, o en los sorteos al decidirse la fortuna. Si alguien hablaba era en voz baja, con tímido cuchicheo, como en la alcoba de un enfermo.

El arrendatario principal se levantó:

—*Caballers*...

El silencio se hizo aún más profundo. Iba a procederse a la demanda de los puestos.

A ambos lados de la mesa, erguidos como heraldos de la autoridad del lago, estaban los dos guardas más antiguos de la Albufera: dos hombres delgados, pardos de color, de ondulantes movimientos y rostro hocicudo, dos anguilas con blusa, que parecían vivir en el fondo del agua para no presentarse más que en las grandes solemnidades cinegéticas.

Un guarda pasaba lista para saber si todos los puestos estarían ocupados en la tirada del día siguiente.

—¡*El ú*...! ¡*el dos*...!

Iban por turno, según la cantidad que pagaban anualmente y su antigüedad. Los barqueros, al oír el número de sus amos, contestaban por éstos:

—¡*Avant! ¡avant!*

Después de pasar lista venía el momento solemne, la *demaná*, la designación que cada barquero, de acuerdo con su cazador o por propia cuenta como más experto, hacía del sitio para la tirada.

—¡*El tres!* —decía uno de los guardas.

E inmediatamente el que tenía dicho número

lanzaba el nombre que llevaba pensado. «*La mata del Siñor...*» «*La barca podrida...*» «*El rincó de l'Antina.*» Así iban sonando los sitios de la caprichosa geografía de la Albufera; lugares bautizados al gusto de los barqueros; títulos muchos de ellos que no podían repetirse sin rubor ante mujeres o que revolvían el estómago al nombrarse en la mesa, a pesar de lo cual sonaban en este acto con solemnidad, sin producir la más ligera sonrisa.

El segundo guarda, que tenía una voz de clarín, al oír la designación hecha por los barqueros erguía la cabeza, y con los ojos cerrados y las manos en la verja, decía a todo pulmón, con un grito desgarrador que se extendía en el silencio de la noche:

—*El tres va a la mata del Siñor... El cuatre va al rincó de San Ròc... El sinc a la ca... del barber.*

Duró cerca de una hora la designación de los puestos; y mientras los cantaban los guardas con lentitud, un muchachuelo los inscribía en un gran libro sobre la mesa.

Terminada la designación se extendían las licencias de caza ambulantes para la gente menuda: unos permisos que sólo costaban dos duros y con los cuales podían ir los labradores en sus barquitos por toda la Albufera, a cierta distancia de los puestos, rematando los pájaros que escapaban del escopetazo de los ricos.

Los grandes cazadores se despedían estrechándose las manos. Unos querían dormir en el Saler, con el propósito de ir a su puesto cuando rompiese el día; otros, más fogosos, partían inmediatamente para el lago queriendo vigilar por sí mismos la instalación del enorme tanque dentro del cual habían de pasar la jornada. «*¡Vaya...! ¡bòna sòrt y divertirse!*» Y cada uno llamaba a su barquero para convencerse de que nada faltaba en los preparativos.

Tonet ya no estaba en el Saler. En el silencio

del acto de la *demaná* le había acometido una angustia grande. Tenía ante sus ojos la imagen dolorida de Neleta retorciéndose con los sufrimientos, sola allá en el Palmar, caída en el suelo, sin encontrar quien la consolase, amenazada por la vigencia de los enemigos.

No pudo resistir su pena y salió de la casa de la *Demaná* dispuesto a volver inmediatamente al Palmar, aunque esto le costase reñir con su abuelo. Cerca de la casa de los Infantes, donde estaba la taberna, oyó que le llamaban. Era *Sangonera*. Tenía hambre y sed; había rondado las mesas de los cazadores ricos sin alcanzar la más insignificante piltrafa; todo se lo comían los barqueros.

Tonet pensó en ser sustituido por el vagabundo; pero el hijo del lago se extrañó de que le propusieran tripular una barca más aún que si el vicario del Palmar le invitase a pronunciar la plática del domingo. Él no servía para eso; además, no le gustaba perchar para nadie. Ya conocía su pensamiento: el trabajo era cosa del demonio.

Pero Tonet, impaciente y angustiado, no estaba para oír las tonterías de *Sangonera*. Nada de resistencias, o le aliviaba el hambre y la sed echándolo en el canal de una patada. Los amigos sirven para sacar de un apuro a los amigos. ¡Bien sabía perchar en barquitos ajenos cuando iba a meter sus uñas en las redes de los *redolíns*, robando las anguilas! Además, si tenía hambre, podía refocilarse como nunca en el cargamento de provisiones que aquel señor traía de Valencia. Al ver dudoso a *Sangonera* por la esperanza del hartazgo, acabó de decidirle con fuertes empujones, llevándolo hasta la barca del cazador y explicándole cómo había de disponer todos los preparativos. Cuando se presentase el amo, podía decirle que él estaba enfermo y lo había buscado como sustituto.

Antes de que el absorto *Sangonera* acabase de titubear, ya Tonet había montado en su ligero barquito y emprendía la marcha, perchando como un desesperado.

El viaje era largo. Había que atravesar toda la Albufera para ir al Palmar, y no soplaba viento. Pero Tonet sentíase espoleado por el miedo, por la incertidumbre, y su barquito resbalaba como una lanzadera sobre el obscuro tisú del agua, moteado por los puntos de luz de las estrellas.

Era más de media noche cuando llegó al Palmar. Estaba fatigado, con los brazos rotos por el desesperado viaje, y deseaba encontrar tranquila la taberna para caer como un leño en la cama. Al amarrar su barquichuelo frente a la casa, la vio cerrada y silenciosa como todas las del pueblo, pero las rendijas de las puertas marcábanse con líneas de roja luz.

Le abrió la tía de Neleta, y al reconocerle hizo un gesto de atención, designando con el rabillo del ojo a unos hombres sentados ante el hogar. Eran labradores de la parte de Sueca que habían venido a la tirada; antiguos parroquianos, que tenían campos cerca del Saler, y a los que no se podía despedir, so pena de inspirar sospechas. Habían cenado en la taberna y dormitaban junto al fuego, para montar en sus barquitos una hora antes de romper el día y esparcirse por el lago, esperando los pájaros que escapasen ilesos de los buenos puestos.

Tonet los saludó a todos, y después de cambiar algunas palabras sobre la fiesta del día siguiente, subió al dormitorio de Neleta.

La vio en camisa, pálida, las facciones desencajadas, oprimiéndose los riñones con ambas manos y con una expresión de locura en los ojos. El dolor la hacía olvidar la prudencia, y lanzaba rugidos que asustaban a su tía.

—¡Te van a oir! —exclamaba la vieja.

Neleta, sobreponiéndose al sufrimiento, se ponía los puños en la boca o mordía las ropas de su cama para ahogar los gemidos.

Por consejo de ella, Tonet bajó a la taberna. Nada había de remediar permaneciendo arriba.

Acompañando a aquellos hombres, distrayéndolos con su conversación, podía impedir que oyesen algo que les infundiera sospechas.

Tonet pasó más de una hora calentándose en el rescoldo de la chimenea, hablando con los labradores de la pasada cosecha y de las magníficas tiradas que se preparaban. Hubo un momento en que se cortó la conversación. Todos oyeron un grito desgarrado, salvaje: un chillido semejante al de una persona asesinada. Pero la impasibilidad de Tonet los tranquilizó.

—*L'ama está un pòc mala* —dijo.

Y siguieron hablando, sin prestar atención a los pasos de la vieja que iban de un lado a otro apresuradamente, haciendo temblar el techo. Pasada media hora, cuando Tonet creyó que todos habían olvidado el incidente, volvió a subir al dormitorio. Algunos labradores cabeceaban, dominados por el sueño.

Arriba vio a Neleta tendida en el lecho, blanca, pálida, inmóvil, sin más vida que el brillo de sus ojos.

—*¡Tonet... Tonet!* —dijo débilmente.

El amante adivinó en su voz y en su mirada todo lo que quería decirle. Era una orden, un mandato inflexible. La fiera resolución que tantas veces había asustado a Tonet volvía a reaparecer en plena debilidad, después de la crisis anonadadora. Neleta habló lentamente, con una voz débil como un suspiro lejano. Lo más difícil había pasado ya: ahora le tocaba a él. A ver si mostraba coraje.

La tía, temblando, con la cabeza perdida, sin darse cuenta de sus actos, presentaba a Tonet un envoltorio de ropas, dentro del cual se revolvía un pequeño ser, sucio, maloliente, con la carne amoratada.

Neleta, al ver próximo a ella al recién nacido, hizo un gesto de terror. ¡No quería verlo: temía mirarlo! Se tenía miedo a sí misma, segura de que si fijaba un instante la vista en él, renacería la madre y le faltaría valor para dejar que se lo llevasen.

—¡Tonet... en seguida... empòrtatelo!

El *Cubano* dio sus instrucciones rápidamente a la vieja y bajó para despedirse de los labradores, que ya dormían. Fuera de la taberna, por la parte del canal, la vieja le entregó el animado paquete a través de una ventana del piso bajo.

Cuando se cerró la ventana y Tonet quedó solo en la obscuridad de la noche, sintió que de golpe se desplomaba todo su valor. El lío de ropas y de carne blanducha que llevaba bajo su brazo le infundía miedo. Parecía que instantáneamente se había despertado en él una nerviosidad extraña que aguzaba sus sentidos. Oía todos los rumores del pueblo, hasta los más insignificantes, y le parecía que las estrellas tomaban un color rojo. El viento estremeció un olivo enano inmediato a la taberna, y el rumor de las hojas hizo correr a Tonet como si todo el pueblo despertase y se dirigiera hacia él preguntando qué llevaba bajo el brazo. Creyó que la *Samaruca* y sus parientes, alarmados por la ausencia de Neleta durante el día, rondaban la taberna como otras veces y que la feroz bruja iba a aparecer en la orilla del canal. ¡Qué escándalo si le sorprendían con aquel envoltorio...! ¡Qué desesperación la de Neleta...!

Arrojó en el fondo de su barquito el paquete de ropas, del cual comenzó a salir un llanto desesperado, rabioso; cogiendo la percha, pasó el canal con una velocidad loca. Perchaba furiosamente, como espoleado por los lloros del recién nacido, temiendo ver iluminadas las ventanas de las casas y que las sombras de los curiosos le preguntasen adónde iba.

Pronto dejó atrás las viviendas silenciosas del Palmar y salió a la Albufera.

La calma del lago, la penumbra de una noche tranquila y estrellada, pareció darle valor. Arriba el azul obscuro del cielo; abajo el azul blanquecino del agua, conmovido por estremecimientos misteriosos que hacían temblar en su fondo el reflejo de las estrellas. Chillaban los pájaros en los carrizales y susurraba el agua con el coleteo de los peces persiguiéndose. De vez en cuando confundíase con estos rumores el llanto rabioso del recién nacido.

Tonet, cansado por aquella noche de continuos viajes, seguía moviendo su percha, empujando el barquito hacia el Saler. Su cuerpo sentíase embrutecido por la fatiga; pero el pensamiento, despierto y aguzado por el peligro, funcionaba con más actividad aún que los brazos.

Ya estaba lejos del Palmar, pero aún le faltaba más de una hora para llegar al Saler. De allí a la ciudad, otras dos horas largas de camino. Tonet miró al cielo: debían ser las tres. Antes de dos horas surgiría el alba y el sol estaría ya en el horizonte cuando llegase él a Valencia. Además, pensaba con terror en la larga marcha por la huerta de Ruzafa, vigilada siempre por la Guardia Civil; en la entrada en la ciudad bajo la mirada de los del resguardo de Consumos, que querrían examinar el paquete que llevaba bajo el brazo; en las gentes que se levantaban antes del amanecer y le encontrarían en el camino, reconociéndolo. ¡Y aquel llanto desesperado, escandaloso, que cada vez era más fuerte y constituía un peligro aun en medio de la soledad de la Albufera...!

Tonet veía ante él un camino interminable, infinito, y sentía que las fuerzas le abandonaban. Nunca llegaría a las calles de la ciudad, desiertas al amanecer, a los portales de las iglesias, dónde se abandona a los niños como un fardo enojoso. Era fácil desde el Palmar, en la soledad silenciosa del dormitorio, decir: «Tonet, haz esto»; pero la realidad se encargaba después de ponerse delante con sus obstáculos infranqueables.

Aun en el mismo lago crecía por momentos el peligro. Otras veces podía navegarse de una orilla a otra sin encontrar a nadie; pero aquella noche la Albufera estaba poblada. En cada *mata*, en cada replaza, notábase el trabajo de hombres invisibles, los preparativos de la tirada.

Todo un pueblo iba y venía en la obscuridad sobre los negros barquitos. En el silencio de la Albufera, que transmitía los ruidos a prodigiosas distancias, sonaban los mazos clavando las estacas de los puestos de los cazadores, y como rojas estrellas brillaban a flor de agua los manojos de inflamadas hierbas, a cuya luz terminaban sus preparativos los barqueros. ¿Cómo seguir adelante, entre gentes que le conocían, acompañado por el lloro del recién nacido, lamento incomprensible en medio del lago? Cruzóse con una barca que pasó a larga distancia, pero al alcance de la voz. Sin duda se habían extrañado de aquel llanto.

—*Compañero* —gritó una voz lejana—, *¿qué pòrtes ahí?*

Tonet nada dijo, pero sus fuerzas le abandonaron para seguir el viaje, y se sentó en un extremo del barquito, soltando la percha. Quería permanecer allí, aunque le sorprendiese el amanecer. Tenía miedo a continuar, y se abandonaba, con el anonadamiento del rezagado que se arroja al suelo sabiendo que va a morir. Reconocíase impotente para cumplir su promesa. ¡Que le sorprendiesen, que todos se enteraran de lo ocurrido, que Neleta perdiese su herencia...! ¡Él no podía más!

Pero apenas hubo adoptado esta resolución desesperada, comenzó a marcarse en su cerebro una idea que parecía quemarle con su contacto. Primero fue un punto de fuego, después un ascua, luego una llamarada, hasta que por fin rompió como formidable incendio que hinchaba su cabeza, amenazándola como un estallido, mientras un sudor helado se esparcía por su frente como la respiración de este hervidero.

¿Para qué ir más lejos...? El deseo de Neleta era que desapareciese el testigo de su falta, para no perder una parte de la fortuna; abandonarlo, ya que con su presencia podía comprometer la tranquilidad de los dos; y para esto, ningún sitio como la Albufera, que había ocultado muchas veces a hombres buscados por la justicia, salvándolos de minuciosas persecuciones.

Temblaba al pensar que el lago no conservaría la existencia de aquel cuerpecillo débil y naciente; ¿pero acaso el pequeño tenía más asegurada la vida si lo abandonaba en cualquier callejón de la ciudad? «Los muertos no vuelven para comprometer a los vivos.» Y Tonet, al pensar esto, sentía resucitar en él la dureza de los viejos *Palomas*, la cruel frialdad de su abuelo, que veía morir sus hijos pequeños sin una lágrima, con el pensamiento egoísta de que la muerte es un bien en la familia del pobre, pues deja más pan para los que sobreviven.

En un momento de lucidez, Tonet se avergonzó de su maldad, de la indiferencia con que pensaba en la muerte del ser que estaba a sus pies y que callaba ahora, como fatigado por el llanto rabioso. Le había contemplado un instante, y sin embargo, su vista no le produjo ninguna emoción. Recordaba su rostro amoratado, el cráneo puntiagudo, los ojos saltones, la boca enorme, que se contraía, estirándose de oreja a oreja: una ridícula cabeza de sapo que le había dejado frío, sin que latiese en él el más débil sentimiento. ¡Y sin embargo, era su hijo...!

Tonet, para explicarse esta frialdad, recordaba lo que muchas veces había oído a su abuelo. Sólo las madres sienten una ternura instintiva e inmensa por sus hijos desde el momento que nacen. Los padres no los aman en seguida: necesitan que transcurra el tiempo, y sólo cuando crece el pequeño se sienten unidos a él por un continuo contacto, con cariño reflexivo y grave.

Pensaba en la fortuna de Neleta, en la integridad de aquella herencia que consideraba como propia. Alterábanse sus duras entrañas de perezoso que ve resuelto para siempre el problema de la existencia, y su egoísmo se preguntaba si era prudente comprometer la buena fortuna de su vida por conservar un ser pequeño y feo, igual a todos los recién nacidos, y que no le causaba la más leve emoción.

Porque él desapareciese nada malo ocurriría a los padres; y si él vivía, tendrían que regalar a gentes odiadas la mitad del pan que se llevaban a la boca. Tonet, confundiendo la crueldad y el valor en esa ceguera propia de los criminales, se reprochaba su indecisión, que le tenía como clavado en la popa de la barca, dejando pasar el tiempo.

La obscuridad era cada vez más tenue. Se adivinaba la proximidad del día. Sobre el cielo gris del amanecer pasaban, como resbaladizas gotas de tinta, algunos grupos de aves. Lejos, por la parte del Saler, sonaban los primeros escopetazos. El pequeñuelo comenzó a llorar, martirizado por el hambre y el frío de la mañana.

—¡Cubano...! ¿Eres tú?

Tonet creyó oír este llamamiento desde una barca lejana.

El miedo a ser reconocido le hizo ponerse de pie, empuñando la percha. En sus ojos lucía una punta de fuego, semejante a la que iluminaba algunas veces la verde mirada de Neleta.

Lanzó su barquito por dentro de los carrizales, siguiendo los tortuosos callejones de agua abiertos entre las cañas. Iba a la ventura, pasando de una *mata* a otra, sin saber ciertamente dónde se encontraba, redoblando sus esfuerzos como si alguien le persiguiese. La proa del barquito separaba los carrizos, rompiéndolos. Se abrían las altas hierbas para dar paso a la embarcación, y los locos impulsos de la percha la hacían deslizarse por sitios casi en seco, sobre las apretadas raíces de las cañas, que formaban espesas madejas.

Huía sin saber de quién, como si sus criminales pensamientos bogasen a su espalda persiguiéndolo. Se inclinó varias veces sobre el barquito, tendiendo una mano a aquel envoltorio de trapos del que salían furiosos chillidos, y la retiró inmediatamente. Pero al enredarse la barca en unas raíces, el miserable, como si quisiera aligerar la embarcación de un lastre inmenso, cogió el envoltorio y lo arrojó con fuerza, por encima de su cabeza, más allá de los carrizos que le rodeaban.

El paquete desapareció entre el crujido de las cañas. Los harapos se agitaron un instante en la penumbra del amanecer, como las alas de un pájaro blanco que cayese muerto en la misteriosa profundidad del carrizal.

Otra vez sintió el miserable la necesidad de huir, como si alguien fuese a sus alcances. Perchó como un desesperado a través del carrizal, hasta encontrar una vena de agua; la siguió en todas sus tortuosidades entre las altas *matas*, y al salir a la Albufera, con el barquito libre de todo peso, respiró, contemplando la faja azulada del amanecer.

Después se tendió en el fondo de la embarcación y durmió con sueño profundo y anonadador: el sueño de muerte que sobreviene tras las grandes crisis nerviosas y surge casi siempre a continuación de un crimen.

IX

El día comenzó con grandes contrariedades para el cazador confiado a la pericia de *Sangonera*.

Antes de amanecer, al clavar el puesto, el prudente burgués tuvo que implorar el auxilio de algunos barqueros, que rieron mucho viendo el nuevo oficio del vagabundo.

Con la presteza de la costumbre, clavaron tres estacas en el fondo fangoso de la Albufera y colocaron, apoyado en ellas, el enorme tanque que había de servir de refugio al cazador. Después rodearon de cañas el puesto, para engañar a las aves y que se acercaran confiadas, creyendo que era un pedazo de carrizal en medio del agua. Para ayudar a este engaño, en torno del puesto flotaban los *bots:* unas cuantas docenas de patos y fúlicas esculpidos en corcho, que, con las ondulaciones del lago, movíanse a flor de agua. De lejos causaban la impresión de una manada de pájaros nadando tranquilamente cerca de las cañas.

Sangonera, satisfecho de haberse librado de todo trabajo, invitó al amo a ocupar el puesto. Él se alejaría en el barquito a cierta distancia para no espantar la caza, y cuando llevase muertas varias fúlicas, no tenía más que gritar, e iría a recogerlas sobre el agua.

—¡Vaya...! ¡Bòna sòrt, don Joaquín!

El vagabundo hablaba con tanta humildad y mostraba tales deseos de ser útil, que el bondadoso cazador sintió desvanecerse su enfado por las torpezas anteriores. Estaba bien; él le llamaría tan pronto como tumbase un pájaro. Para no aburrirse durante la espera, podía ir dando alguna mojada en los guisos de sus provisiones. La señora le había pertrechado con tanta abundancia como si fuese a dar la vuelta al mundo.

Y señalaba tres enormes pucheros cuidadosamente tapados, a más de abundantes panes, una cesta de fruta y una gran bota de vino. El hocico de *Sangonera* tembló de emoción viendo confiado a su prudencia aquel tesoro que venía tentándole en la proa desde la noche anterior. No le había engañado Tonet al hablar de lo bien que se trataba el parroquiano. ¡Gracias, don Joaquín! Ya que era tan bueno y le invitaba a mojar, se permitiría alguna ligera *sucaeta*, para entretener el tiempo. Una mojadita nada más.

Y alejándose del puesto, se situó al alcance de la voz del cazador, encogiéndose después en el fondo del barquito.

Había amanecido y los escopetazos sonaban en toda la Albufera, agrandados por el eco del lago. Apenas si se veían sobre el cielo gris las bandas de pájaros, que levantaban el vuelo espantados por el estruendo de las descargas. Bastaba que en su veloz aleteo descendiesen un poco, buscando el agua, para que inmediatamente una nube de plomo cayese sobre ellos.

Al quedar don Joaquín solo en su puesto, no pudo evitar una emoción semejante al miedo. Se veía aislado en medio de la Albufera, dentro de un pesado cubo, sin otro sostén que unas estacas, y temía moverse, con la sospecha de que todo aquel catafalco acuático viniera abajo, sepultándolo en el fango. El agua, con suaves ondulaciones, venía a chocar en el borde de madera, a la altura de la barba del cazador, y su continuo chap-chap le causaba escalofríos. Si aquello se hundía —pensaba don Joaquín—, por pronto que llegase el barquero ya estaría en el fondo con todo el peso de la escopeta, los cartuchos y aquellas botas enormes, que le causaban insoportable picazón, hundidas en la paja de arroz de que estaba atiborrado el cubo. Le ardían las piernas, mientras sus manos estaban ateridas por el fresco del amanecer y el frío glacial de la escopeta. ¿Y esto era divertirse...? Comenzaba a encontrar pocos lances a un placer tan costoso.

¿Y los pájaros? ¿Dónde estaban aquellas aves que sus amigos cazaban a docenas? Hubo un momento en que se revolvió impetuosamente en su asiento giratorio, llevándose a la cara la escopeta con trémula emoción. ¡Ya estaban allí...! Nadaban descuidadamente en torno del puesto. Mientras él reflexionaba, casi adormecido por el fresco del amanecer, habían llegado a docenas, huyendo de los lejanos escopetazos, y nadaban junto a él con la confianza del que encuentra un buen refugio. No tenía más que tirar a ciegas... ¡Caza segura! Pero al ir a hacer fuego, reconoció los *boís*, toda la banda de pájaros de corcho que había olvidado por la falta de costumbre, y bajó la escopeta, mirando en torno, con el temor de encontrar en la soledad los ojos burlones de sus amigos.

Volvió a esperar. ¿Contra qué demonios tiraban aquellos cazadores, cuyas escopetas no cesaban de conmover la calma del lago...? Poco después de salir el sol, don Joaquín pudo disparar por fin su arma virgen. Pasaron tres pájaros casi a flor de agua. El novel cazador hizo fuego temblando. Le parecían aquellas aves enormes, monstruosas, verdaderas águilas, agigantadas por la emoción. El primer tiro sirvió para que avivasen aún más el vuelo; pero inmediatamente partió el segundo, y una fúlica, plegando las alas, cayó después de varias volteretas, quedando inmóvil sobre el agua.

Don Joaquín se levantó con tal ímpetu, que hizo temblar el puesto. En aquel instante se consideraba superior a todos los hombres: admirábase a sí mismo, adivinando en él una fiereza de héroe que nunca había sospechado.

—¡*Sangonera*!... ¡*Barquero*! —gritó con voz trémula de emoción—. ¡*Una*...! ¡*Ya'n tenim una*!

Le contestó un gruñido casi ininteligible: una boca llena, atascada, que apenas abría paso a las palabras... ¡Estaba bien! Ya iría a recogerlas cuando fuesen más.

El cazador, satisfecho de su hazaña, volvió a ocultarse tras la cortina de carrizos, seguro de que se bastaba él solo para acabar con los pájaros del lago. Toda la mañana la pasó disparando, sintiendo cada vez con más intensidad la embriaguez de la pólvora, el placer de la destrucción. Tiraba y tiraba sin fijarse en distancias, saludando con la escopeta a todos los pájaros que pasaban ante su vista, aunque volasen cerca de las nubes. ¡Cristo! ¡Sí que era divertido aquello! Y en estas descargas a ciegas, alguna vez tocaba su plomo a infelices pájaros, que caían por obra de la fatalidad víctima de una mano torpe, después de haber escapado ilesos de los cazadores más hábiles.

Mientras tanto, *Sangonera* permanecía invisible en el fondo de la barca. ¡Qué día, *redéu*! El arzobispo de Valencia no estaría mejor en su palacio que él en el barquito, sentado sobre la paja, con una *pataca* de pan en la mano y oprimiendo un puchero entre las piernas. ¡Que no le hablasen a él las abundancias de casa de *Cañamèl*! ¡Miseria y presunción que únicamente podían deslumbrar a los pobres! ¡Los señores de la ciudad eran los que se trataban bien...!

Había comenzado por pasar revista a los tres pucheros, cuidadosamente tapados con gruesas telas amarradas a la boca. ¿Cuál sería el primero...? Escogió a la ventura, y abriendo uno, se dilató su hocico voluptuosamente con el perfume del bacalao con tomate. Aquello era guisar. El bacalao estaba deshecho entre la pasta roja del tomate, tan suave, tan apetitoso, que al tragar *Sangonera* el primer bocado creyó que le bajaba por la garganta un néctar más dulce que el líquido de las vinajeras que tanto le tentaba en sus tiempos de sacristán. ¡Con aquello se quedaba! No había por qué pasar adelante. Quiso respetar el misterio de los otros dos pucheros; no desvanecer las ilusiones que despertaban sus bocas cerradas, tras las cuales presentía grandes sorpresas. ¡Ahora a lo que estábamos! Y metiendo entre sus piernas el oloroso puchero, comenzó a tragar con sabia calma, como quien tiene todo el día por delante y sabe que no puede faltarle ocupación. Mojaba lentamente, pero con tal pericia, que al introducir en el perol su mano armada de un pedazo de pan, bajaba considerablemente el nivel. El enorme bocado ocupaba su boca, hinchándole los carrillos. Trabajaban las mandíbulas con la fuerza y la regularidad de una rueda de molino, y mientras tanto, sus ojos fijos en el puchero exploraban las profundidades, calculando los viajes que aún tendría que realizar la mano para trasladarlo todo a su boca.

De vez en cuando arrancábase de esta contemplación. ¡Cristo! El hombre honrado y trabajador no debe olvidar sus obligaciones en medio del placer. Miraba fuera de la barca, y al ver aproximarse los pájaros, lanzaba su aviso:

—*¡Don Joaquín! ¡Per la part del Palmar...! ¡Don Joaquín! ¡Per la part del Saler!*

Después de avisar al cazador por dónde venían las aves, sentíase fatigado de tanto trabajo y daba un fuerte tentón a la bota de vino, reanudando el mudo diálogo con el puchero.

Llevaba el amo derribadas unas tres *fòchas*, cuando *Sangonera* dejó a un lado el perol casi vacío. En el fondo, adheridas a las paredes de barro, quedaban unas cuantas hilachas. El vagabundo sintió el llamamiento de su conciencia. ¿Qué iba a quedar para el amo si se lo comía todo? Debía contentarse con una mojadita nada más. Y guardando el puchero bajo la proa cuidadosamente tapado, su curiosidad le impulsó a abrir el segundo.

¡*Redéu*, qué sorpresa! Lomo de cerdo, longanizas, embutido del mejor; todo frío, pero con un tufillo de grasa que conmovió al vagabundo. ¡Cuánto tiempo que su estómago, habituado a la carne blanca e insípida de las anguilas, no había sentido el peso de las cosas buenas que se fabrican tierra adentro...! *Sangonera* se reprochó como una falta de respeto al amo despreciar el segundo puchero. Sería tanto como manifestar que él, hambriento vagabundo, no se enternecía ante las buenas cosas que guisaban en casa de don Joaquín. Por una mojada más o menos no iba a enfadarse el cazador.

Y otra vez volvió a acomodarse en el fondo de la barca, con las piernas cruzadas y el puchero entre ellas. *Sangonera* se estremecía voluptuosamente al tragar los bocados; cerraba los ojos para apreciar mejor su lento descenso al estómago. ¡Qué día, Señor, qué gran día...! Parecíale que mascaba por primera vez en toda la mañana. Ahora miraba con desprecio el primer puchero, metido bajo la proa. Aquel guiso era bueno como entretenimiento, para engañar el estómago y divertir las mandíbulas. Lo bueno era esto: las morcillas, la longaniza, el lomo apetitoso que se deshacía entre los dientes, dejando tal sabor, que la boca buscaba otro pedazo, y otro después, sin tener nunca bastante.

Al ver la facilidad con que se vaciaba el segundo puchero, *Sangonera* sentía afán por servir al amo, cumpliendo minuciosamente sus obligaciones; y siempre con las mandíbulas ocupadas, miraba a todos lados, lanzando unos gritos que parecían mugidos:

—*¡Per la part del Saler...! Per la part del Palmar!*

Para que no se formase un tapón en su garganta, apenas si dejaba quieta la bota. Bebía y bebía de aquel vino, mucho mejor que el de Neleta; y el rojo líquido parecía excitar su apetito, abriendo nuevas simas en el estómago sin fondo. Sus ojos brillaban con el fuego de una embriaguez feliz; su cara, en fuerza de colorearse, tomaba un tinte violáceo, y los eructos ruidosos le conmovían de pies a cabeza. Con sonrisa placentera se golpeaba el hinchado vientre.

—*¡Eh! ¿Qué tal? ¿Cóm va això?* —preguntaba a su estómago, como si fuese un amigo, dándole palmadas.

Y su embriaguez era más dulce que nunca: una embriaguez de hombre bien comido que bebe en plena digestión; no la borrachera triste y lóbrega que le acometía en su miseria cuando arrojaba copas y copas en el estómago vacío, encontrando en las riberas del lago gentes que le convidaban siempre a beber, pero nadie que le ofreciera un pedazo de pan.

Sumíase en su borrachera sonriente, sin dejar por esto de comer. La Albufera la veía de color de rosa. El cielo, de un azul luminoso, parecía rasgarse con una sonrisa igual a aquella que le acarició una noche en el camino de la Dehesa. Únicamente veía negro, con la lobreguez de una tumba vacía, el puchero que guardaba entre las piernas. Se lo había comido todo. Ni restos quedaban del embutido.

Quedó como aterrado un momento por su voracidad. Pero después su apetito le dio risa, y para pasar la amargura de la falta, empinó la bota largo rato.

Reía a carcajadas pensando en lo que dirían en el Palmar al conocer su hazaña, y con el deseo de completarla probando todos los víveres de don Joaquín, destapó el tercer puchero.

¡*Rediel!* Dos capones atascados entre las paredes de barro, con la piel dorada y chorreando grasa: dos adorables criaturas del Señor, sin cabeza, con los muslos unidos al cuerpo por varias vueltas de tostado bramante y la pechuga saliente y blanca como la de una señorita. ¡Si no metía mano a aquello no era hombre! ¡Aunque don Joaquín le soltase un escopetazo...! ¡Cuánto tiempo que no probaba tales golosinas! No había comido carne desde la época en que servía de perro a Tonet y cazaban por bravura en la Dehesa. Pero pensando en la carne estoposa y áspera de los pájaros del lago, amontonábase el placer con que devoraba las blancas fibras de los capones, la piel dorada, que crujía entre sus dientes mientras chorreaba la grasa por la comisura de sus labios.

Comía como un autómata, con la voluntad tenaz de tragar y tragar, mirando ansiosamente lo que quedaba en el fondo del puchero, como si estuviera empeñado en una apuesta.

De vez en cuando sentía arrebatos infantiles: deseos de ebrio, de alborotar y hacer jugarretas. Cogía manzanas del cesto de la fruta y las arrojaba contra los pájaros que volaban lejos, como si pudiera alcanzarlos.

Sentía hacia don Joaquín una gran ternura por la felicidad que le había proporcionado; deseaba tenerle cerca para abrazarlo; le hablaba de tú con tranquila insolencia; y sin que se viera un ave en el horizonte, bramaba con mugido interminable:

—¡*Chimo! ¡Chimo...! Tira... que t'entren!*

En vano se revolvía el cazador mirando a todas partes. No se veía un pájaro. ¿Qué quería aquel loco? Lo que debía hacer era aproximarse para recoger las fúlicas muertas que flotaban en torno del puesto. Pero *Sangonera* volvía a encogerse en la barca sin obedecer el mandato. ¡Tiempo quedaba! ¡Ya iría después! ¡Que matase mucho era su deseo...! En su afán de probarlo todo, destapaba ahora las botellas, gustando tan pronto el ron como la absenta pura, mientras la Albufera comenzaba a obscurecerse para él en pleno sol y sus piernas parecían clavarse en las tablas de la barca, sin fuerzas para moverse.

A mediodía, don Joaquín, hambriento y deseoso de salir de aquel cubo que le obligaba a permanecer inmóvil, llamó al barquero. En vano sonaba su voz en el silencio.

—¡Sangonera...! ¡Sangonera!

El vagabundo, con la cabeza por encima de la borda, le miraba fijamente, repitiendo que iba en seguida; pero continuaba inmóvil, como si no lo llamasen a él. Cuando el cazador, rojo de tanto gritar, le amenazaba con un escopetazo, hizo un esfuerzo, se puso en pie tambaleando, buscó la percha por toda la barca teniéndola junto a sus manos, y por fin comenzó a aproximarse lentamente.

Al saltar don Joaquín al barquito pudo estirar sus piernas, entumecidas por tantas horas de espera. El barquero, por su mandato, comenzó a recoger los pájaros muertos; pero lo hacía a tientas, como si no los viese, echando el cuerpo fuera con tanto ímpetu, que varias veces hubiese caído al agua a no sostenerlo el amo.

—¡Malait! —exclamaba el cazador—. ¿Es que estás borracho?

Pronto tuvo la explicación examinando sus provisiones ante la mirada estúpida de Sangonera. ¡Los pucheros vacíos; la bota arrugada y mustia; las botellas abiertas; de pan sólo algunos mendrugos, y la cesta de la fruta podía volcarse sobre el lago sin miedo a que cayera nada!

Don Joaquín sintió deseos de levantar la culata de su escopeta sobre el barquero; pero pasado este impulso, quedóse contemplándolo con asombro. ¿Aquel destrozo lo había hecho él sólo...? ¡Vaya un modo de dar mojaditas que tenía el bigardo! ¿Dónde se había metido tanta cosa...? ¿Podía caber en estómago humano...?

Pero *Sangonera,* oyendo al enfurecido cazador, que le llamaba pillo y sinvergüenza, sólo sabía contestar con voz quejumbrosa:

—*¡Ay, don Joaquín...! ¡Estic mal!, ¡molt mal...!*

Sí que se sentía mal. No había más que ver su cara amarillenta, sus ojos que en vano pugnaban por abrirse, sus piernas que no podían sostenerse erguidas.

Enfurecido el cazador, iba a golpear a *Sangonera,* cuando éste se desplomó en el fondo del barquito, clavándose las uñas en la faja como si quisiera abrirse el vientre. Encorvábase hecho una pelota, con dolorosas convulsiones que crispaban su cara, dando a los ojos una vidriosa opacidad.

Gemía y al mismo tiempo arqueábase con profundas convulsiones, pugnando por arrojar del cuerpo el prodigioso atracón, que parecía asfixiarle con su peso.

El cazador no sabía qué hacer, y otra vez encontraba enojoso su viaje a la Albufera. Tras media hora de juramentos, cuando ya se creía condenado a coger la percha y emprender por sí mismo la marcha hacia el Saler, se apiadaron de sus gritos unos labradores de los que cazaban sueltos por el lago.

Reconocieron a *Sangonera* y adivinaron su mal. Era un atracón de muerte: aquel vagabundo debía acabar así.

Movidos por esa fraternidad de las gentes del campo, que les impulsa a prestar ayuda hasta a los más humildes, cargaron a *Sangonera* en su barca para llevarlo al Palmar, mientras uno de ellos se quedaba con el cazador, satisfecho de servirle de barquero a cambio de disparar su escopeta.

A media tarde vieron las mujeres del Palmar caer al vagabundo a la orilla del canal, con la inercia de un fardo.

—*¡Pillo...! ¡Alguna borrachera!* —gritaban todas.

Pero los buenos hombres que hacían la caridad de llevarlo en alto como un muerto hasta su mísera barraca movían la cabeza tristemente. No era sólo embriaguez, y si el vago escapaba de aquella, bien podía decirse que su carne era de perro. Relataban aquel atragantamiento portentoso que le ponía a morir, y las gentes del Palmar reían asombradas, sin ocultar al mismo tiempo su satisfacción, contentas de que uno de los suyos demostrase tan inmenso estómago.

¡Pobre *Sangonera*! La noticia de su enfermedad circuló por todo el pueblo, y las mujeres fueron en grupos hasta la puerta de la barraca, asomándose a este antro del que todos huían antes. *Sangonera*, tendido en la paja, con los ojos vidriosos fijos en el techo y la cara de color de cera, se estremecía, rugiendo de dolor, como si le desgarraran las entrañas. Expelía en torno de él nauseabundos arroyos de líquidos y alimentos a medio masticar.

—¿Cóm estás, *Sangonera*? —preguntaban desde la puerta.

Y el enfermo contestaba con un gruñido doloroso, cambiando de posición para volver la espalda, molestado por el desfile de todo el pueblo.

Otras mujeres más animosas entraban, arrodillándose junto a él, y le tentaban el abdomen, queriendo saber dónde le dolía. Discutían entre ellas sobre los medicamentos más apropiados, recordando los que habían surtido efecto en sus familias. Después buscaban a ciertas viejas acreditadas por sus remedios, que gozaban mayor respeto que el pobre médico del Palmar. Llegaban unas con cataplasmas de hierbas guardadas misteriosamente en sus barracas; presentábanse otras con un puchero de agua caliente, queriendo que el enfermo se lo tragase de golpe. La opinión de todas era unánime. El infeliz tenía «parada» la comida en la boca del estómago y había que hacer que «arrancase»... ¡Señor, qué lástima de hombre! Su padre muerto de una borrachera y él estirando !a pata de un atracón. ¡Qué familia!

Nada revelaba a *Sangonera* la gravedad de su estado como esta solicitud de las mujeres. Se miraba en la conmiseración general como en un espejo y adivinaba el peligro al verse atendido por las mismas que el día anterior se burlaban de él, riñendo a los maridos y a los hijos cuando los encontraban en su compañía.

—¡*Pobret*!, ¡*pobret*! —murmuraban todas.

Y con esa valentía de que sólo es capaz la mujer ante la desgracia, le rodeaban, saltando sobre los residuos hediondos que salían a borbotones de su boca. Ellas sabían lo que era aquello: tenía «un nudo» en las tripas; y con caricias maternales le decidían a que abriese sus mandíbulas, apretadas por la crispación, haciéndole tragar toda clase de líquidos milagrosos, que al poco rato devolvía a los pies de las enfermeras.

Al cerrar la noche lo abandonaron; habían de guisar la cena en sus casas. Y el enfermo quedó solo en el fondo de la choza, inmóvil bajo la luz rojiza de un candil que las mujeres colgaron de una grieta. Los perros del pueblo asomaban a la puerta sus hocicos y consideraban largamente con sus ojos profundos al enfermo, alejándose después con lúgubre aullido.

Durante la noche fueron los hombres los que visitaron la barraca. En la taberna de *Cañamèl* se hablaba del suceso, y los barqueros, asombrados de la hazaña de *Sangonera*, querían verle por última vez.

Se asomaban a la puerta con paso vacilante, pues los más de ellos estaban ebrios después de haber comido con los cazadores.

—*Sangonera*... ¡*Fill meu*! ¿*Cóm estás*?

Pero inmediatamente retrocedían, heridos por el hedor del lecho de inmundicias en que se revolvía el enfermo. Algunos más animosos llegaban hasta él, para bromear con brutal ironía, invitándolo a beber la última copa en casa de *Cañamèl*; pero el enfermo sólo contestaba con un ligero mugido y cerraba los ojos, sumiéndose de nuevo en su sopor, cortado por vómitos y estremecimientos. A media noche el vagabundo quedó abandonado.

Tonet no quiso ver a su antiguo compañero. Había vuelto a la taberna, después de un largo sueño en la barca; sueño profundo, embrutecedor, rasgado a trechos por rojas pesadillas y arrullado por las descargas de los cazadores, que rodaban en su cerebro como truenos interminables.

Al entrar se sorprendió viendo a Neleta sentada ante los toneles, con una palidez de cera, pero sin la menor inquietud en sus ojos, como si hubiese pasado la noche tranquilamente. Tonet se asombraba ante la fuerza de ánimo de su amante.

Cambiaron una mirada profunda de inteligencia, como miserables que se sienten unidos con nueva fuerza por la complicidad.

Después de larga pausa, ella se atrevió a preguntarle. Quería saber cómo había cumplido su encargo. Y él contestó, con la cabeza inclinada y los ojos bajos, cual si todo el pueblo le contemplase... Sí; lo había dejado en lugar seguro. Nadie podría descubrirlo.

Tras estas palabras, cambiadas con rapidez, los dos quedaron silenciosos, pensativos: ella tras el mostrador; él sentado en la puerta, de espaldas a Neleta, evitando verla. Parecían anonadados, como si gravitase sobre ellos un peso inmenso. Temían hablarse, pues el eco de su voz parecía avivar los recuerdos de la noche anterior.

Habían salido de la situación difícil; ya no corrían ningún peligro. La animosa Neleta se asombraba de la facilidad con que todo se había resuelto. Débil y enferma, encontraba ánimos para permanecer en su sitio; nadie podía sospechar lo ocurrido durante la noche, y sin embargo, los amantes se sentían súbitamente alejados. Algo se había roto para siempre entre los dos. El vacío que dejaba al desaparecer aquel pequeñuelo apenas visto se agrandaba inmensamente, aislando a los dos miserables. Pensaban que en adelante no tendrían más aproximación que la mirada que cruzasen recordando su antiguo crimen. Y en Tonet aún era más grande la inquietud al recordar que ella desconocía la verdadera suerte del pequeño.

Al llegar la noche, se llenó la taberna de barqueros y cazadores que volvían a sus tierras de la ribera, mostrando los manojos de pájaros muertos ensartados por el pico. ¡Gran tirada! Todos bebían, comentando la suerte de determinados cazadores y la brutal hazaña de *Sangonera*. Tonet iba de grupo en grupo con el deseo de distraerse, discutiendo y bebiendo en todos los corrillos. Su propósito de olvidar por medio de la embriaguez le hacía beber y beber con forzada alegría, y los amigos celebraban el buen humor del *Cubano*. Nunca le habían visto tan alegre.

El tío *Paloma* entró en la taberna y sus ojillos escudriñadores se fijaron en Neleta.

—¡*Reina...!* *¡Qué blanca! ¿Es qu'estás mala...?*

Neleta habló vagamente de una jaqueca que no la había dejado dormir, mientras el viejo guiñaba sus ojos maliciosamente, uniendo la mala noche a la fuga inexplicable de su nieto. Después se encaró con éste. Le había puesto en ridículo ante aquel señor de Valencia. Su conducta no era digna de un barquero de la Albufera. Con menos motivo había dado de bofetadas a más de uno en sus buenos tiempos. Sólo a un perdido como él podía ocurrírsele convertir en barquero a *Sangonera*, que había reventado de hartura apenas lo dejaron solo.

Tonet se excusó. Tiempo le quedaba de servir a aquel señor. Dentro de dos semanas sería la fiesta de Santa Catalina, y Tonet se prestaba a ser su barquero. El tío *Paloma*, aplacando su cólera ante las explicaciones del nieto, dijo que ya había invitado a don Joaquín a una cacería en los carrizales del Palmar. Vendría a la semana siguiente, y él y Tonet serían sus barqueros. Había que contentar a la gente de Valencia, para que la Albufera tuviera siempre buenos aficionados. Si no, ¿qué sería de la gente del lago?

Aquella noche se emborrachó Tonet, y en vez de subir a la habitación de Neleta se quedó roncando junto al hogar. Ninguno de los dos se buscó; parecían huir uno del otro, encontrando cierto alivio en su aislamiento. Temblaban de verse juntos en la habitación. Temían que resucitase el recuerdo de aquel ser que había pasado entre los dos como el lamento de una vida inmediatamente sofocada.

Al día siguiente Tonet volvió a embriagarse. No quería verse a solas con su razón; necesitaba embrutecerla con el alcohol para conservarla muda y dormida.

Llegaban a la taberna nuevas noticias sobre el estado de *Sangonera*. Se moría sin remedio. Los hombres habían vuelto a sus faenas y las mujeres que entraban en la barraca del vagabundo reconocían la impotencia de sus remedios. Las más viejas explicaban la enfermedad a su modo. Se le había podrido el tapón de alimentos que cerraba la boca de su estómago. No había más que ver cómo se le hinchaba el vientre.

Llegó el médico de Sollana, en una de sus visitas semanales, y lo llevaron a la barraca de *Sangonera*. El jornalero de la ciencia movió la cabeza negativamente. Nada quedaba que hacer. Era una apendicitis mortal: la consecuencia de un abuso extraordinario que llenaba de asombro al médico. Y por el pueblo repetían lo de la apendicitis, recreándose las mujeres en pronunciar una palabra tan extraña para ellas.

El vicario don Miguel creyó llegado el momento de entrar en la barraca de aquel renegado. Nadie como él sabía despachar a la gente con prontitud y franqueza.

—¡*Che*! —dijo desde la puerta—, ¿*tú eres cristiá*?

Sangonera hizo un gesto de asombro. ¿Que si

era cristiano? Y como escandalizado por la pregunta, miró al techo de su barraca, acariciando con arrobamiento y esperanza el pedazo de cielo azul que se veía por los desgarrones de la cubierta.

Bueno: pues, entre hombres, ¡fuera mentiras!, continuó el vicario. Debía confesarse, porque iba a morir. Ni más ni menos... Aquel cura de escopeta no usaba rodeos con sus feligreses.

Por los ojos del vagabundo pasó una expresión de terror. Su existencia llena de miserias se le apareció con todo el encanto de la libertad sin límites. Vio el lago, con sus aguas resplandecientes; la Dehesa rumorosa, con sus espesuras perfumadas, llena de flores silvestres, y hasta el mostrador de *Cañamèl*, ante el cual soñaba, contemplando la vida de color de rosa al través de los vasos... ¡Y todo aquello iba a abandonarlo...! De sus ojos vidriosos comenzaron a rodar lágrimas. No había remedio: le llegaba la hora de morir. Contemplaría en otro mundo mejor la sonrisa celestial, de inmensa misericordia, que una noche le acarició junto al lago.

Y con repentina tranquilidad, entre náuseas y crispamientos, confesó en voz baja al sacerdote sus raterías contra los pescadores, tan innumerables, que no podía recordarlas más que en masa. Junto con sus pecados revelaba sus esperanzas: su fe en Cristo, que vendría nuevamente a salvar a los pobres; su encuentro misterioso de cierta noche en la orilla del lago. Pero el vicario le interrumpía con rudeza:

—*Sangonera, menos romansos. ¡Tú delires...! La veritat... digues la veritat.*

La verdad ya la había dicho. Todos sus pecados consistían en huir del trabajo, por creer que era contrario a los mandatos del Señor. Una vez se había resignado a ser como los demás, a prestar sus brazos a los hombres, poniéndose en contacto con la riqueza y sus comodidades, y ¡ay! pagaba esta inconsecuencia con la vida.

Todas las mujeres del Palmar se mostraron enternecidas por el final del vagabundo. Había vivido como un hereje después de su fuga de la iglesia, pero moría como un cristiano. Su enfermedad no le permitía recibir al Señor, y el vicario le administró el último sacramento, manchándose la sotana con sus vómitos.

Sólo entraban en la barraca algunas viejas animosas que se dedicaban por abnegación a amortajar a todos los que morían en el pueblo. En la choza era insoportable el hedor. La gente hablaba con misterio y asombro de la agonía de *Sangonera*. Desde el día anterior no eran alimentos lo que arrojaba su boca: era algo peor; y las vecinas, apretándose las narices, se lo imaginaban tendido en la paja, rodeado de inmundicias.

Murió al tercer día de enfermedad, con el vientre hinchado, la cara crispada, las manos contraídas por el sufrimiento y la boca dilatada de oreja a oreja por las últimas convulsiones.

Las mujeres más ricas del Palmar, que frecuentaban el presbiterio, sentían tierna conmiseración por aquel infeliz que se había reconciliado con el Señor después de una vida de perro. Quisieron que emprendiese dignamente el último viaje, y marcharon a Valencia para los preparativos del entierro, gastando una cantidad que jamás había visto *Sangonera* en vida.

Lo vistieron con un hábito religioso, dentro de un ataúd blanco con galones de plata, y el vecindario desfiló ante el cadáver del vagabundo.

Sus antiguos compañeros se frotaban los ojos enrojecidos por el alcohol, conteniendo la risa que les causaba ver a su amigote tan limpio, en una caja de soltero y vestido de fraile. Hasta su muerte parecía cosa de broma. ¡Adiós, *Sangonera*...! ¡Ya no se vaciarían los *mornells* antes de la llegada de sus dueños; ya no se adornaría con las flores de los ribazos, como un lagarto ebrio! Había vivido libre y feliz, sin las fatigas del trabajo, y hasta en el trance de la muerte sabía marchar al otro mundo, con aparato de rico, a costa de los demás.

A media noche metieron el féretro en el «carro de las anguilas», entre los cestones de la pesca, y el sacristán del Palmar, con otros tres amigos, condujo el cadáver al cementerio, deteniéndose en todas las tabernas del camino.

Tonet no se dio exacta cuenta de la muerte de su compañero. Vivía entre tinieblas, siempre bebiendo, y la embriaguez causaba en él un mutismo profundo. El miedo contenía su verbosidad, temiendo hablar demasiado.

—¡*Sangonera ha mòrt! ¡El teu compañero!* —le decían en la taberna.

Él contestaba con gruñidos, bebiendo y dormitando, mientras los parroquianos atribuían su silencio a la pena por la muerte del camarada.

Neleta, blanca y triste, como si a todas horas pasase y repasase un fantasma ante sus ojos, pretendía evitar que su amante bebiera.

—*Tonet, no begues* —decía con dulzura.

Y se asustaba ante el gesto de rebelión, de sorda cólera con que le contestaba el borracho. Adivinaba que su imperio sobre aquella voluntad se había desvanecido. Algunas veces veía brillar en sus ojos un odio naciente, una animosidad de esclavo resuelto a chocar con el antiguo opresor, aniquilándole.

No prestaba atención a Neleta, y llenaba su vaso en todos los toneles de la casa. Cuando le sorprendía el sueño, tendíase en cualquier rincón, y allí permanecía como muerto, mientras la *Centella*, con el dulce instinto de los perros, acariciaba su rostro y sus manos.

Tonet no quería que despertase su pensamiento. Tan pronto como la embriaguez comenzaba a desvanecerse, sentía una inquietud penosa. Las sombras de los que entraban en la taberna, al proyectarse en el suelo, le hacían levantar la cabeza con alarma, como si temiese la aparición de alguien que turbaba sus sueños con el escalofrío del terror. Necesitaba reanudar la embriaguez, no salir de su estado de embrutecimiento, que le amodorraba el alma embotando sus sensaciones.

Al través de los velos con que la embriaguez envolvía su pensamiento, todo le parecía lejano, difuso, borroso. Creía que iban transcurridos años desde aquella noche pasada en el lago: la última de su existencia de hombre, la primera de una vida de sombras, que atravesaba a tientas con el cerebro obscurecido por el alcohol. El recuerdo de aquella noche le hacía temblar apenas se sentía libre de la embriaguez. Solamente borracho podía tolerar este recuerdo, viéndolo indeciso, como una de esas vergüenzas lejanas cuya evocación duele menos perdida en las brumas del pasado.

Su abuelo vino a sorprenderle en este embrutecimiento. El tío *Paloma* aguardaba al día siguiente la llegada de don Joaquín para una cacería en los carrizales. ¿Quería cumplir el nieto su palabra? Neleta le instó a que aceptase. Estaba enfermo, le convenía distraerse, llevaba más de una semana sin salir de la taberna. El *Cubano* se sintió atraído por la promesa de un día de agitación. Su entusiasmo de cazador volvió a renacer. ¿Iba a vivir siempre lejos del lago?

Pasó el día cargando cartuchos, limpiando la magnífica escopeta del difunto *Cañamèl*; y ocupado en esto, bebió menos. La *Centella* saltaba en torno de él, ladrando de alegría al ver los preparativos.

A la mañana siguiente se presentó el tío *Paloma*, trayendo en el barquito a don Joaquín con todos sus arreos vistosos de cazador.

El viejo estaba impaciente y daba prisa a su nieto. Sólo quería detenerse el tiempo preciso para que el señor tomase un bocado, y en seguida a los carrizales. Había que aprovechar la mañana.

Al poco rato partieron: Tonet delante llevando la *Centella* en su barquito, como un mascarón de proa, y a continuación la barca del tío *Paloma,* donde don Joaquín examinaba con asombro la escopeta del viejo, aquella arma famosa llena de remiendos, de la que tantas proezas se contaban en el lago.

Los dos barquitos salieron a la Albufera. Tonet, viendo que su abuelo perchaba hacia la izquierda, quiso saber adónde iban. El viejo se asombró de la pregunta. Iban al *Bolodró,* la *mata* más grande de las inmediatas al pueblo. Allí abundaban más que en otros puntos los gallos de cañar y las pollas de agua. Tonet quería ir lejos: a las *matas* del centro del lago. Y entre los dos barqueros comenzó una empeñada discusión. Pero el viejo acabó por imponerse, y Tonet tuvo que seguirle de mala voluntad, moviendo sus hombros como resignado.

Los dos barquitos entraron en un callejón de agua entre los altos carrizos. La anea crecía a manojos entre los *senills;* las cañas se confundían con los juncos, y las plantas trepadoras, con sus campanillas blancas y azules, se enredaban en esta selva acuática formando guirnaldas. La confusa maraña de raíces daba una apariencia de solidez a los macizos de cañas. En el callejón, el agua mostraba en su fondo extrañas vegetaciones que subían hasta la superficie, no sabiéndose en ciertos momentos si navegaban los barquitos o se arrastraban sobre campos verdosos cubiertos por un débil cristal.

El silencio de la mañana era profundo en este rincón de la Albufera, que aún parecía más salvaje a la luz del sol; de vez en cuando, un chillido de pájaro en la espesura, un ruido de burbujas en el agua, delatando la presencia de bichos ocultos entre las viscosidades del fondo.

Don Joaquín preparaba la escopeta, esperando que pasasen los pájaros de un lado a otro del espeso carrizal.

—*Tonet, dona una vòlta* —ordenó el viejo.

Y el *Cubano* salió con su barquito a toda percha para rodar en torno de la *mata*, sacudiendo las cañas, a fin de que, asustados los pájaros, se trasladasen de una punta a otra del carrizal.

Tardó más de diez minutos en dar la vuelta al cañar. Cuando volvió al lado de su abuelo ya disparaba don Joaquín contra los pájaros que, inquietos y asustados, cambiaban de guarida, pasando por el espacio descubierto.

Asomábanse las pollas a aquel callejón desprovisto de cañas que dejaba su paso al descubierto. Dudaban un momento en arriesgarse, pero por fin, unas volando y otras a nado, pasaban la vía de agua, y en el mismo momento alcanzábalas el disparo del cazador.

En este espacio angosto el tiro era seguro, y don Joaquín gozaba las satisfacciones de un gran tirador viendo la facilidad con que abatía las piezas. La *Centella* se arrojaba del barquito, alcanzaba a nado los pájaros, todavía vivos, y los traía con expresión triunfante hasta las manos del cazador. La escopeta del tío *Paloma* no estaba inactiva. El viejo tenía empeño en halagar al parroquiano, adulándole a tiros, como era su costumbre. Cuando veía un pájaro próximo a escapar, disparaba, haciendo creer al burgués que era él quien lo había derribado.

Pasó a nado una hermosa zarceta, y por pronto que tiraron don Joaquín y el tío *Paloma*, desapareció en el carrizal.

—¡Va *ferida!* —gritó el viejo barquero.

El cazador mostrábase contrariado. ¡Qué lástima! Moriría entre las cañas, sin que pudiesen recogerla...

—¡Búscala, *Sentella*...! ¡*Búscala!* —gritó Tonet a su perra.

La *Centella* se arrojó de la barca, lanzándose en el carrizal, con gran estrépito de las cañas que se abrían a su paso.

Tonet sonreía, seguro del éxito: la perra traería el pájaro. Pero el abuelo mostraba cierta incredulidad. Aquellas aves las herían en una punta de la Albufera, y como ganasen el cañar, iban a morir al extremo opuesto. Además, la perra era una antigualla como él. En otros tiempos, cuando la compró *Cañamèl*, valía cualquier cosa, pero ahora no había que confiar en su olfato. Tonet, despreciando las opiniones de su abuelo, se limitaba a repetir:

—¡*Ya vorá vosté...!, ¡ya vorá vosté!*

Se oía el chapoteo de la perra en el fango del carrizal, tan pronto inmediato como lejano, y los hombres seguían en el silencio de la mañana sus interminables evoluciones, guiándose por el chasquido de las cañas y el rumor de la maleza rompiéndose ante el empuje de la vigorosa bestia. Después de algunos minutos de espera, la vieron salir del carrizal con aspecto desalentado y los ojos tristes, sin llevar nada en la boca.

El viejo barquero sonreía triunfante. ¿Qué decía él...? Pero Tonet, creyéndose en ridículo, apostrofaba a la perra, amenazándola con el puño para que no se aproximara a la barca.

—¡*Búscala...!, ¡búscala!* —volvió a ordenar con imperio al pobre animal.

Y otra vez se metió entre los carrizos, moviendo la cola con expresión de desconfianza.

Ella encontraría el pájaro. Lo afirmaba Tonet, que la había hecho realizar trabajos más difíciles. De nuevo sonó el chapoteo del animal en la selva acuática. Iba de una parte a otra con indecisión, cambiando a cada momento de pista, sin confianza en sus desordenadas carreras, sin osar mostrarse vencida, pues tan pronto como tornaba hacia las barcas, asomando su cabeza entre las cañas, veía el puño del amo y oía el «¡*búscala!*» que equivalía a una amenaza.

Varias veces volvió a husmear la pista, y al fin se alejó tanto en sus invisibles carreras, que los cazadores dejaron de oír el ruido de sus patas.

Un ladrido lejano, repetido varias veces, hizo sonreír a Tonet. ¿Qué tal? Su vieja compañera podría tardar, pero nada se le escapaba.

La perra seguía ladrando lejos, muy lejos, con expresión desesperada, pero sin aproximarse. El *Cubano* silbó.

—*¡Aquí, Sentella, aquí...!*

Comenzó a oírse su chapoteo cada vez más próximo. Se acercaba tronchando cañas, abatiendo hierbas, con gran estrépito de agua removida. Por fin apareció con un objeto en la boca, nadando penosamente.

—*¡Aquí, Sentella, aquí...!* —seguía gritando Tonet.

Pasó junto a la barca del abuelo, y el cazador se llevó la mano a los ojos como si le hiriese un relámpago.

—*¡Mare de Deu!* —gimió aterrado, mientras la escopeta se le iba de las manos.

Tonet se irguió, con la mirada loca, estremecido de pies a cabeza, como si el aire faltase de pronto en sus pulmones. Vio junto a la borda de su barca un lío de trapos, y en él algo lívido y gelatinoso erizado de sanguijuelas: una cabecita hinchada, deforme, negruzca, con las cuencas vacías y colgando de una de ellas el globo de un ojo; todo tan repuguante, tan hediondo, que parecía entenebrecer repentinamente el agua y el espacio, haciendo que en pleno sol cayese la noche sobre el lago.

Levantó la percha con ambas manos, y fue tan tremendo el golpe, que el cráneo de la perra crujió como si se rompiese, y el pobre animal, dando un aullido, se hundió con su presa en las aguas arremolinadas.

Después miró con ojos extraviados a su abuelo, que no adivinaba lo ocurrido, al pobre don Joaquín, que parecía anonadado por el terror, y perchando instintivamente, salió disparado cual una flecha por la vía de agua, como si se incorporase el fantasma del remordimiento, adormecido durante una semana, y corriera tras él, rasgándole la espalda con sus uñas implacables.

X

Su carrera fue corta. Al salir a la Albufera vio cerca algunas barcas, oyó gritos de los que las tripulaban y quiso ocultarse, con el rubor del que se ve desnudo ante gentes extrañas.

El sol parecía herirle; la inmensa superficie del lago le causaba miedo; necesitaba agazaparse en un rincón obscuro, no ver, no oír y viró, volviendo a meterse en los carrizos.

No fue muy lejos. La proa del barquito se hundió entre las cañas, y el miserable, soltando la percha, se dejó caer en el fondo de la embarcación con la cabeza oculta entre las manos. Por mucho tiempo callaron los pájaros, cesaron los ruidos en el carrizal, como si la vida oculta entre las cañas callase, aterrada por un rugido salvaje, un lamento entrecortado, que parecía el hipo de un moribundo.

El miserable lloraba. Después del embrutecimiento, que le había conservado en completa insensibilidad, el crimen levantábase ante él, como si no hubiera transcurrido el tiempo, como si acabase de cometerlo. Cuando creía próximo a borrarse para siempre el recuerdo de su delito, la fatalidad lo hacía renacer, lo paseaba ante sus ojos, ¡y en qué forma!

El remordimiento resucitaba en él los instintos de padre, muertos desde aquella noche fatal. El horror le hacía sentir su delito con cruel intensidad. Aquella carne abandonada a los reptiles del lago era carne suya; aquella envoltura de materia, vivero de sanguijuelas y gusanos, era el fruto de sus arrebatos apasionados, de su amor insaciable en el silencio de la noche.

La enormidad del crimen le abrumaba. Nada de excusas; no debía buscar pretextos, como otras veces, para seguir adelante. Era un miserable, indigno de vivir: una rama seca del árbol de los *Palomas*, siempre recto, siempre vigoroso, con aspereza salvaje, pero sano en medio de su aislamiento. La mala rama debía desaparecer.

Su abuelo tenía razón al despreciarlo. Su padre, su pobre padre, al que ahora contemplaba con la grandeza de los santos, hacía bien en repelerle como un brote infame de su existencia. La infeliz *Borda*, con su vergonzoso origen, era más hija de los *Palomas* que él.

¿Qué había hecho durante su vida? Nada; su voluntad sólo tenía fuerzas para huir del trabajo. El desdichado *Sangonera* había sido mejor que él: solo en el mundo, sin familia, sin necesidades en su dura existencia de vagabundo, podía vivir inactivo, con la dulce inconsciencia de los pájaros. Pero él, devorado por ardorosos apetitos, huyendo egoístamente del deber, había querido ser rico, vivir descansado, siguiendo tortuosas sendas, despreciando los consejos de su padre, que adivinaba el peligro; y de la pereza sin dignidad, había venido a caer en el crimen.

Le espantaba su delito. Su conciencia de padre arañábale al despertar, pero aún sufría de una herida mayor y más sangrienta. La soberbia viril, aquel afán de ser fuerte y dominar a los hombres por el arrojo, le hacía sufrir el tormento más cruel. Veía en lontananza el castigo, el presidio, ¡quién sabe si el *carafalet*, última apoteosis del hombre-bestia! Todo lo aceptaba; pues al fin, para los hombres se había hecho; pero por algo digno de un ser fuerte, por reñir, por matar cara a cara, tinto en sangre hasta los codos, con la locura salvaje del ser humano que se trueca en fiera... ¡Pero matar a un recién nacido sin otra defensa que su llanto! ¡Confesar ante el mundo que él, el valentón, el antiguo guerrillero, para caer en el crimen, sólo había osado asesinar a un hijo suyo!

Y lloraba, lloraba, sintiendo, más que los remordimientos, la vergüenza de su cobardía y el despecho por su vileza.

En las tinieblas de su pensamiento brillaba como un punto de luz cierta confianza en sí mismo. Él no era malo. Tenía la buena sangre de su padre. Su delito era el egoísmo, la voluntad débil, que le había hecho apartarse de la lucha por la vida. La perversa era Neleta, aquella fuerza superior que le encadenaba, aquel egoísmo férreo que arrollaba el suyo, plegándolo a todos sus contornos como una vestidura dúctil. ¡Ay, si no la hubiese conocido! ¡Si al volver de tierras lejanas no hubiera encontrado fijos en él los ojos glaucos que parecían decirle: «Tómame: ya soy rica; he realizado la ilusión de mi vida: ahora me faltas tú»!

Ella había sido la tentación, el impulso que le arrojó en la sombra, el egoísmo y la codicia con careta del amor que le guiaron hasta el crimen. Por conservar migajas de su fortuna, no vacilaba ella en abandonar un trozo de sus entrañas; y él, esclavo inconsciente, completaba la obra aniquilando su propia carne.

¡Cuán miserable le parecía su existencia! Pasaba confusamente por su memoria la vieja tradición de la *Sancha*, aquel cuento de la serpiente que repetían las generaciones en las riberas del lago. Él era como el pastor de la leyenda: había acariciado de pequeña a la serpiente, la había alimentado, prestándola hasta el calor de su cuerpo, y al volver de la guerra asombrábase viéndola grande, poderosa, embellecida por el tiempo, mientras ella se le enroscaba con un abrazo fatal, causándole la muerte con sus caricias.

Su serpiente estaba en el pueblo, como la del pastor en el llano salvaje. Aquella *Sancha* del Palmar, desde su asiento de la taberna, era la que le mataba con los anillos inflexibles del crimen.

No quería volver al mundo. Imposible vivir entre gentes: no podría mirarlas; vería en todas partes la cabecita deforme, hinchada, monstruosa, con sus cuencas profundas devoradas por los gusarapos. Sólo al pensar en Neleta un velo de sangre pasaba por sus ojos, y en medio de su arrepentimiento alzábase el deseo homicida, el impulso de matar a la que consideraba ahora como su enemiga implacable... ¿Para qué un nuevo crimen?

Allí, en la soledad, lejos de toda mirada, se sentía mejor, y allí quería quedarse.

Además, un miedo absorbente surgía en él con toda la fuerza del egoísmo, única pasión de su vida. Tal vez a aquellas horas circulaba por el Palmar la noticia del horrible suceso. Su abuelo callaría, pero aquel extraño venido de la ciudad no tenía por qué guardar silencio. Buscarían, averiguarían, vendrían los tricornios charolados desde la huerta de Ruzafa; él no tendría valor para sostener las miradas, no sabría mentir, confesaría el crimen, y su padre, aquel trabajador puro ante Dios, moriría de vergüenza... Y si lograba encerrarse en su mentira, salvando la cabeza, ¿qué ganaba con ello? ¿habría de volver a los brazos de Neleta, a verse oprimido otra vez por los anillos del reptil...? No; todo había acabado. Era la mala rama y debía caer; no obstinarse en seguir muerto y sin jugo, agarrado al árbol, paralizando su vida.

Ya no lloraba. Con un supremo esfuerzo de su voluntad salió del doloroso ensimismamiento.

Caída en la proa de la barca estaba la escopeta de *Cañamèl*. Tonet la miró con expresión irónica.

¡Bien reiría el tabernero si le viese! Por primera vez, el parásito engordado a su sombra iba a emplear para una acción buena algo de lo que le había usurpado.

Con tranquilidad de autómata se descalzó un pie, arrojando lejos la alpargata. Montó las dos llaves de la escopeta, y desabrochándose la blusa y la camisa, se inclinó sobre el arma hasta apoyar en el doble cañón su pecho desnudo.

El pie descalzo subió dulcemente a lo largo de la culata buscando los gatillos, y una doble detonación conmovió con tanta fuerza el carrizal, que de todos lados salieron revoloteando las aves, locas de miedo.

El tío *Paloma* no volvió al Palmar hasta la caída de la tarde.

Había dejado en el Saler a su cazador, que deseaba cuanto antes salir del lago y llegar a la ciudad, jurando no volver a aquellos sitios. ¡En dos viajes, dos desgracias! La Albufera sólo guardaba para él sorpresas terribles. La última le iba a costar una enfermedad. El tranquilo ciudadano, padre de numerosa prole, no podía apartar de su memoria el lúgubre envoltorio que había pasado ante sus ojos. Seguramente que al llegar a su casa tendría que meterse en cama pretextando cualquier dolencia. La sorpresa le había conmovido profundamente.

El mismo cazador aconsejaba al tío *Paloma* una reserva absoluta. ¡Que no se le escapase una palabra! Nada habían visto. Debía recomendar el silencio a su pobre nieto, fugitivo, sin duda, por la impresión de la terrible sorpresa. El lago había vuelto a tragarse el secreto, y sería una candidez que ellos hablasen, sabiendo cómo marea la justicia a los inocentes cuando cometen la tontería de ir en su busca. Los hombres honrados deben evitar todo contacto con la ley... Y el pobre señor, después de desembarcar en tierra firme, no se metió en su tartana hasta que el barquero, cada vez más pensativo, le juró varias veces que sería mudo.

Cuando, al anochecer, llegó el tío *Paloma* al Palmar, amarró frente a la taberna los dos barquitos en que habían salido por la mañana.

Neleta, derecha tras el mostrador, buscó en vano a Tonet con su mirada.

El viejo adivinó.

—*No'l esperes* —dijo con voz fosca—. *No tornará més...*

Y con acento reconcentrado le preguntó si se sentía mejor, hablando de la palidez de su rostro con una intención que hizo estremecerse a Neleta.

La tabernera adivinó inmediatamente que el tío *Paloma* conocía su secreto.

—*Pero ¿y Tonet?* —volvió a preguntar con voz angustiosa.

El viejo hablaba volviendo los ojos, como si deseara no verla, para conservar su forzada calma. Tonet no volvería más. Había huido lejos, muy lejos, a un país de donde nunca se vuelve. Era lo mejor que podía haber hecho... Así, todo quedaba arreglado y en el misterio.

—*¿Pero vosté...? ¿vosté...?* —gimió Neleta con angustia, temiendo que el viejo hablase.

El tío *Paloma* callaría. Lo afirmó golpeándose el pecho. Despreciaba a su nieto, pero tenía interés en que nada se supiera. El nombre de los *Palomas*, después de siglos de honrado prestigio, no estaba para ser arrastrado por un perezoso y una perra.

—*¡Plòra, gosa, plòra!* —decía el barquero con irritación.

Debía llorar toda su vida, ya que era la perdición de una familia. ¡Que conservase su dinero! No sería él quien viniera a pedírselo a cambio del silencio... Y si quería saber dónde estaba su amante, dónde su hijo, no tenía más que mirar al lago. La Albufera, madre de todos, guardaría el secreto con tanta fidelidad como él.

Neleta quedó aterrada por esta revelación; pero aun en medio de su inmensa sorpresa miraba con inquietud al viejo, temiendo por su porvenir al verlo confiado al mutismo del tío *Paloma.*

El viejo se golpeó una vez más el pecho. ¡Que viviese feliz y gozase su riqueza! Él callaría siempre.

La noche fue lúgubre en la barraca de los *Palomas.* A la luz moribunda del candil, el abuelo y el padre, sentados frente a frente, hablaron mucho tiempo, con su gravedad de seres distanciados por el carácter, que sólo podían aproximarse a impulsos de la desgracia.

El tío *Paloma* no usó de paliativos para dar la noticia. Había visto al chico muerto, con el pecho destrozado por dos cargas de perdigones, hundido en el barro de la *mata,* con los pies fuera del agua, junto al barquito abandonado. El tío *Tòni* apenas pestañeó. Sólo sus labios se apretaron convulsivamente, y con las manos crispadas se arañó las rodillas.

Un lamento prolongado, estridente, salió del ángulo obscuro de la barraca donde estaba la cocina, como si en esta lobreguez degollasen a alguien. Era la *Borda* que gemía, aterrada por la noticia.

—¡*Silensi, chiqueta!* —gritó imperiosamente el viejo.

—¡*Calla, calla!* —dijo el padre.

Y la infeliz sollozó sordamente, oprimida en su dolor por la firmeza de aquellos dos hombres de férrea voluntad, que, al ser mordidos por la desgracia, permanecían con exterior impasible, sin la más leve emoción en los ojos.

El tío *Paloma* relataba lo ocurrido a grandes rasgos: la aparición de la perra con su horrible presa; la fuga de Tonet; después, a la vuelta del Saler, su minuciosa exploración por la *mata,* presintiendo una desgracia, y su hallazgo del cadáver. Él lo adivinaba todo. Recordaba la desaparición de Tonet la víspera de la tirada; la palidez y el desfallecimiento de Neleta; su aspecto de enferma después de aquella noche, y con su astucia de viejo reconstruía el parto doloroso en el silencio nocturno, con el terror a ser oída por los vecinos, y después el infanticidio, un crimen que le hacía despreciar a Tonet, más por cobarde que por criminal.

El viejo, después de soltar su secreto, se sentía aliviado. A su tristeza sucedía la indignación. ¡Miserables! Aquella Neleta resultaba una perra ardorosa que había perdido al muchacho, empujándolo al crimen por conservar su dinero; pero Tonet era cobarde dos veces, y más que por su delito, renegaba de él viendo que se mataba, loco de miedo, ante las consecuencias. El «señor» se disparaba dos tiros antes que dar la cara; encontraba más cómodo desaparecer que pagar su falta, sufriendo el castigo. Siempre huyendo de la obligación, buscando las sendas fáciles por miedo a la lucha. ¡Qué tiempos, Cristo! ¿Qué juventud era aquella...?

Su hijo apenas le escuchaba. Seguía inmóvil, anonadado por la desgracia, y doblaba la cabeza, como si las palabras de su padre fuesen un golpe que le abatía para siempre.

La *Borda* volvió a gemir.

—¡Silènsi! ¡He dit silènsi! —dijo con voz fosca el tío Tòni.

A su pena inmensa, reconcentrada y muda, le molestaba que otros se aliviasen con el llanto, mientras él, por su dureza de varón fuerte, no podía desahogar el dolor en lágrimas.

El tío Tòni habló por fin. Su voz no temblaba, pero velábase con la débil ronquera de la emoción.

La muerte vergonzosa de aquel desdichado era un final digno de su conducta. Se lo había predicho: acabaría mal. Cuando se nace pobre, la pereza es el crimen. Así lo ha arreglado Dios, y hay que conformarse... Pero ¡ay! era su hijo... ¡su hijo! ¡la carne de su carne! Su férrea rectitud de hombre honrado mostrábase insensible ante la catástrofe; pero allá dentro del pecho sentía cierta opresión, como si le hubieran arrancado parte de sus entrañas y estuviesen a aquellas horas sirviendo de pasto a las anguilas de la Albufera.

Quería verlo por última vez, ¿le entendía su padre...? Quería tenerle en sus brazos, como de pequeño, cuando lo adormecía cantándole que el *pare* trabajaba para hacerle labrador rico, dueño de muchos campos.

—*¡Pare... pare!* —decía con voz angustiosa al tío *Paloma*—. ¿*Ahón está*...?

El viejo contestó indignado. Debían dejar las cosas como las había arreglado la casualidad. Era una locura torcer su curso. Nada de escándalos ni de levantar la punta del misterio. Así estaba bien: oculto todo.

La gente, al no ver a Tonet, creería que había huido en busca de aventuras y de vida regalada, como al marchar a América. El lago conservaba bien sus secretos; transcurrirían años antes que una persona pasase por el sitio donde estaba el suicida. La vegetación de la Albufera lo tapa todo. Además, si hablaban, si publicaban la muerte, todos querrían saber más, intervendría la justicia, se averiguaría la verdad, y en vez de un *Paloma* desaparecido, cuya vergüenza sólo conocían ellos, tendrían un *Paloma* deshonrado que se daba muerte por huir del presidio y tal vez del *carafalet*. No, Toño; lo decía él con su autoridad de padre. Por unos cuantos meses de existencia que le quedaban, debía respetarle, no amargar sus últimos días con la deshonra. Quería beber tranquilo con los demás barqueros, pudiendo mirarlos cara a cara; todo estaba bien; a callar, pues... Además, si descubrían el cadáver, no lo enterrarían en sangrado. Su crimen y su suicidio le privaban de la misma sábana de tierra que los demás. Mejor estaba en el agua, hundido en el barro, rodeado de cañas, como último vástago maldito de una famosa dinastía de pescadores.

Excitado por los lloros de la *Borda*, el viejo la amenazaba. Debía callar. ¿Es que quería perderlos?

La noche fue interminable, de un silencio trágico. El lóbrego ambiente de la barraca parecía aún más denso, como si sobre él proyectasen su sombra las alas negras de la desgracia.

El tío *Paloma*, con la insensibilidad del viejo duro y egoísta que desea prolongar su vida, dormitaba en la silleta de esparto. Su hijo pasaba las horas inmóvil, con los ojos desmesuradamente abiertos, fijos en el oleaje de las sombras que la trémula luz del candil trazaba en la pared. La *Borda*, sentada en el fogón, sollozaba débilmente, oculta en la sombra.

Hubo un momento en que el tío *Tòni* se estremeció como si despertase. Se irguió, fue a la puerta de la barraca, y abriéndola, miró al cielo estrellado. Debían ser las tres. La calma de la noche pareció penetrar en él, afirmando la resolución que acababa de surgir en su voluntad.

Se aproximó al viejo y lo empujó, hasta despertarlo.

—¡Pare... pare! —dijo con voz suplicante—. ¿Ahón está...?

El tío *Paloma*, medio dormido, protestó furioso. Debía dejarle en paz. Aquello no tenía remedio. Quería dormir, y ¡ojalá no despertase nunca...!

Pero el tío *Tòni* continuaba suplicando. Debía pensar que era su nieto; él, que era el padre, no podría vivir mientras no lo contemplase por última vez. Se lo imaginaría a todas horas en el fondo del lago, corrompido por las aguas, devorado por las bestias, sin la sepultura en tierra que alcanzaban los más miserables, hasta aquel *Sangonera* que vivió sin padre. ¡Ay! ¡Trabajar sufriendo toda la vida para asegurar el pan al hijo único, y abandonarlo después, sin saber dónde está su tumba, como los perros muertos que se arrojan en la Albufera! ¡No podía ser, padre! ¡Era muy cruel! Jamás tendría valor para navegar en el lago, pensando que tal vez su barca pasaba sobre el cadáver del hijo.

—¡Pare... pare! —imploraba moviendo al viejo casi dormido.

El tío *Paloma* se irguió como si fuese a pegarle. ¿Quería dejarle en paz...? ¿Buscar él otra vez a aquel cobarde...? ¡Que le dejasen dormir! No querría revolver el barro, con peligro de hacer pública la deshonra de su familia.

—*Pero... ¿ahón está?* —preguntaba ansioso el padre.

Él iría solo; pero ¡por Dios! debía decirle el sitio. Si el abuelo no hablaba sentíase capaz de pasar el resto de la vida registrando el lago, aunque hiciera público su secreto.

—*En la mata del Bolodró* —dijo por fin el viejo—. *Te costará d'encontrar.*

Y cerró los ojos, inclinando la cabeza para reanudar aquel sueño del que no quería salir.

El tío *Tòni* hizo un gesto a la *Borda*. Cogieron sus azadones de enterradores, sus perchas de barqueros, los agudos tridentes que servían para la pesca de las piezas gruesas, encendieron un farol en la luz del candil, y en el silencio de la noche atravesaron el pueblo para embarcarse en el canal.

El negro barquito, con el farol en la proa, pasó toda la noche evolucionando por el interior de los carrizales. Veíasele como una estrella roja errando a través de las cañas.

Cerca del amanecer la luz se apagó. Habían encontrado el cadáver, después de dos horas de busca angustiosa, tal como lo vio el abuelo: con la cabeza hundida en el barro, los pies fuera del agua y el pecho convertido en una masa sanguinolenta, destrozado a boca de jarro por la metralla de los cartuchos de caza.

Lo recogieron con sus tridentes del fondo del agua. El padre, al clavar su *fitora* en aquel bulto blanducho, izándolo a la barca con sobrehumano esfuerzo, creyó que la hundía en su propio pecho.

Después fue la marcha lenta, angustiosa, mirando a todos lados, como criminales que temen ser sorprendidos. La *Borda*, siempre sollozante, perchaba en la proa; el padre ayudábala en el otro extremo de la barca; y entre estas dos figuras rígidas, que recortaban su negra silueta en la difusa luz de la noche estrellada, yacía tendido el cadáver del suicida.

Abordaron a los campos del tío Tòni, aquel suelo artificial, formado espuerta sobre espuerta, a fuerza de puños, con una tenacidad loca.

El padre y la *Borda*, cogiendo el cadáver, lo descendieron cuidadosamente a tierra, como si fuese un enfermo que podía despertar. Después, con sus azadones de enterradores infatigables, comenzaron a abrir una fosa.

Una semana antes aún traían tierra allí desde todos los extremos del lago. Ahora la quitaba para ocultar la deshonra de la familia.

Comenzaba a amanecer cuando bajaron el cadáver al fondo de la fosa, que rezumaba agua por todos lados. Una luz fría y azulada extendíase sobre la Albufera, dando a su superficie el duro reflejo del acero. Por el espacio gris pasaban en triángulo las primeras bandadas de pájaros.

El tío Tòni miró por última vez a su hijo. Después volvió la espalda, como si le avergonzasen las lágrimas que rompían por fin la dureza de sus ojos.

Su vida estaba terminada. ¡Tantos años de batalla con el lago, creyendo que formaba una fortuna, y preparando, sin saberlo, la tumba de su hijo...!

Hería con sus pies aquella tierra que guardaba la esencia de su vida. Primero la había dedicado su sudor, su fuerza, sus ilusiones; ahora, cuando había que abonarla, la entregaba sus propias entrañas, el hijo, el sucesor, la esperanza, dando por terminada su obra.

La tierra cumpliría su misión: crecería la cosecha como un mar de espigas cobrizas sobre el cadáver de Tonet. Pero a él... ¿qué le restaba que hacer en el mundo?

Lloró el padre contemplando el vacío de su existencia, la soledad que le esperaba hasta la muerte, lisa, monótona, interminable, como aquel lago que brillaba ante sus ojos, sin una barca que cortase su rasa superficie.

Y mientras el lamento del tío Tòni rasgaba como un alarido de desesperación el silencio del amanecer, la *Borda*, viendo de espaldas a su padre, inclinóse al borde de la fosa y besó la lívida cabeza con un beso ardiente, de inmensa pasión, de amor sin esperanza, osando, ante el misterio de la muerte, revelar por primera vez el secreto de su vida.

Playa de la Malvarrosa (Valencia)
   septiembre-noviembre 1902.

F I N

EN ESTA COLECCION

ISBN: 84-01-   JET